梦圆南粤

宝月·著

SPM
南方出版传媒
广东人民出版社
·广州·

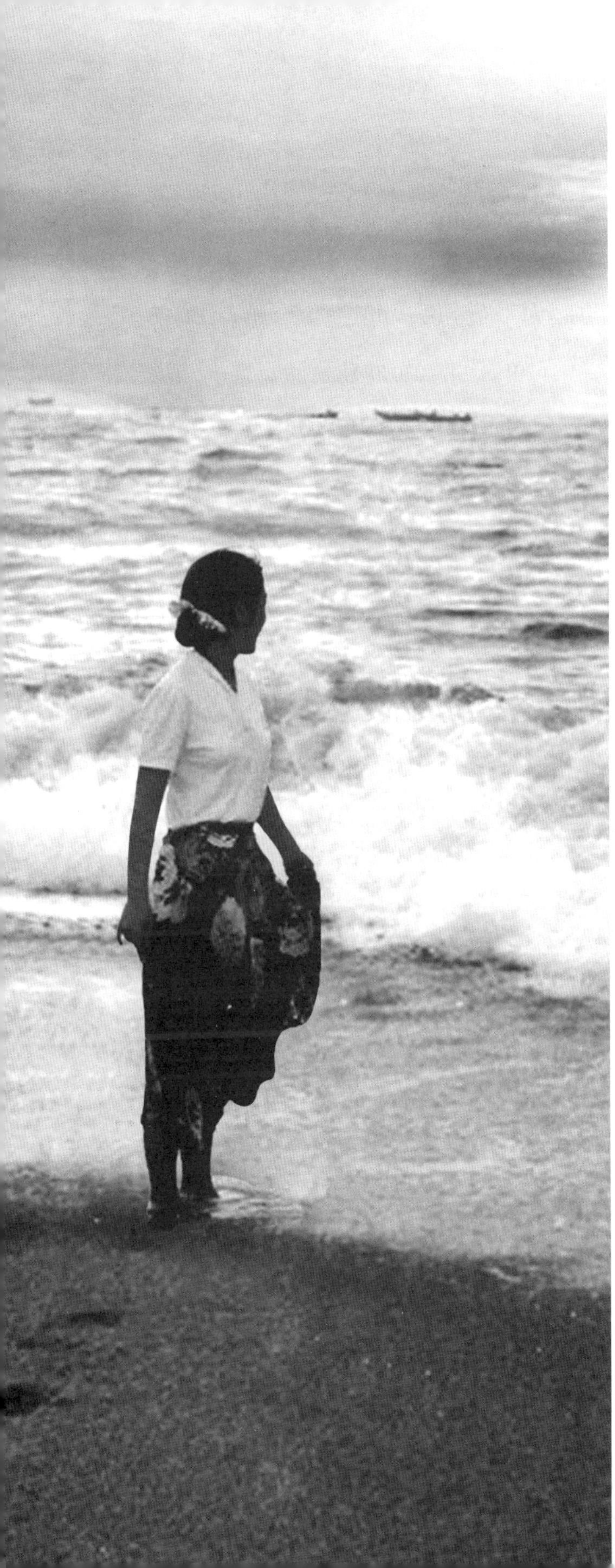

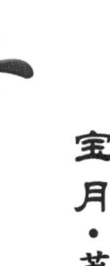

图书在版编目（CIP）数据

梦圆南粤 / 宝月著. —广州：广东人民出版社，2019.8
ISBN 978-7-218-13868-8

Ⅰ. ①梦… Ⅱ. ①宝… Ⅲ. ①长篇小说—中国—当代 Ⅳ. ①I247.5

中国版本图书馆 CIP 数据核字（2019）第 203030 号

MENG YUAN NAN YUE
梦圆南粤
宝月 著

版权所有 翻印必究

出 版 人：肖风华

责任编辑：曾玉寒　廖智聪　李　钦
封面设计：李桢涛
责任技编：周　杰　周星奎

出版发行：广东人民出版社
地　　址：广州市海珠区新港西路 204 号 2 号楼（邮政编码：510300）
电　　话：（020）85716809（总编室）
传　　真：（020）85716872
网　　址：http：//www.gdpph.com
印　　刷：广东鹏腾宇文化创新有限公司
开　　本：787mm×1092mm　1/16
印　　张：18　字　　数：200 千字
版　　次：2019 年 8 月第 1 版
印　　次：2019 年 8 月第 1 次印刷
定　　价：58.00 元

如发现印装质量问题，影响阅读，请与出版社（020-85716849）联系调换。
售书热线：020-85716826

谨以此书献给：

中华人民共和国成立 70 周年
改革开放 40 余年

小说《梦圆南粤》是《中国女兵》的姊妹篇。故事中的女主人公，这位曾经的中国女兵、颌面外科女军医——章梅梅，怀揣着创业的梦想，南下追梦，历经千辛万苦，克服重重困难，最终在南粤大地这块热土上，圆了自己的创业梦想。

爱情的滋养、亲情的呵护、友情的帮助，使她充满温暖。她用自己独特的方式不断地鼓励自己、突破自己、升华自己，终于走出了迷茫，重拾信心，从此踏上了成功之路。

在改革开放的热潮中，小说的主人公是这个伟大时代的缩影，彰显了中国军人在大变革时代中那不灭的军魂！

目录 | Contents

第一章　　/　001

第二章　　/　010

第三章　　/　018

第四章　　/　030

第五章　　/　039

第六章　　/　049

第七章　　/　057

第八章　　/　069

第九章　　/　081

第十章　　/　093

第十一章　/　102

第十二章　/　111

第十三章　/　123

第十四章　/　136

第十五章　/　151

第十六章　/　163

第十七章　/　172

第十八章　/　178

第十九章　/　185

第二十章　/　195

第二十一章　/　204

第二十二章　/　211

第二十三章　/　219

第二十四章　/　228

第二十五章　/　240

第二十六章　/　249

第二十七章　/　261

第二十八章　/　271

后记　/　279

第一章

南方，是一片什么样的天地？等待她的又是一个什么样的命运和未来？

妈妈，我一定会变成一只美丽的白天鹅的，所以我将来的医院就叫白天鹅。

啊！我终于踏上广东这块热土了，我要在这个涌动着改革开放大潮的地方实现自己的理想。

1

1989年夏天，在熙熙攘攘的南京码头，一艘满载乘客的客轮随着一声长长的汽笛鸣叫，缓缓驶离码头。

一身便装朴素无华的章梅梅，却依然藏不住那与众不同的美丽和军人气质。她伫立船头，凭栏远眺，只见落日的余晖映照得粼粼的江水熠熠生辉，喧腾远去。那远处是没有尽头的尽头，水天一色，浑然一体，让人有缥缈不知云归何处的感觉。

船在波澜起伏的江水中缓缓地行进，章梅梅的心潮却难以平复。南下创业，实现梦想，抛却过去20年所有的光环和荣誉，她将一切从零开始，不再回头。

是啊，前途未卜，人生难测，船的尽头，又是一片什么样的天地？等待她的又是一个什么样的命运和未来？她还没有考虑太多的答案。没有了丈夫毅民，离开了家，离开了孩子，离开了父母亲，离开了从前的一切，她就像一只南飞的大雁，孤单而又无助。望着滔滔不息的江水和逆流而上的轮船，章梅梅心里不禁涌起一阵伤感和茫然，一股"风萧萧兮易水寒，壮士一去兮不复还"的悲壮之情油然而生。

"别了，我的军营，我的良师，我的战友，我曾经的梦。我把青春留在了那里，把爱留在了那里，把一切的一切都留在了那里。20年的军旅生涯，那些充满了血与火、泪与汗、生与死的激情燃烧的岁月，就像这流逝的滔滔江水一样一去不复返了……"

一阵江风迎面扑来，梅梅突然想起妈妈李香凝还在船舱里等着她呢。母亲要送她一程，母女俩在船上聊了很久很久。天一放亮，船停靠在汉口码头。眼尖的梅梅立刻看到身穿军装的王叔叔正在对岸向她们招手。王叔叔原来在重庆通信兵学院工作，后来调到武汉通信兵学院，梅梅从小就跟他很熟悉。

章梅梅立刻兴奋地喊起来："妈妈，你看王叔叔来接我们了。"

"你爸爸事先已给他的老战友，武汉通信兵学院的彭政委打了电话，让他接待我们。"

一下船，老王热情地握住了李香凝的手："老李啊，欢迎您和女儿到这儿来玩，彭政委正外出开会，他安排我这两天全程陪你们。"

"真是太麻烦你们了，太感谢你们了。"

"老李啊，别客气，能看到你们这些老熟人，我太高兴了。"

母女俩被安排在学院的招待所住下。梅梅从小就在爸爸的护佑下，爸爸宽大有力的翅膀能为她遮风挡雨。可是这种安全感很快就要消失了。王叔叔张罗了一桌丰盛的晚餐。他们边吃边聊，聊到"文革"那段患难的日子，聊到打武斗时的大逃难……大家异常兴奋，每个人的眼睛里都放出了光彩。

他们就这样聊了很久、很久，时间不知不觉地过去了。老王看了看表：

"哎呀！已经这么晚了，你们好好休息，明天一早，我接你们去参观黄鹤楼。"

次日清晨，老王带着司机早早地来接香凝母女俩前往黄鹤楼。黄鹤楼位于长江南岸的武昌蛇山之巅，雄视万里长江，自古就有"天下江山第一楼"和"天下绝景"之称。章梅梅扶着母亲登上了黄鹤楼，举目四望，大江两岸的景色尽收眼底。站在这山川灵动吐纳清新的高处，她不仅感到神清气爽，更感到心灵与宇宙正互渗互融。

香凝对女儿说："梅梅，你知道吗？很早以前这里有一个神奇的传说。"

"什么传说？"梅梅充满好奇地问道。

李香凝望着一脸好奇的女儿，娓娓道来：传说很久以前，这里有个姓辛的人以开小酒馆为生。一天，他店里来了一位身材魁伟但衣衫褴褛的道人，这道人问他："店家，你可以给我一杯酒喝吗？"这位姓辛的店主并没因为他衣衫破烂而有所怠慢，急忙倒了一大杯酒奉上。谁知第二天这个道人又来了，又向店家讨酒喝。店主见他可怜就又倒了一大杯给他。第三天这个道人又来了，还是讨酒喝。姓辛的店主想：哎呀，这人还真是喝定我了，算了，我就当每天少赚一杯酒钱，于是又倒了一杯酒给道人。

如此过了半年，这个道人还真的不辞风雨天天都来，辛店主也就天天给他酒喝，不曾有半点厌烦之色。这天，道人喝完酒后忽然对店主说："明天我要到远方去，为了感谢你的千杯之恩，我画一幅画送给你吧。"说完，道人就用橘子皮在墙上画了一只活灵活现的仙鹤。因为橘子皮是黄色的，所画的仙鹤也是黄色的。他告诉店主：今后只要来你店里的客人拍手唱歌，这黄鹤就会飞下来翩翩起舞。说完，这位道人就飘然而去。

果然，从此以后来店里的人们只要拍手唱歌，墙上的黄鹤便会飞下来，翩翩起舞助兴。十里八乡的人们知道后纷纷跑来付钱观赏。从此，辛家的酒店宾客盈门，生意兴隆，很快，他就成了富甲一方的巨富。

又过了10年。有一天，道士飘然来到酒店外。辛店家赶忙请他进店喝酒。他笑笑说："这次我可不是为酒而来，我要拿回我的东西了。"说完，他就从怀中取出一根玉笛吹奏起来。随着他的笛声，只见朵朵白云从空中飘下，画中的黄鹤也从墙上飞了下来。接着道人骑上黄鹤乘着白云飞上天去了。后来，店家为了感谢这位帮他致富的神仙道人，便在此地修建了一座楼阁，称之为"黄鹤楼"。

梅梅感慨地说："哎呀！妈妈，没想到黄鹤楼还有这么美的传说。我记得唐代诗人崔颢就写了一首《登黄鹤楼》，前两句是：昔人已乘黄鹤去，此地空余黄鹤楼。黄鹤一去不复返，白云千载空悠悠。妈妈，说不定这个传说还是真的呢！"

香凝怜爱地拍了一下女儿，说："傻丫头，什么都信呀！"

从黄鹤楼出来后，老王带着母女俩到了四季美汤包店。这家的汤包是武汉著名的小吃，它皮薄、汤多、馅嫩、味道鲜美，被称为"汤包大王"。老王夹起一个汤包，热情地示范道："你们看，先要轻轻咬破汤包的皮，慢慢吸尽里面的汤汁，然后再吃汤包的面皮和肉馅。只有这样才能真正尝到小笼汤包的特有滋味。"四人边吃，边赞叹着汤包的鲜香美味。

次日，老王又带着她们到农民运动讲习所参观。这农讲所是第一次国共合作时期，毛泽东倡议创办并主持的一所培养全国农民运动干部的学校。这里最早是清末湖广总督张之洞创办的北路学堂，目前也是武汉市唯一保存完好的晚清学宫式建筑。1927年改为中央农民运动讲习所，由毛泽东、邓演达、陈克文等人组成学校的最高领导机构，毛泽东主持日常工作。1927年3月开学，同年6月毕业。来自全国各地的800多名学员毕业后，大多数人被委任为农协特派员，深入全国各地开展农民运动。很快，革命的火种，犹如星星之火，燎原于神州大地。大革命失败后，他们积极投身于各地的武装起义，如著名的"八一南昌起义""湘赣边界秋收起义""黄麻起义"以及参与了创建湘鄂西等革命根据地的斗争，为中国革命作出了巨大的贡献……

她们认真观看了复原的农讲所常委办公室和教务处，还有毛泽东、杨开慧的卧室，毛泽东岳母和毛岸英、毛岸青的卧室，毛泽民、蔡和森、彭湃、毛泽覃、夏明翰住过的房间，以及农讲所师生在农讲所学习和日后革命斗争用过的物品，包括毛泽东用过的铁箱、夏明翰用过的蚊帐和木箱以及学生们住过的宿舍……

离开了农讲所,李香凝感慨地说:"我以前在武汉待了那么多年,竟还没有来过这里。"

2

三天的快乐时光很快过去了,可母女俩还是有说不完的话。章梅梅不停地对母亲讲着她的理想:

"妈妈,我的理想就是要办一个现代化的口腔医院,它的名字我早就想好了,就叫'白天鹅'。这个白天鹅口腔医院在设备、管理、技术和服务等方面,在全国都要达到很高的水平……"

"梅梅,为什么要叫'白天鹅'?"李香凝打断她。

"妈妈,当我看到安徒生的童话故事《丑小鸭》之后,我被感动了。这只不知来历的被遗弃在草丛里的天鹅蛋,被鸭妈妈当作自己的孩子孵了出来。因相貌怪异,它被大家耻笑为丑小鸭。自它从蛋壳里爬出来后,便到处挨打,受尽了嘲弄和歧视,被鸭子咬,被鸡群啄,连喂鸡的女用人也用脚踢它,还差点被猎人的枪打死,被冰冻在湖里差点冻死。但它在经历种种挫折和磨难后,仍然对美好充满了向往和追求。当它看到那白如初雪、优雅高贵的白天鹅时,它感到一种说不出的兴奋。它对自己说,我要飞向它们,我要和它们做朋友。于是,它义无反顾地奋力向那些美丽的天鹅游去。突然,它在清澈的水面上看到了自己的倒影,它不再是一只粗笨的、深灰色的丑小鸭,而是一只美丽的白天鹅。妈妈,在我创业的过程中肯定也会遇到许多困难和挫折,但我也会像丑小鸭一样,始终怀着美好的愿望和信念,我一定会变成一只美丽的白天鹅的。所以我将来的医院就叫'白天鹅'。"

"是的,只要是一只天鹅蛋,就算你生在养鸭场又有什么关系呢,它总会变成天鹅的。"李香凝鼓励女儿说。

李香凝抚摸着女儿光洁白皙的脸,这个一直让她骄傲的宝贝女儿,现在要孤身一人去闯荡,她能抵挡住风霜、抗得住风浪吗?想到这里,李香凝一阵阵心痛,她搂住了女儿,突然涌现出了一种冲动,激动地说:"梅梅,我们回家吧，我们不下海了！"

"不！妈妈，我决心已定，不再回头了，我要闯出一块天地。放心吧妈妈，部队培养了我坚忍不拔的意志，给我注入了一不怕苦、二不怕死的军魂，在战场上，枪林弹雨都过来了，我还怕什么呢？妈妈，不管将来遇到多少困难我都能克服。我经过军医大学这么多年的培养，得到这么多知名教授和专家的亲手栽培，还经过这么多大场面的锻炼。相信我吧妈妈，我不会比别人差的。我要无愧于军队，也无愧于你们。"

千般不舍，万种离痛，李香凝含泪再次搂住了女儿。

一声旷远悠长的鸣笛，列车就要开动了。"梅梅，妈妈只能送你到这儿了，以后的路全靠你自己走了，保重啊！"

"妈妈，您也保重。"章梅梅鼻子一酸，泪水立刻浸满了她的眼眶。她把脸扭向一边，快步登上了火车，因为她不愿意让母亲看见她在流泪。

列车徐徐开动了。章梅梅探出半个身子，不停地向窗外挥手，一直到看不见母亲的身影。眼前那条长长的铁轨向着远方无尽地延伸、延伸，她的泪水也顺着面颊不停地流着、流着。她感到自己就像一位告别母亲即将奔赴战场的战士。此时，她心里一遍又一遍地响起一个熟悉的旋律：

> 再见吧妈妈，再见吧妈妈，
> 军号已吹响，钢枪已擦亮，
> 行装已背好，部队要出发，
> 你不要悄悄地流泪，
> 你不要把儿牵挂，
> 当我从战场上凯旋归来，
> 再来看望亲爱的妈妈。
> 当我从战场上凯旋归来，
> 再来看望幸福的妈妈，
> 啊，啊，我为妈妈擦去泪花……

列车走远了,李香凝的心也碎了。"我的梅梅走了,她走得这么孤单,身边连个亲人也没有……"想着想着,她失声痛哭起来。

3

第二天一大早,天还没亮,火车徐徐开进了广州站。章梅梅搬着行李下了火车。正当她用手推车拉着三个箱子吃力地走着,迎面来了一位30多岁的拉车工,他操着一口浓浓的河南话说:"大姐,你带的行李太多,出不了站,现在车站查得很严。你看这样中不中,我把你带到车站的后门走,我保证你能出车站。大姐,我帮你把行李寄存到流花车站后,你再付给我钱,你看中不中?"

"多少钱?"

"40元,中不?"

梅梅看了看周围黑漆漆的,确实没有别的办法,她想了想,只好说:"好吧,就这样办吧。"

拉车工带着她横穿铁路,上了桥,又过了坡,他在前面拉着,梅梅在后面推着,遇到楼梯两人就抬着推车走……正当两人累得大汗淋漓,喘着粗气时,突然听到一阵呼喝:"什么人!干什么的!"

原来他们俩遇到了巡逻的警察,他们一下子把两人围住了。巡警仔细检查了箱子里的东西,用手摸出了一张传单,仔细一看,原来是牙科宣传单。梅梅解释说,这箱子里面全是牙科的材料。巡警没有发现什么异常,就让他们走了。不知走了多久,终于走出了广州火车站。拉车工帮她把箱子寄存在流花车站行李寄存处,章梅梅顿时感到一身轻松。她向那位满头大汗的拉车工道谢并付了钱。

"大姐,你走好啊。"他向梅梅招招手,消失在人海中。

广州火车站给章梅梅留下了难忘的记忆。那段拉车的经历,即便过了许多年,回想起来依然记忆犹新、历历在目。

天大亮了。章梅梅出站后,站在人行天桥上往下看,只见火车站已是人山人海，攒动的人头好似黑浪一般翻滚着，像一片黑色的海洋。啊！我终于踏上广东这块热土了，我要在这个涌动着改革开放大潮的地方实现自己的理想。

望着那片翻滚着的人浪，她在心里一遍又一遍地问自己：我怎样才能在这么多人中脱颖而出呢？

此时，她想起到处都流行的一段话：东西南北中，发财到广东。如果你爱他，就让他去广东，因为那里是天堂；如果你恨他，就让他去广东，因为那里是地狱。

是啊，在这个一念天堂、一念地狱的地方，有人堕落，有人升华。章梅梅反复告诫自己：部队培养了我，我要永远无愧于她。她发誓：我章梅梅决不做黄、赌、毒等犯法的事，哪怕眼前放着亿万元，我也决不动摇！

火车站人行天桥的对面，就是流花宾馆。在流花宾馆门口，章梅梅看见从里面进进出出的人，都是些西装革履、风度翩翩的男士和穿着套裙的优雅的女士，她知道这些人就是商海中的成功人士。她不由得打量了一下自己：上身一件蓝底白点的衬衣，下身一条蓝色的运动裤，真像个"土包子"。这一刻，章梅梅感到自己就像一只丑小鸭。看着那些成功人士在身边昂首走过，她心里滋生出无限的渴慕。

"我什么时候也能加入他们的行列呢？"她问着自己。是否这些人具备一些我所没有的天赋呢？是否他们比我更能吃苦耐劳呢？她暗暗地发誓：要不了多久，我一定要光鲜靓丽地进入流花宾馆。

广州气候温暖、阳光充沛、人流穿梭，一派生机勃勃的景象。这一切的一切都让她兴奋好奇，但她来不及欣赏这个城市的美景，就按照南京海军医院B超科主任刘瞻教授给她的地址，找到了广州海军医院，又很快找到王医生的家。白白净净的王医生年龄和梅梅相仿，他一见到眼前这位漂亮的女医生，就吃惊地问："没想到你这么年轻，我还以为你年纪很大呢，听刘教授说你是颌面外科专家，你们医院怎么肯放你呢？"

"我有我特殊的情况。"梅梅微笑着说，她发现在王医生身边一直坐着一位沉默寡言、大约30来岁的年轻人。王医生指着他介绍道："章医生，我来介绍一下,这位就是陆丰碣石卫生院的陈医生,刘教授给你定的点就在他们家。"

陈医生站起身来对章梅梅连连点头。他长得高颧骨、凹眼睛、塌鼻子、厚嘴唇,黑黑的皮肤,一米六几的小个子。他对梅梅笑了笑,那笑容显得很勉强,看得出他不善言谈,更不善交际,而且显得心事重重。

王医生热情地招待他俩在家里吃饭。他告诉梅梅,他和刘教授是在一次学术会上认识的,刘教授那渊博的学识吸引了他。从那以后,他们常常书信来往,成了好朋友,这次刘教授到广东来考察,就是他一路陪同的。

离开了王医生家,章梅梅和陈医生直奔流花车站。当她取出寄存的行李和医疗器械时,梅梅发现陈医生脸上的阴云一扫而光,露出了笑容。

他对章梅梅说:"看见你带这么多医疗器械来,我就放心了,知道你不会来两天就走了,你会在这里干下去的。"

梅梅奇怪地问:"你怎么会这样想呢?"

他又开始沉默了。

第二章

"你是干什么的?拿证件!"

"哇,难道是执行特殊任务的女便衣吗?警花出更了?"

"什么?看病也要问佛祖吗?"

1

坐在开往陆丰碣石的大巴车上,看见道路越走越荒凉,还有窗外闪过的稀稀拉拉的树木和矮小的房屋,章梅梅的心情开始沉重起来。从小生长在大城市又在高等学府工作的她,从来没有到过这么底层的地方,她很不习惯。大巴车上坐着很多农民和生意人,他们的脸被太阳晒得黑黑的,与梅梅白皙的肌肤形成极大的反差。陆丰到底是什么样子?碣石又是什么样子?

刘瞻教授曾经写信告诉过她,1927年,彭湃在这里发动过著名的海陆丰武装起义,开展了轰轰烈烈的农民运动,建立了中国第一个县级苏维埃政府。八一南昌起义失败后,周恩来、叶挺、聂荣臻等起义将领就是从陆丰碣石坐船到香港的。还有人对她说,陆丰民风剽悍,有"天上雷公,地下海陆丰"之说,就连广东其他地区的人都不敢惹海陆丰人。

想到这里，章梅梅心情越发沉重了。她感到自己所选的这条路将是很艰难的，心里不免忐忑起来……

夜幕降临了，汽车不紧不慢地在黑暗中行进。章梅梅想闭上眼睛休息休息，可脑子里却思绪万千，怎么也睡不着，她想起了不久前发生的一件挺神秘的事情。

那是她转业报告刚批准下来的一天，章梅梅正在公园的小路上一边走一边凝神思考着。她要开始创业了，但具体应该到哪儿去呢？又以什么样的方式开始创业呢？想着想着，突然，一个声音把她叫住了："喂！这位女同志等一等，我有几句话跟你说。"梅梅转身一看，是一位面容清瘦、长须飘飘，穿着一身藏青色中式服装的老人，他看上去仙风道骨。

"同志，我看你这样子好像心事重重的，你是不是想干一件大家都想干的好事，但是又没有底，所以现在心里七上八下的，对不对？"

咦！他怎么能把我的心思揣摩得这么透呢？真是神了，梅梅惊讶地想。还没有等她开口，老人又说话了：

"你过来一下，让我先给你看看手相。"

梅梅把手伸给了他。算命先生仔细看了看她的手相，抬头又看了看她的面相，说道："你不用担心，这件事你一定能办好。这事也只有你能做成，很多人都不行。"

"为什么我能办好，别人就不行呢？"章梅梅不解地问。

"哦，那是因为你的命大，别人盖不住你，虽然你是个女人，但干的是男人的事。看看你这双手，厚厚的，手指间没有缝隙，这说明你能接住财又不会漏掉。将来呀，你这双手能赚很多很多的钱。你把你的出生年月日、时辰报给我，我给你仔细算算。"

于是，梅梅报了她的出生年月日和时辰，老人掐指算了一阵，说：

"嗯……你的财运来自东南方。"

"不对，不是东南方，是正南方。"章梅梅立刻打断了他的话。

"不，不是正南方，是东南方。"他肯定地说。

"那东南方是哪里呀？"梅梅问。

"东南方嘛，就是在广东靠近福建一带，到时候你自然会知道的。"

"不对呀，我怎么会到那里去呢？"

他又掐指算了一番，再次肯定地说："你确实是往那个方位去，不出一个月，你就会知道的，嗯……还有，你10月要破一点小财，不过不要担心，不是大财，是小财，你会扛得过去的，以后就好了。"

梅梅被他说得云里雾里的，这些"玄学"她实在是搞不懂。她暗自思量：管他的，走着看吧。看看是不是像他说的那样。

刘瞻教授很早就对梅梅说过，自从邓小平1984年到南方视察后，广州、深圳等地就成了人们向往的地方。成千上万的人义无反顾地卷起铺盖，挈妻携子一路向南，寻找那片能够让梦想发芽的热土。他告诉梅梅，他退休后也要到南方去看看。没想到不久之后，刘教授真的到南方考察去了。

一个月以后，梅梅收到刘教授的来信。他在信中告诉梅梅，他在南方考察时，发现彭湃闹革命的陆丰一带缺医少药，有许多牙病、唇裂等颌面外科病的患者得不到医治。他建议梅梅先到陆丰碣石，一边工作，一边考察。他写道：你目前在深圳还没有找到合适的地方，梅梅，你先在这儿干着，试试水，以后再从长计议。

看完信，梅梅对着地图很快找出了碣石的位置。不错，正是东南方。她瞬间想起了那个算命先生的话，心里惊呼着："还真被那个算命先生说准了。"

于是，她决定听从刘教授的建议，到碣石一边工作、一边考察，先试试看。

2

汽车在行进中，周围没有灯光，漆黑一片。梅梅感到她离城市越来越远了，心里禁不住暗暗地埋怨着刘教授，他怎么给我找了个这么偏僻的地方。可是，现在她已经停薪停职，断了一切后路。现在她真正地感到自己所有的"护身符"都没了，就像电影《水晶鞋》里那样，时钟一过晚上12点，一切魔法都瞬间消失了。一个美丽的公主变成了灰姑娘，漂亮的衣服变成了破衣服。以前一切为之自豪的优越条件都失去了，她觉得自己一下子像是从天上掉到地下。

在部队里的这些年，她周围都是一双双羡慕的眼睛。可是现在，她却被汽车上那些人用某种异样的眼神打量着。因为他们对内地人很有成见，好像来这里的内地女人都是做妓女、暗娼似的。她感到了一种凄凉和失落。现在，她已经没有什么"护身符"了，一切都要从零做起。她感到现在的自己真正成了一只丑小鸭，心里一阵阵难受。汽车颠簸着缓慢地行进，她觉得自己的胃也在翻滚着，忍不住把头伸出窗外呕吐起来。

突然，汽车被一群头戴钢盔、身背冲锋枪、全副武装的士兵拦住了。他们要上车进行检查，全车的人都呆了。章梅梅奇怪地询问了坐在身边的人才知道，原来十多天前，有几个人从这里逃到香港去了，现在还有人想从这里逃港，其中还包括一位被通缉的女犯人，所以现在查得很严。

汽车刚一停下，立即冲上来七八个全副武装的士兵。没等梅梅反应过来，几把手电筒立刻射向了她，接着，他们哗啦啦一下子围住了她。

"你是干什么的？拿证件！"

全车的人都惊诧地看着她。从小生活在军营里的章梅梅，看到军人自然就感到很亲切。她面带笑容，沉着冷静地掏出了自己的军官证递给他们。这是一个海军军官证，相片中的章梅梅面带微笑，身穿白色海军军官服，头戴大檐帽，肩上佩戴着中校肩章，黑色的卷发齐肩，显得英姿飒爽。

士兵们看到章梅梅的军官证后，紧绷着的脸立刻松驰了下来。他们非常恭敬地向她敬了个军礼，说了声"对不起"就下车了。

汽车没走多久又冲上来七八个全副武装的士兵，又一次围住了她，他们大声喝道："你是干什么的？拿证件！"

章梅梅很纳闷，为什么这一车人他们单单盯上我呢？难道我长得像那个人吗？不对呀！听说她个子只有一米五，而我可是一米六三的大个子。他们查看了梅梅的军官证后，也非常礼貌地敬了个礼，说了声"对不起"又走了。

现在，全车的人都用奇异的眼神看着章梅梅。他们相互窃窃私语："这个女人是干什么的？"

"看穿着打扮一般，但她的言谈举止沉着冷静，绝非一般人。"

"哇，难道是执行特殊任务的女便衣吗？"

"警花出更了？"人们小声地议论着。

就这样，每当上来士兵检查，全车的人都看着章梅梅，并打趣地对她说："又该你了。"

就这样走走停停、走走查查，章梅梅这一路走得真是又累又困，还因为晕车一次次呕吐。到达碣石时，已经是凌晨三点多了。

终于到了碣石，他们下了车。章梅梅环顾四周，眼前一片漆黑。陈医生打着手电筒带着章梅梅来到了他家。一进陈家，梅梅惊奇地发现他们家真大、真干净，尤其是卫生间和浴室的墙面、地面都铺满了瓷砖，还有白色的浴缸和淋浴设施，显得那么豪华和阔气，这在内地是绝对见不到的。

梅梅实在太累了，洗漱完后她就倒在床上睡去。这一晚，她睡得很沉很沉。

第二天，陈医生向章梅梅引见了他的父亲。这是一位六十开外的老人，看他样子就知道是全家主事的。他有三个儿子，接她的那位陈医生是老二，叫陈世伟，是做B超的。老大手里抱着孩子走过来，他叫陈世成，长着典型的地包天脸，下巴往前翘着，牙齿拥挤不齐，他在卫生院的药房工作。

"欢迎你，章医生。"老三说着一口生硬的陆丰普通话向章梅梅打招呼。他叫陈世常，长得比他那两位哥哥都英俊帅气。他腼腆地对章梅梅点点头。还有老大和老二的媳妇，她们怀里抱着孩子，也面带笑容地向章梅梅点着头，看得出她们都是温柔贤惠的本地妇女。

梅梅微笑着跟他们每一个人打招呼。她吃惊地发现他们一家有六七个孩子，有的抱在手上，有的在地上爬着。

"哇！你们这里能生这么多孩子吗？我们在内地只能生一个呀！"梅梅惊奇地问。

"我们这儿计划生育抓得松，每家都有三四个孩子，有的还有五六个呢。"

听了他的话,章梅梅心想:这真是连皇帝都管不到的地方呀,可以生这么多孩子。看到这些小孩,她突然感到自己特别想家,特别想儿子小继民,她感到很孤单。

随后,陈家老二和老三带着章梅梅逛了碣石镇。相传碣石镇是因为三面环山,一面临海,山上、海里遍布巨石,所以得名"碣石"。只见这里的街道全是用石板铺成的,各家各户的门口都挂着旧衣服出售,五颜六色像万国旗一样。

"你们这里怎么这么多卖旧衣服的啊?"章梅梅不解地问。

兄弟俩告诉梅梅:"这些旧衣服都是他们从香港走私进来的。这里的人胆大的从海上走私汽车、摩托车、彩电和录像机及其他'洋垃圾',胆子小的就卖卖旧衣服。"

梅梅看见一辆辆经过改装加长的摩托车,载着满满的货物嘶叫着在拥挤的人群中穿梭,车后冒着一股股呛人的黑色浓烟。她发现街上没有红绿灯,也看不到交警。她觉得很奇怪,就担心地问:"你们这里交通有人管吗?"

"没人管,我们是自己管自己。"

"啊,你们成了自治了?"

"是啊,我们这里民间很多事情都是找族长来解决的。"

章梅梅脑子里立刻闪现出电影里族长的样子。哇!这里确实比南京落后了很多年,但这里的民俗民风让她感到很好奇。

3

第二天,陈家兄弟俩带着梅梅上了玄武山。玄武山有一座远近闻名、香火鼎盛的元山寺。

来到山门口,只见元山寺宏伟壮观,有山门、前殿、中殿、正殿、配殿、厅堂、院落等。兄弟俩边走边给她讲解,这元山寺最早建于南宋时期,到了明朝万历皇帝时又大规模地扩建过,看上去具有典型的明代风格。

他们告诉梅梅，几百年来，元山寺历经风风雨雨，几度修葺，到了清光绪二十二年（1896年）时，朝廷还规定每十年维修重光一次。所以直到现在，那些重斗叠拱、雕梁画栋都保护得很完好。梅梅看到各式的铜铸、玉雕、陶瓷、泥塑等，无不形神兼备、工艺精湛，既富丽堂皇又肃穆端庄，不禁啧啧称赞。

走进山门，阵阵梵音从寺庙上空缈缈飘来，只见空气中弥漫着浓浓的烟雾，地面上到处摆放着烧香纸的铁皮炉，敬佛的香纸、香油、水果糕点等。善男信女们虔诚地跪在地上，他们把香纸高高地举过头，口中念念有词，有的在烧香，有的在哗啦啦地摇着签，有的啪啪地摔着"杯"……

陈家老二告诉梅梅，元山寺内除了供奉着玄天上帝，还供奉着释迦牟尼、观世音、弥勒佛等，是个佛道合一的道场。他说，这里的佛祖是玄天上帝，这玄天上帝原本是个在武当山修炼的神仙，他听说南蛮之地有很多飞禽走兽，不仅互相残杀，还残害百姓，就腾云驾雾来到这里驱妖除魔，造福人民。所以这里的人们就把他称为佛祖，还为他立了"武当飞来"的牌匾。他告诉梅梅，在这里烧香和求签非常灵验，所以香火旺盛。

陈老三对她说："我们这里什么事儿都要求签问佛祖，比如做生意、看病呀什么的。"

"什么？看病也要问佛祖吗？"梅梅吃惊地问。

"是的，什么事儿都问佛祖，佛祖会告诉他们到哪儿去看，找哪个医生。我们这儿就是这个风俗。"

"那准不准呢？"她问。

"准！你想想，如果不准的话，还有那么多人来烧香吗？"

陈老二又接着说："我们这里的人，拜天、拜地、拜祖宗；敬神、敬佛、敬妈祖；白事烧、红事烧；初一拜、十五拜，隔三岔五还有各种佛诞日、神仙日、祭祀日，不计其数，都要拜……"

以前，章梅梅也知道，凡是在海边生长的人都比较迷信，这也难怪，他们天天要和喜怒无常的大海打交道，所以对无法掌控的大自然产生一种敬畏，烧香拜佛也是他们的一种心理安慰，但她没有想到他们连看病也要问佛祖。

现在,她彻底无语了。她感到自己像从另外一个世界来的人,这里的一切都让她不解、迷惑和惊讶……

看着人们往功德箱里投钱,她也情不自禁地掏出10元钱放入箱内。她希望自己在这个远离亲人的天涯海角,能得到佛祖的庇护,让当地百姓能顺利接受自己,早日实现创业的梦想。

第三天,他们开始准备工作了。工作室在陈家二楼一间16平方米的小房间里,从二楼望下去,他们家像四合院一样。

他们在旧货市场买了一张旧沙发,把它改装成一张牙科椅。又在靠墙壁的一面搭起了一块长条木板当桌子,上面摆放着一台牙科电机,还有一台光固化机,另外还有一些手术器械和牙科器材,这些都是梅梅用自己的转业费买的。

陈阿公把开业日期定为七月一日,说"七一"与"奇迹"相谐,预示着奇迹定会发生。

一开始,就医的病人很少,但陈阿公说刚刚开业病人少是正常的,以后就好了。可是这样的情况一直持续着,这让梅梅开始感到了一丝焦虑。

第三章

哇！天宇哥哥，你吹的是哪几首歌呀？

原来梅梅还没有忘记我，她的心里还有我的位置。

1

在天悦国际药业有限公司的会议室里，董事长陈天宇正在主持会议。他40岁左右，正是一个男人最好的年华。只见他身材高大挺拔，五官轮廓分明，有着高挺的鼻梁、丰满润泽的双唇，尤其是黝黑的剑眉下那双清澈有神的眼睛，使他显得丰逸俊朗、英姿勃发。而他举手投足之时的学者气质，又使他显得沉稳和睿智。

陈天宇回国已经一年多了。他刚一到深圳，就看到了改革开放给深圳带来的翻天覆地的变化，同时也感受到了深圳市人民政府对他们这些归国学子的热情欢迎和期待。深圳市人民政府非常重视这些海外归来的学子，在欢迎会上，市领导接见了他们。

"欢迎你们回国。"

"欢迎你们把国外的先进技术带回来。"

"政府大力支持你们回国办企业。"

听了这些话，陈天宇感到很幸福和激动。作为留学生代表，他在发言时说:"这些年,我们十分想念祖国,想念家乡,想念家乡的亲人。在出国临行前,我看到大红标语上写着:祖国人民盼望你们学成归来报效祖国!我一边登机,就一边暗暗下定决心,一定要好好学习,报效我的祖国……"

陈天宇停顿了一下,接着情绪高昂地说:"现在,我们终于回国了,看见深圳特区的改革正搞得轰轰烈烈,在短短的时间里,深圳创造了世界工业化、城市化、现代化史上的奇迹,使我们这些留学生感到无比振奋和激动。现在,国家这么重视我们,欢迎我们这些海外学子归来,如果没有国家改革开放的政策,就没有我们的今天。所以,我们一定要把从国外学习到的知识和先进的科学技术贡献给祖国,为中华民族的伟大复兴,为祖国的强盛作出我们的贡献!"

他的发言刚一落,台下顿时响起了一片热烈的掌声。

陈天宇回国不久,就开始了一项特殊的工作:研究天山雪莲。

传说中的雪莲,生长在白雪皑皑的雪山上。它是一种神秘而高贵的稀有植物,它最大的神奇在于:能为练武之人增强数十年功力;能使双目失明之人重见天日;能使濒死的生命重获新生。生活在新疆的哈萨克族妇女们把雪莲奉为圣草,在产前和产后用雪莲煮水浴身洁体,相信它能给自己和孩子带来平安吉祥。当地人认为,能长雪莲花的山象征着圣洁;雪莲花周围的溪水可以治病;在雪莲花四周不会出现毒虫害兽。当然还有美丽的神话传说,说雪莲花是王母娘娘到天池沐浴时命仙女们撒下来的。如果怀揣雪莲花,就会得到神的庇护。所以不少人把雪莲粉装进袋子里,像护身符一样携带于身,以求防病祛邪。

与大多数人一样,陈天宇最早知道天山雪莲是从武侠小说里看到的。千百年来,天山雪莲令无数英雄竞折腰。同样,天山雪莲也吸引着陈天宇,他思考着:这个被赋予众多神话色彩的天山雪莲究竟是何物,为什么它如此神奇?于是,他决心亲自到新疆去考察。

经过在新疆几个月的实地考察和民间走访,陈天宇从有关部门获得一个重要的信息,那就是经常用雪莲沐浴的女性,在历次健康普查中妇科病患者极少。于是他决定联合新疆维吾尔自治区政府、新疆医学院、新疆八一农学院等政府和科研机构,组建一个雪莲生物研究所,研究雪莲资源的保护和应用。

这天,陈天宇要对公司的董事们和高管层介绍他此次新疆之行的有关情况。他打开音响,为大家播放电影《冰山上的来客》的插曲《冰山上的雪莲》,在座的人顿时被这熟悉的音乐旋律所打动,那优美的歌声仿佛从每个人的心灵深处响起:

> 戈壁滩上的一股清泉,
> 冰山上的一朵雪莲,
> 风暴不会永远不住,
> 啊……什么时候啊?
> 才能看到你的笑脸。
>
> 乌云笼罩着冰山,
> 风暴横扫戈壁滩。
> 欢乐被压在冰山下,
> 啊……我的眼泪啊,
> 能冲平了萨里尔高原。
>
> 眼泪会使玉石更白,
> 痛苦使人意志更坚,
> 友谊能解除你的痛苦,
> 啊……我的歌声啊,
> 能洗去你心中的忧伤。
>
> 你的友情像白云一样深远,
> 你的关怀像透明的冰山,
> 我是戈壁滩上的流沙,

啊……任凭风暴啊,
把我带到地角天边。

这是影片中阿米尔和真古兰丹姆的对唱,曲调有着浓郁的新疆民族风格,忧伤而又哀怨。是啊,那雪山上盛开的雪莲是神圣而纯洁的,它象征着阿米尔和古兰丹姆纯洁的友谊和爱情。

放完这首歌,陈天宇首先直抒胸臆:"这像清泉一样清澈婉转的歌曲,在雪山高原的蓝天白云之间静静回旋、流淌,让我们仿佛身临其境地感受到美妙的爱情和大自然。"

优美的旋律和陈天宇富有诗意的开场白,让会议的气氛瞬间热烈起来,人们七嘴八舌地议论着。

王总经理感慨地说:"是的,每当我想起这部电影,脑海里就会响起那首《花儿为什么这么红》,"说着他竟情不自禁地哼了起来:

花儿为什么这样红?
为什么这样红?
啊……
红得好像,红得好像燃烧的火,
它象征着纯洁的友谊和爱情。

花儿为什么这样鲜,这样鲜?
鲜得使人不忍离去。
它是用了青春的血液来浇灌……

这首歌唱出了一对青梅竹马的青年人纯洁的爱情,它曾经风靡全国,被广为传唱,成为人们喜爱的经典音乐作品,它也打动了我。"

"是啊!"区域经理也接着说,"这部电影具有浓郁的民族风情,杨排长的睿智,真古兰丹姆的纯情,阿米尔的憨厚,尤其是最后杨排长的那一句

'阿米尔，冲！'感动了我啊，这部电影我看了好多遍。"

办公室主任吴媚也动情地说："我虽不是那个激情燃烧的年代出生的人，可是我也爱看《冰山上的来客》，我最喜爱的歌曲就是那首《怀念战友》：

> 天山脚下是我可爱的家乡，
> 当我离开它的时候，
> 好像那哈密瓜断了瓜秧。
> 白杨树下住着我心上的姑娘，
> 当我和她分别后，
> 好像那独塔尔悬挂在墙上
> ……

每当听到它，我都会想起我可爱的家乡和我的亲人。"

听到众人的议论，陈天宇的脑海里突然浮现出小时候，他和章梅梅一起坐在大操场上看露天电影《冰山上的来客》时的情景：梅梅塞给他一块泡萝卜，他给梅梅一把炒蚕豆。梅梅这傻丫头真可爱，看个电影都又哭又笑的。当年那种感觉多好啊，现在就是坐在包间里看电影，也找不出当年的那种感觉了。想着想着，陈天宇的嘴角浮上了笑意。

接着，陈天宇把这些日子在新疆天山考察调研的情况给大家做了通报。他兴致勃勃地给他们讲述着天山雪莲这神奇的植物，他两眼冒着兴奋的光彩。

"天山雪莲又叫'雪荷花'，是新疆特有的珍稀名贵中草药，生长在天山山脉海拔3000米以上的雪线上，它第一次开花要六至八年，以后也不能年年开花。天山气候奇寒，终年积雪不化。一般的植物根本无法生存，而它却能在零下几十摄氏度的严寒和空气稀薄缺氧的环境中顽强生长。这种独有的生存习性和生长环境，造就了它独特的药理作用和神奇的药用价值，使它具有极强的驱寒除湿、排毒修复、营养再生的功能，可以治阳痿、腰膝酸软、妇女崩漏、月经不调、风湿性关节炎、外伤出血等，所以人们称雪莲为'百草之王'。"

他环视了一下大家，发现每个人的脸上都写着新奇。

他清了清嗓子又接着说："这次会议主要是召集大家来讨论我的一个新想法，我想联合新疆维吾尔自治区政府、医学院、农学院等政府和科研机构，成立一个雪莲生物研究所，专门研究天山雪莲花的保护和开发。我翻阅了大量资料，发现目前国际上还没有这样的机构。"

经过讨论，大家同意了董事长陈天宇的建议。接下来，他要带着董事们到新疆考察。就在临行前，陈天宇再次打电话给周莉莉，询问梅梅的消息，但仍无音信。

2

其实，陈天宇刚一回国就按着妹妹天美给他的地址找到了周莉莉家。莉莉一看见天宇，就兴奋得跳起来："哎呀，天宇哥哥！怎么会是你呢？你是怎么找到我们家的？"

"是天美告诉我的。"

韩阿姨闻声从里屋出来，她围着天宇上上下下打量了好一番。想起当年的部队大院，想起"文化大革命中"的老干部，想起在她身边长大的这些大院孩子，她的眼睛湿润了。

"天宇，你爸爸他还好吗？好多年没见到他了，我们这些老人都很想念他。"

"韩阿姨，我爸爸的身体很健康。"

"你妈妈还好吗？"

"很好，她还常常念叨您呢。"

"天宇呀，当年你妈妈当过我的队长，还是我的入党介绍人呢。"韩阿姨感慨地说，"天宇啊，你离开家到北大荒时，也就是一个十八九岁的小伙子，这么多年过去了，你也成了大人，我们这一代真是老啦。"

陈天宇笑着说："我妈妈说过，韩阿姨当年是她们队里最漂亮的一位女兵。"

周莉莉在一边起哄："哎呀！妈妈，我怎么就没发现呢，当年你漂亮到了什么程度？"

"傻孩子，谁年轻时没有漂亮过。没听说一句老话吗？十八无丑女。"大家听了顿时哈哈大笑起来。韩阿姨突然想到了什么，她对陈天宇说："几个月前，章梅梅还来过我家。她一进门就扑到我的怀里哭了，她哭得好伤心啊。我就知道，这孩子心里一定藏有很多的痛苦，压在心底不能释放，所以看见了我就像见到亲人一样。唉，她小时候就是这样，受到了委屈总爱在我怀里哭。"

"是的，梅梅小时候就是这样，那次她爸爸打她，她也是扑在我妈妈怀里哭的。"周莉莉说。

"哦，那次我也在场，她爸爸打得连棒子都打劈了，她都没有流一滴泪，手里还抓着那人不放，是我硬把她的手给掰开的。事后我问她，你这个小姑娘怎么这么爱打架啊？她伤心地哇哇大哭起来，她说不是她爱打架，是那帮人老欺负她，她们骂她是黑狗崽子，还用泥块打她。说着说着她又哭起来了。我说好啦好啦，别哭啦，千万别哭啦，你这一哭我心里也难受。我安慰了她好一阵，后来又给她吹了几首歌听，她这才不哭的。"

莉莉很感兴趣地问："哇！天宇哥哥，你吹的是哪几首歌呀？"

"哦，我记得有《纺织姑娘》《小路》《共青团员之歌》，还有《山楂树》。"

韩阿姨拍着陈天宇的肩膀，笑着说："天宇啊，你小时候就多才多艺，可我没想到你还这么会安慰小姑娘。"

"是的，韩阿姨，我的优点可多着呢。"

三人大笑起来。周莉莉突然想起什么似的，问道："天宇哥哥，你成家了吗？"

"噢，这些年我一直在国外学习，还没有成家，在国外呀，男人成家都比较晚，一般都在40岁左右。"

"唉！我们这些大院子女没有一对成的。这也难怪，大家在一起的时候年纪都小，长大后又天各一方。不过天宇哥哥，我觉得在我们大院的孩子中，你和梅梅是最合适的一对，从小你们的关系就那么好，怎么就没有成呢？"

陈天宇沉默了。是的，这些年他身边有很多追求者，也交过几个女朋友。但是，无论走到哪里，面对什么样的女人，他总是忘不了章梅梅，她总是牵动着他的心。在感情的世界里，他曾与不同的异性相遇，甚至相处，他的身边一直很热闹，但他的内心却始终寂寞。

所以，一回国他就四处打听梅梅的消息。他打电话到她家，她爸爸妈妈说她已经转业下海了，去了碣石，具体的地址不清楚，她还没有给家里来信。最后，他留下了他的地址和电话。

"莉莉，你知道梅梅她现在在哪儿吗？"

"噢，梅梅上次从深圳走的时候告诉我，她要南下创业，等她有着落了再写信告诉我。"

接着，莉莉又说："除了梅梅没有联系到，已经有好几位大院子弟来到了深圳。宋建国、葛立军、刘建军他们都来过我家，我家成了联络站，我也成了联络员。天宇哥哥，我们在一起聊得可开心了，仿佛又回到了小时候，回到了部队大院。"

"行，你就当好你的联络员吧，你们下次聚会时也叫上我，我要会会这帮臭小子。"

周莉莉一听，高兴极了，连声说道："好啊，好啊，我们的队伍又扩大了。天宇哥哥，你是他们的偶像，他们好多人都崇拜你啊！大家都想听你那个大战狼群的故事。"

"是谁告诉你们的？"陈天宇惊奇地问。

"是章梅梅讲的，她上次来还讲起你大战狼群的故事呢。"

"那是好多年前我给她讲的，她还记得？"陈天宇脑海里浮现出当年梅梅听故事的情景……

"哎呀，天宇哥哥，那章梅梅讲得可是活灵活现的，感动得我直流泪呀。"

陈天宇听了心里一阵悸动："原来梅梅还没有忘记我，她的心里还有我的位置。"

韩阿姨做了一桌丰盛的饭菜招待天宇。他们在饭桌上有聊不完的话题，说不完的新鲜事儿，不知不觉就聊到了黄昏。看见天色已晚，陈天宇起身告别，他留下了地址和电话号码，并反复叮嘱周莉莉："一有梅梅的消息就立刻告诉我，我有重要的事儿找她。"

3

为组建雪莲生物研究所，陈天宇带着他的团队再次来到了新疆天山。

在此之前，他写的《关于开发天山雪莲的药用价值》的论文得到了新疆维吾尔自治区政府的重视。在政府的支持下，由新疆医学院、八一农学院等多家科研机构与天悦公司一道开始组建雪莲生物研究所。

无巧不成书，新疆八一农学院农科所的所长正是当年的铁道兵连长王大海。

王大海的父母亲是跟着王震将军南征北战，后来又到新疆建立农垦建设兵团的老军人，所以他从小生长在新疆，有着热情豪爽的性格。他在部队时，因修建南疆铁路，多次立功受奖，从战士到连长、营长。但由于国家撤销铁道兵建制，把铁道兵并入铁道部，他和他的战友们集体转业了。转业后的王大海一边上学一边工作。现在，他已经是新疆八一农学院农科所的所长。

最近，当他听说要组建新疆雪莲生物研究所，专门研究雪莲资源的保护和应用时，非常感兴趣。他不由得想起当年在修建南疆铁路时，那位救了很多战友生命的美丽女军医章梅梅。当年为了表示对她的感激，他和他的战友们在冰山上采了很多雪莲花送给她。章医生身穿白大褂怀抱雪莲花站在白雪皑皑之中的画面，一直印在他的脑海里。

从小在天山长大的王大海知道雪莲花的许多药用价值。于是，他立即向组织申请调到研究所，参与雪莲的保护和药用研究工作。很快，他被任命为副所长。

在研究所成立大会上，作为雪莲生物研究所的发起者，陈天宇做了关于新疆雪莲生物研究所未来五年工作规划的报告。在报告中，他建议成立雪莲种植基地，用人工栽培来扩大雪莲的种植规模。同时，他将在深圳建立雪莲系列产品生产加工线，形成一条集科研、种植、生产和销售于一体的产业链。他的发言像一把火，顿时点燃了大家的激情。

接着，王大海也做了发言。他说："我非常赞成陈博士的观点和提议，大家知道，这天山雪莲生长在高寒地带，本来产量极低，再加上近年来由于经济利益的驱使，乱采滥挖的现象越来越严重，还有气候变暖、雪线升高等因素，使它更是面临灭绝的危险，所以一定要做人工种植栽培。人工种植难度不小，我们一定要攻克人工种植这个难题。"

会上，陈天宇和王大海很快就熟悉了，像多年的老朋友一样。会后，性情豪爽的王大海邀请陈天宇到家中做客。

王大海有一位温柔贤惠的妻子和漂亮的儿子。他拉着陈天宇一个个的房间介绍着，看得出来，他对这个家非常满意。

陈天宇环视了一下，他的家虽然不大，但布置得很温馨。他的眼睛停留在一面挂满了照片的墙上，他走过去仔细地看着。

"王所长，这面墙是你的历史回顾墙吧？"陈天宇风趣地问。

"是的，"王大海用手指着相片一一介绍着，"这是我爸爸，他1941年参加革命，是王震的部下359旅的，后来跟着王震到了新疆农垦建设兵团。"

"怪不得咱们那么亲近，原来都是红二代、军二代呀！我父亲是随十八军进西藏的。"

"这是我在铁道兵当兵时的相片。"

只见相片上的王大海身穿军装，胸前挎着冲锋枪威武地站着。"唉呀，真是个帅小伙子，好威武啊。"陈天宇赞叹着。

"陈博士，这是我和我的战友们，中间抱着雪莲花的女兵是一位军医。她为我们救命疗伤，为了表示对她的感谢，我们为她采来了雪莲花。"

一张清秀俊美的脸立刻呈现在天宇的面前。陈天宇一下惊呆了：天哪！多么熟悉的面孔，这不就是自己正在寻找的章梅梅吗？

"她叫什么名字？"他马上问道。

"啊，她叫章梅梅，是军医大学的女军医。"

顿时，陈天宇感到全身热血沸腾，让他魂牵梦萦、日思夜想的章梅梅怎么会在这儿呢？他简直不敢相信自己的眼睛。

他拉着王大海急切地问道："你知道她现在在哪里吗？"

"你认识她吗？"王大海奇怪地问他。

"哎呀！岂止是认识，我们是从小在一起长大的发小。"

"真的吗？"看见陈天宇那激动的样子，王大海感觉到这里面一定有故事，他让陈天宇坐下，倒了一杯热茶给他，便开始讲述：

"那是1977年，我们铁道兵正在新疆修建南疆铁路。受当时当地气候条件和地质不良的影响，我们施工时，经常出现山体滑坡、山洞塌方，不少战友负了伤，有的甚至献出了生命。所以，国家每年都会派军医大学的医疗队到我们铁道兵来救治。那年章医生就在里面，她是第四军医大学颌面外科女医生，别看她年轻，技术可好了，听说她还参加过唐山大地震伤员的抢救呢。"

"当时，我还是一个连长，有一天由于山体滑坡，我的一位战友，也是我最好的朋友李连长，他的头和面部被砸伤，颅内出血，章医生当机立断为他开颅，把他颅内的血放出来，李连长的命硬是被她救过来了，当时要是转院，肯定人就死在路上了。后来，她为了能给我们留下一支永远不走的医疗队，对我们卫生队的医护人员进行了强化培训。从此以后，许多伤员就留在了卫生队一线进行就地抢救。由于得到及时的治疗，许多战友的生命被挽救了回来。"

"假日里，我们把打来的雪鸡和采来的白蘑菇交给章医生，她给我们做雪鸡蘑菇汤。在当时那种艰苦的环境中，我们能坐在温暖的屋子里，一边喝着美丽的姑娘给我们做的鲜美的汤，吃着美味的雪鸡和白蘑菇，一边谈笑风生，感到好幸福啊！"

"我至今还记得她离开天山时对我们说的话:'不管我将来走到哪里,都会记住你们的,我要告诉人们,我亲眼看见你们在天山上修建这条南疆铁路,你们不怕苦、不怕累、不怕牺牲,每天都克服着难以想象的困难,你们站在雪水中,冒着山体滑坡、山洞塌方的危险在施工。你们是最可爱的人,是真正的英雄!我一定要把你们的事迹传播出去。'当时,我看见她眼里满是泪花。章医生走后我们难过了好几天,小通信员还哭了呢。从那以后,我就再也没见过她。陈博士,我觉得她就像冰山上的雪莲花,在冰天雪地里激情盛放着。陈博士,你知道她后来怎么样了吗?"

"我只知道她和她丈夫参加了1979年对越自卫反击战的伤员抢救。在那场战争中,她的丈夫牺牲了,后来她一个人带着孩子回到了南京,在海军医院工作。现在她孤身一人下海到广东创业,我回国后一直在找她,但是至今还没找到。"

"陈博士,如果你找到了她,一定代我向她问好,说我们都很想念她,唉!她是一个多么好的姑娘,我们都很喜欢她。"

接下来,陈天宇很快成立了新疆天山药业有限公司。在他的不懈努力下,公司的雪莲项目被纳入国家科技部攻关项目,还得到了地方政府的大力支持。

陈天宇决心要研发一种能提升生命质量的新产品。他认为,生殖健康是人类生命的核心,要提升生命的质量,就应该从生命的核心——生殖系统入手,解决当前人们所面临的早衰、生理机能下降等问题,让生命重新充满活力。于是,他根据天山雪莲具有的暖宫、散寒、除湿、杀菌、活血通经、促进子宫收缩等功效,决定抛弃中医传统的"膏、丸、散、丹、液"以及"熏蒸"等不方便的方式,全力打造一个新型女性生殖养护品牌——"雪莲贴"。就这样,第一代新型妇科产品雪莲药贴生产线在深圳应运而生。

接着,陈天宇展现出他的拼搏进取精神和魄力,亲自带领公司的营销团队攻北京、战广州,在没有多少广告投入的情况下,依靠产品的质量和疗效,很快打开了市场。

第四章

"我们相信你,我们特别相信部队的军医。你放心大胆地做吧!"

"章医生啊,我们一定要在碣石给你扬名。"

1

口腔诊室已经开业一周了,可是病人仍然很少。一天,章梅梅和老三陈世常正商量着怎样宣传扩大影响时,只见老大陈世成匆忙走进来,他喘着粗气问梅梅:"章医生,你能治疗面部外伤的病人吗?"

"可以。"章梅梅点点头说:"我处理过很多外伤病人。"

陈老大急忙告诉她:"卫生院刚刚来了一位被砂轮打伤面部的病人,出血比较多,伤势很严重,卫生院处理不了,现在院里很为难。转到广州、汕头吧,路途太远,怕路上病人死掉、家属闹事。这个病人是我们这里桂林村的,这桂林村可是我们这里远近闻名的爱打架闹事的一个村子,现在他们村长带了好多人把我们卢院长围住了,说如果人死了,他们就要把卫生院砸了。卢院长快急死了,我跟他说我们家来了一位海军军医,是颌面外科医生,他听了后让我赶紧来请你。"

听到病人情况紧急,章梅梅马上跟着陈老大一路小跑,赶往卫生院。

一路上，陈老大告诉梅梅，卢院长的外科手术做得非常好，是碣石镇有名的外科手术一把刀，就是对头面部手术不大熟悉。

卫生院就在玄武山下。一进卫生院，章梅梅就看见院子里围满了人，有几个身形彪悍的渔民围着一位身穿白大褂、中等个子、身材稍胖的中年男医生大声吼叫着。那医生满头大汗，他一边擦着汗，一边解释着……

当他看到陈世成带着一位身穿白大褂的年轻女医生走进来时，他立刻迎上来，一把握住章梅梅的手说："章医生，我听世成介绍过你，他说你是颌面外科医生，能处理头面部外伤。"

"是的，我是颌面外科医生，头面颈部是我们的手术治疗范围。"

卢院长听后神情大喜，他拉着章梅梅来到吵吵嚷嚷的人群中间，大声说："大家不要吵了，告诉你们一个好消息，我们请来了一位海军女军医章医生来为他治疗！"

人们立刻停止了吵闹，所有人的眼睛一下子都看向了她。

卢院长带着章梅梅来到担架旁。只见病人衣服上满是血迹，脸上从鼻子到唇部、下巴全部裂开，整个脸都变形了，断裂的唇部小动脉还在喷着鲜血。章梅梅赶紧用止血钳把喷血的小动脉夹住，开始认真地给伤员检查。

章梅梅发现伤员的鼻骨、上下颌骨从正中纵形断裂。她摸摸病人的脉搏，脉搏细弱，再测量病人的血压也很低。她知道伤员必须立即输血、输液，马上做手术。

她小声地对卢院长说："院长，现在要马上备血、输液，做手术了，如果再不处理病人就会有生命危险。"

卢院长点点头。章梅梅镇定地问："谁是病人家属？"

这时，从人群中站出来一位身材矮小的渔民。由于长期的日光炙晒，他黝黑的国字形脸上布满皱纹，连脖子上也布满了刀刻般的皱纹。他一脸茫然地望着章梅梅。随后，又站出来一位身材高大魁梧、40岁左右的汉子，他就是刚才吵闹最厉害的人。他对梅梅说："我是桂林村的村长，这个受伤的孩子只有18岁，他爸爸不会说普通话，你讲给我听，我再告诉他。"

"行，村长。这个病人伤势很严重，需要马上做手术，同时还需要输血。手术中随时可能会出现生命危险,手术后可能还会出现感染,脸上肯定会留有疤痕。不过,请大家相信我,我会尽我的最大能力救治他。但是,万一出现意外情况,请你们不要闹了,因为医生不是神仙,不是所有的病都能治好的。"

村长和伤员的父亲以及渔民们商量了一会儿,然后,他回过身一脸诚恳地对章梅梅说:"我们相信你,我们特别相信部队的军医。你放心大胆地做吧,我们都支持你。万一有什么情况,你放心,我们绝对不会闹。虽然我们这些人文化低,但还是懂道理的。"

于是,村长让伤员的父亲在手术同意书上签了字。

经过快速输液和输血,病人的血压回升了。章梅梅开始为他清洗伤口,把病人断开的骨头扶位接好固定,再仔细地缝合了他面部裂开的伤口,并通过牙齿间的夹板结扎牵引,把病人错位的牙齿对好……

手术整整用了三小时。

当病人被推进病房时,他的父亲抓住儿子的手喊着:"华仔,华仔!"华仔点点头,握了握父亲的手。

突然,华仔的父亲扑通一下双膝跪在梅梅面前,眼含热泪对梅梅说着她听不懂的陆丰话。村长在一边赶忙翻译道:"章医生,他说感谢解放军,感谢解放军医生救了他儿子。"

章梅梅听了赶忙扶起了他:"老伯,快请起,请起!手术成功了,您放心吧。"她看见病房里围满了人,就对他说:"老伯,你儿子刚刚做完手术,他需要好好休息,少打扰他。现在,不要这么多人在这里。你们都回去吧。"

村长听后,马上带着大家离开了。

手术后,章梅梅每天都抽时间去看华仔。开药、输液、打针、换药,样样她都亲自照料,在病人的床边一站就是很长时间。

这个小镇上的人们,从来没有看见过会"开刀"的女医生,所以病房里每天探视的人络绎不绝,他们一则来看病人,二则来看这位海军女军医。豪爽热情的村长不断地把章梅梅介绍给大家,人们好奇地看着她,问这问那。由于双方语言不通,村长总是耐心地两边翻译。

"章医生,当你那天一走进医院,我眼前就一亮,感觉像观音菩萨来了。"

"是啊!当我一看见你,我感到你就是活菩萨,我就觉得我们华仔有救了。"华仔的父亲说,"章医生啊!我一见你就完全信任你了,那天你对我们说的话我都相信,我认定你一定能治好我儿子的伤!"

"章医生,我们这些渔民从来没有见过女军医,更没有见过像你这样漂亮的女人,反正我们村没有哦。"

屋里顿时响起一阵笑声。

梅梅不好意思地笑了笑说:"我们军中的女兵都很漂亮。"

村长说:"当年我要是去当兵就好了,就有机会看到漂亮的女兵啦!"

大家都给逗笑了。接着他又问:"章医生啊!你的医术是在哪里学的?"

于是,章梅梅开始给他们讲军医大学、讲部队里的医院……

就这样,她每次去都会跟他们聊上一会儿。她发现这些渔民特别团结,听说在海上,船老大的话就如同军令,人人都要执行。他们都很强悍,平时顶风抗浪在海上打鱼,练就了勇敢顽强的性格。还有,因为他们常常在海上喊话,所以说话声音特别大。是啊,人长期生活在一个特定的环境中自然会形成一种共有的习惯,会表现出鲜明的性格特点。

由于章梅梅高超的手术和术后精心的护理,华仔的伤口愈合得很快。到了拆线的时候,当章梅梅把他脸上的线拆完时,大家发现,他的脸又恢复了原样,几乎看不出明显的疤痕。在场的人都惊呆了,随即发出一片"啧啧"的赞叹声。

华仔的父亲激动地说:"章医生,我太感谢你了!"

村长一脸敬仰地对她说:"章医生啊,我们一定要在碣石给你扬名。"

"扬名?扬名是什么意思?"梅梅不解地问。

村长马上解释道:"噢,扬名嘛,就是让整个碣石镇的人都知道你高明的医术,我们这里叫给你扬名。"

卢院长在一旁听了感慨地说:"这么多年来我还从没有看到过桂林村的

人对医生这么好。"

2

病人出院了，章梅梅并没有太在意他们所说的"扬名"一事，她很快把这件事忘了。

有一天，章梅梅正在二楼的诊室看病人，突然，她听到楼下传来吹吹打打的声音，就好奇地问老三陈世常："怎么回事？"

陈世常立刻跑到外面去观察，不一会儿，他兴奋地喊了起来："章医生，你快来看呀！"梅梅闻声往楼下一望，她瞬间惊呆了。

只见浩浩荡荡的一大队人马，敲锣打鼓地朝他们楼下走来。桂林村的村长带着华仔和他的父亲走在队伍最前面，后面是舞狮队、唢呐队，再后面跟着一大队当地群众，他们手中拿着用金纸和银纸做的金花和银花吹吹打打，两只活灵活现的狮子不停地摇头摆尾、翻滚跳跃，精彩的表演赢来一阵阵喝彩，真是热闹非凡。游行队伍绕着整个碣石镇走了一圈，最后来到了章梅梅的诊所楼下。

看到这样的情景，章梅梅和陈老三赶紧跑到楼下。

人们在院子里绕了一圈，然后在陈家房前屋后和门上、墙角，插满了金花和银花。有几个年纪大的妇女一边拉着梅梅的手，一边叽里呱啦地说着她听不懂的陆丰话。虽然她一句也听不懂，但是章梅梅从她们微笑的表情中知道她们说的是一些感谢的话。至于那些金花、银花，梅梅想一定是表示吉利的意思吧。

几个年轻人拿出一卷卷用红纸包裹的鞭炮，把它们打开来连成一串，摊放在小院的地上。随着噼里啪啦震耳欲聋的鞭炮声，吸引了更多的人前来观看。鞭炮炸完后，烟雾弥漫了整个院子，地上留下了厚厚一层红色的碎片。

陈世常向她解释道："这就是扬名，是我们这里特有的风俗，是对恩人表达感激的最高仪式。"

那个被治愈的小伙子华仔，双膝跪在章梅梅面前，用生硬的普通话说：

"感谢您救了我的命,我今生今世都不会忘记您的大恩大德。"

章梅梅双手把他扶起来,接着华仔的父亲又行大礼跪下,梅梅赶忙扶起了他,连声说道:"老伯,使不得,使不得!"

村长一挥手,一位身材健壮的后生端着一个用红纸包的大圆盘子走到梅梅面前。只见他半跪着,把盘子高高地举过头顶,盘子上放着茶叶、烟,还有一个红包。梅梅想那红包里装的肯定是钱。她收下了茶和烟,然后把红包放在华仔父亲的手上说:"老伯,孩子住院已经花费很多钱了,你们家也不富裕,听说有的钱还是村里人凑的,所以别的我都收下,这钱我坚决不能收!"

村长掏出一个袋子,对她说:"章医生啊,这是我送给你的礼物。这是我在海里打的海马,它可是珍贵的中药材,有强肾壮阳、调气活血的作用,你拿去给家里的老人泡酒喝,这绝对是好东西。"

梅梅打开袋子取出已晒干的海马,她吃了一惊,连忙问道:"村长,这海马的头怎么像马头,尾巴卷起又像龙啊?"

村长笑了笑说:"我们这儿有人也把它叫作海龙,因为它的外形也像龙。"

梅梅拿着海马仔细地看了又看,说:"奇怪了,真是又像马又像龙。谢谢你,村长,我收下了。"

眼前这些情景章梅梅从来没有见到过,她感慨地对大家说:"乡亲们,我在部队曾经参加过唐山大地震伤员的救治,抢救过为修建南疆铁路而受伤的铁道兵战士,也参加过对越自卫反击战伤员的救治,但是,我还从来没有见过眼前这样的情景。你们让我感动,你们给予我的荣誉太高了,太谢谢你们了!今后,如果你们有患头面部、颈部的疾病或者受到了外伤,都可以找我,我一定尽最大的努力给你们治疗!"

她的话经过村长翻译后,引起了一片热烈的掌声。

村长对她说:"章医生,我们经常出海打鱼免不了受伤,我们这儿缺医少药,又没有很好的医生医治。到汕头或广州,一来路途太远,二来我们也不知道怎么找,又不认识人,现在有你在这里就好了,我们就有救了。"

自从这次桂林村的渔民们给她"扬名"后,章梅梅就红遍了整个碣石镇,来找她看病的人越来越多。没过几天,村长又送来一位下颌骨骨折的病人,他告诉章梅梅,这个病人是出海时不幸遇到了风暴,被船上的缆绳打伤的。梅梅熟练地为病人处理好伤口后,还让他留院观察了几天,病人才回了家。

海军女军医治好了桂林村受伤病人的消息,一下子传遍了附近好几个渔村。许多人来找桂林村村长打听,村长也因此备感光荣。于是,他热情地不厌其烦地给大家讲述着章梅梅这位女军医治病的经过。

3

一天,章梅梅的治疗室里来了很多病人,他们都说是从玄武山抽签后过来的,说是"佛祖"介绍他们过来的。佛祖告诉他们这里来了一位女贵人,让他们到这里来看病。听了他们的话,梅梅惊呆了,她简直不敢相信这一切,心想:这玄武山的佛祖怎么会知道我呢?还给我介绍病人?这佛祖真的显灵了吗?

"怎么会这样?你们这里的人怎么这么相信佛祖?"她问。

陈世常告诉她说:"我们这里的人特别信佛祖,如果佛祖让他们修路的话,那可是有钱的出钱,有力的出力,谁也不敢怠慢,生怕得罪佛祖,亵渎了神灵。"

"我从很远的地方来到这里,佛祖也知道吗?"

"我们这里的佛祖什么都知道。"陈世常回答。

章梅梅暗自思量:真是奇怪了,这佛祖怎么对我这么好呢?不管怎么样,明天我就到玄武山烧香拜佛看个究竟。

这天晚上,她梦见一位慈祥的老太太拉着她的手对她说:"你的心很累,你明天到玄武山去拜一下佛祖吧,这样你的心就不会那么累了。"

第二天清早,陈世常给章梅梅找了一位既会烧香,又会讲普通话的阿婆带着她到了玄武山。

此时，元山寺内已是香火旺盛、香烟缭绕，空气中弥漫着浓浓的烟雾，熏得她直流眼泪。阿婆告诉她，很多人为了能靠近佛祖的神像求得好签，得到佛祖的赐福，很早就来了。尤其那些外地人，半夜三更就起程赶来朝拜，因为能靠近佛祖的神像是不容易的。

置身于香烟缭绕中，在一片不绝于耳的摇签声、抛卦声、祈愿声、佛乐声，还有噼里啪啦的鞭炮声中，章梅梅感到灵魂快出窍了。在阿婆的指导下，她也买了祭拜用的红蜡烛、香和香纸来到香炉前。

阿婆教她先点燃蜡烛拜三拜，再把它插入香炉中，然后点三支香，默念偈语。第一支香插在香炉中间，心中默念：供养佛，觉而不迷；第二支香插在右边，心中默念：供养法，正而不邪；第三支香插在左边，心中默念：供养僧，净而不染。

上完香后，章梅梅面对佛祖像合掌跪拜，心里默默地念着：大慈大悲的佛祖，我是从很远的地方来到这里的医生，感谢佛祖给我介绍病人，求佛祖保佑我平安，求佛祖保佑我顺利开展工作，求佛祖保佑我早日实现我的梦想——我要创立一个现代化的口腔医院，它的名字就叫"白天鹅"。然后，她把香纸高高地举过头顶，拜了三拜，再起身把香纸放入炉内烧了。

奇怪的是，自从这次烧香之后，章梅梅经常梦见佛祖玄天上帝。他坐在高高的大殿上，面带微笑地告诉她，治病疗伤应该做好哪些事情，应该具备哪些医德，让她一定要技术精良，认真工作，不得有半点马虎，要有爱心……

梅梅在大殿下合掌敬听。最后，她恭敬地对佛祖玄天上帝拜了三拜说："我知道了。"

接下来，找她看病的人越来越多，而且很多人都说是抽了签来的，说是按照签文的意思，是佛祖让他们来的。梅梅知道陆丰人非常信佛祖，他们看病常常抽签问佛祖，看看要到哪里去看病、找哪位医生。他们对宗教的崇拜和虔诚之心，让她感动而又百思不得其解。

更使章梅梅吃惊的是，她的像竟然也被人挂在墙上了，还供着香，被人恭敬地拜着。吓得她赶紧把像取下来，恳求道："阿公阿婆，使不得使不得呀，我可是个大活人，哪有拜活人的？你们这样做，我可是要折寿的。我会为你们好好服务的，但你们不要把我当作神来拜。"

　　章梅梅不仅治疗牙病，还有许多患面部疾病的病人也都找她看。这里没有颌面外科医生，很多患有面、颈部疾病的病人得不到治疗，甚至还有20多岁患唇裂的姑娘没做手术修补。小小的治疗室里每天都挤满了人。现有的牙科设备已经不够用了，章梅梅写信给母亲，让妹妹和妹夫利用暑假假期把她的儿子小继民带来，同时从南京带一台牙科涡轮机来。

　　这个天涯海角偏僻的小镇还没有公共电话，人们对外联系也只能通过书信。这是章梅梅来碣石后第一次提笔给家里写信。她在信中说，直到现在才给家里写信，一来是因为工作一直很忙，二来是她想要等到安顿好了再写。

第五章

"你命中带桃花。"

"什么?我命中带桃花?"

1

暑假期间,章晶晶和她的丈夫带着梅梅的宝贝儿子赵继民及一些牙科器材辗转来到了碣石镇。她一见到梅梅就大声嚷嚷起来:"哎呀!姐姐,这是什么野地方呀!这么偏僻!"

章梅梅还来不及回话,赵继民就高兴地伸出小手,扑到了她的怀里:"妈妈,我好想你啊,我好想你啊!"

梅梅立刻抱住儿子一阵猛亲:"我的宝贝,妈妈可想你了。"她抚摸着儿子的头,然后,牵着儿子的小手,带着妹妹和妹夫在附近的旅社住下。一路风尘,他们已经很累了。

梅梅给儿子洗完澡后,小继民趴在她的怀里舒舒服服地躺着。她心疼地抚摸着儿子稚嫩的脸蛋、柔软的小手和小脚丫说:"继民,你累了吧,妈妈对不起你,让你走那么远的路。"

"不,妈妈,能看到你,再远我都不怕。"

"宝贝,这几天妈妈天天陪着你玩,你想吃什么就告诉妈妈,好吗?"

"我就想跟妈妈在一起。"小继民抬起头,亮晶晶的黑眼睛像两颗黑珍珠。

梅梅感到一阵阵心痛,眼睛也湿润了。她一下子把儿子搂在怀里,心想:唉!这是一个小孩子最起码的要求啊,我一定要多抽点时间陪陪他,我的小继民太可怜了。她决定半天工作,半天陪孩子和妹妹、妹夫他们一起出去走一走、玩一玩。

第二天下午,梅梅带着他们去了碣石湾海边。

碣石海湾风景优美,海湾沿线的金厢滩因"神、海、沙、石"四者兼备而闻名遐迩,素有"粤东黄金海岸"之称。

在金厢滩与碣石的交界处,有一座秀丽的山岭,叫作观音岭,观音岭因岭上有水月宫而得名。这水月宫建于明代,以后在清道光年间又重新翻修,整个建筑俊秀典雅。每当夕阳西下,皓月当空,在水月宫前依栏听潮,如临蓬莱仙境一般。

在观音岭下的黄金海岸线上,遍布奇礁异石,那奇峰兀起、层层叠叠的礁石形状各异,千姿百态,有如飞禽,有如走兽,变幻万千,让人叹为观止。许多礁石上还保留着古人刻下的诗句,这些诗句虽经风历雨但仍清晰可见。

章梅梅他们一行人来到海边时,正是阳光灿烂的下午时分。这是他们第一次看见大海,蔚蓝色的海水被海风吹得哗哗作响,海浪一波接一波地拍打着海岸边的礁石,发出阵阵轰鸣。极目望去,海天一线,分不清哪儿是大海,哪儿是蓝天。

"好美,好美啊!"章晶晶情不自禁地连声赞叹着。

梅梅更是激动极了。虽然当了几年海军,可她除了有一次上军舰匆匆看过一眼安静的海港外,还没有真正地置身于大海的蓝天白云之下,没有见到过这银白色的沙滩和奇形怪状的礁石,更没有见到过翱翔的海鸥、翻卷的海浪,也没有见到过海天尽处那若隐若现的山峦、帆影……

章梅梅尽情呼吸着海边清新温润的空气,小继民则兴奋地在她身边冲过来又跑过去。

海风一阵阵地吹来，梅梅感觉是那么柔和，好像一下子吹走了她身上积存了很久的压抑和疲倦，她感到无比的舒畅和惬意。

他们换上了泳装。梅梅那淡红底色衬黑条纹像斑马似的泳衣，把她原本苗条而又丰腴的身材勾勒得更加曲线动人，她那雪白细腻的肌肤在阳光的照耀下发出玉白色的光泽。一阵阵海风拂起她那长长的秀发，吸引了周围人的目光。

晶晶打趣地对她说："姐姐，如果当年爸爸同意你去选美的话，我想你可能会选上。"

"是吗？"梅梅扬了扬眉说，"可咱爸说不靠外貌，要凭真本事嘛。"

"哼！咱爸就是老古板。"晶晶显然还在为当年姐姐没有参加选美感到惋惜。

"老革命都是这样。"梅梅笑着说。

晶晶吐了一下舌头，调皮地笑了。

他们光着脚丫踩在柔软的沙滩上，海水呼啦啦、呼啦啦地冲上岸，冲到他们的脚上，凉凉的、痒痒的。

小继民一边跳一边大笑着："妈妈，我好痒呀，好像是小虫子在挠我的脚丫丫。"

梅梅刚给儿子穿上泳裤，小继民立刻脱掉了："我不穿，我就要光屁股。"

"继民，光屁股多难看啊，'小鸡鸡'都露出来了。"

继民挺着小胸脯说："我不怕！"逗得大家一阵大笑。

晶晶拍着他的小屁股说："不穿就不穿，这屁股圆圆的，多好看呀。"

梅梅在儿子的脸蛋上亲了一下，她把泳圈给儿子套在身上，告诉他下海要注意的事项……

他们四人在大海里一上一下地随着海浪起伏，只露出一个个脑袋。远处的海浪一个接一个、一排连一排地涌过来，他们手拉手地排成一排，随着浪涛跳跃着，情不自禁地发出一阵阵"啊！啊！"的欢叫声。海浪溅起洁白晶莹的浪花，时不时地把他们淹没在海里，随后又把他们抛出海面。他们就这样冲着浪,与大海尽情地嬉戏着……

不知过了多久,他们终于没力气了。他们上岸了,在柔软的沙滩上慢慢地走着。

"哎呀!我可要歇会儿了。"章晶晶最先一屁股重重地坐在沙滩上。

"我也要休息了……"梅梅也累了,她抹了抹脸上的海水,轻轻地坐下来。

这时候,灿烂的余晖照射着沙子发出金灿灿的光来,整个沙滩像撒了一地的金子。沙滩上有许许多多的贝壳,它们长得奇形怪状,有的像五角星,有的像小海螺,有的像小扇子,小继民兴奋地捡着海螺、贝壳……

当红红的夕阳就要滑入海平线时,他们才又疲惫又开心地离开了金厢滩。

随后,梅梅带着他们来到海边的海鲜市场,这里有海胆、海虾、海蟹、生蚝、海螺,还有很多他们从来没见过的奇形怪状的海鱼,真让他们大开眼界。梅梅带着他们走进了一家海鲜餐馆。海陆丰、潮汕一带烹制海鲜的手艺早已闻名于天下。他们点了一大桌海鲜,有用鱼肉做的面条、芝麻鲜虾,还有手捶牛肉丸、鱼丸等,这鱼丸是用每天出海捕捞的最新鲜的鱼做的。还有梅梅最爱吃的蚝烙,它是蚝和番薯粉掺和在一起再淋上鸭蛋煎成的饼,外酥内软,浓香嫩滑。

"哇!这味道鲜美极了。"他们一边吃一边不停地赞美着。

美餐一顿后,他们回到旅社,尽管天色已晚,但他们仍意犹未尽地谈着海边的趣事,回味那鲜美的海鲜。他们决定只要有时间就到海边去玩。

2

这天,梅梅带着妹妹、妹夫和儿子上了玄武山。他们登上了福星垒塔,这是一座八角形三层楼阁式石塔。塔高18米多,因为塔建在碣石全城最高处,登塔远眺,天高云淡、海天一色,古城风光尽收眼底。

他们爬上了福星垒塔东侧的一块庞然巨石。这块巨石雄姿昂扬,貌似麒麟，因此得名麒麟石。石上刻有"山不在高"四个大字，是清光绪十六年（1890年）时镇碣使者邓万林题写的楷书，每个字直径半米，气势不凡。于是，他们纷纷在那里照起相来。

他们走到园林景区，只见奇树林立、绿草如茵。有几棵古榕树长得枝叶茂盛，它们的树根如蟠龙，树皮像裂岩，树身垂下许多须条，随风飘舞，小继民看到后立刻瞪着大眼睛惊奇地喊起来："妈妈，妈妈，你快看呀，这个树怎么长胡子了？"

梅梅看了看榕树，对儿子说："宝贝，这个榕树有许多往下生长的须条，就像胡子一样。它能吸收空气中的水分和养料，还能不断地往下生长。它的须条伸到土里就又成了根，以后又能长出一棵树来。"她摸着儿子的头又说："来呀宝贝儿，咱们在这棵树下照张相，留个影吧。"于是，他们留步摄影，然后坐在榕树下聊天谈趣，观赏着风景。

接下来，他们参观了古戏台。这个古戏台建于明万历年间，清乾隆十五年（1750年）重建，是广东省历史最悠久、规模最大的庙宇戏台，戏台高1.5米，宽22米，造型古朴，气势雄伟，建筑艺术精湛。人物、花鸟、虫鱼等各种木雕、石刻千姿百态、栩栩如生。戏台正中悬挂着的"台阁文章"的牌匾，是清光绪年间的探花李文田所题写的。戏台下有一个用石板铺成的很大的广场，足足可以容纳几千人看戏。每逢庙宇盛会或传统佳节时，当地官绅就请来陆丰和邻县的正字戏、潮剧戏、白字戏等戏班在戏台轮流演出。演出时，台上锣鼓铿锵，台下人山人海，一片歌舞升平的景象。可以想象，当时的碣石卫是何等的热闹。

他们欣赏着古人雕刻的花鸟，小继民在戏台上又蹦又跳。

接着，梅梅带着他们来到元山寺的正殿。正殿上悬挂的第一块匾额，上面刻着释迦牟尼说的"心即是佛"。再往里走，他们看到很多明清时期的匾额，有同治皇帝"威宣岭表"匾，林则徐"水德灵长"匾以及刘永福、俞大猷等人的匾额。

走进大庙内，到处都是涌动的人流。寺庙里烛火鼎盛、香烟缭绕，熏得人直流眼泪。信徒们在地上铺着报纸，上面摆放着水果、糕点，他们点燃香,就开始求签朝拜起来。这里到处都是烧香的人,找一块空地都很困难。

章晶晶看了,感慨地说:"我长这么大,还没有见过香火这么旺的寺庙。"

"你知道吗?这里的人很信佛祖,为了得到佛祖的赐福,半夜三更就赶来朝拜,还有从海外前来朝拜求签的呢。"

"姐姐,这个玄武山又不是什么高山大川,为什么这么有名呢?"

"玄武山的元山寺从明清以来就一直是很有名的寺庙。许多人都相信玄武山佛祖的神签,他们从各地赶来朝拜求签,那虔诚的程度实在让人震撼。'山不在高'刻在这里,再合适不过了。"

入乡随俗,梅梅他们也买了蜡烛、香、香纸等朝拜抽签。抽完签后,他们被当地人带进了一间房子里,里面坐着好几位解签先生。章梅梅发现,这里所有的解签先生都有几个特点:第一,出口成章;第二,字都写得很好;第三,他们都会说普通话。当他们走到一位年近花甲的解签先生面前时,旁边的人告诉他们,这位先生姓徐,是碣石这一带解签最厉害的,所以收费比别人要贵一些。他们这才知道原来解签的费用还分高低等级,价格是根据每个解签师的水平而定的。章梅梅坐到了徐先生的面前。

这位徐先生有着一双细长的眼睛,留着胡须。他看了看章梅梅,又看看她抽的签,就操着陆丰普通话不紧不慢地讲起来:"我先说说你现在大致的情况。如果说对了呢,咱们就开始解签,如果我说的不对,就不用解了。"

"好的。"梅梅对他点了点头说。

于是,他在一张纸上写下一句话:父母双全,姊妹三人,儿子桂树一枝。

梅梅一看,暗自吃惊,心想:哇!这徐先生真是料事如神呀,真被他说中了。于是,梅梅对他点点头说:"差不多,你帮我算吧!"

"先把你的出生年月和时辰报来,我再结合签来解。"

梅梅报完生辰,只见徐先生闭上眼睛,掐着指头,口中念念有词。不过十数秒,他把眼一睁,开口说道:"你听好了,你是壬辰年辛亥月××日生人,出生年丙火,属生身之日,命中火弱水盛,故一生多受委屈。然而你出身于权杀之门,家势应是阀阅门第,但是荣华难显。14岁左右灾难频生。在桃夭之年,阳华初满,始可扬眉吐气。27岁左右应有一番挫折,内心有说不出的苦衷。到了32岁,事业逐渐向上游。从现在开始,好比倒啃甘蔗,渐入佳境甜味来,顺水行舟自无风浪,可喜可贺啊!"他低头看了看签又说:"于签而论,你生相属龙,签中有病龙带雨之句,现年八九月要防小人,以后可返好运也。"接着,他抬起头一脸认真地对章梅梅说:"碣石是你待的地方。"

"什么,我要待在这里?"

"是的。"

"那我要待多久?"

"你要在这里待上三年,你是一条龙,但你是一条病龙。让玄武山佛祖的香油滋润你,将来才会有腾飞的一天。"徐先生捻着胡须又说,"嗯,你命中带桃花。"

"什么?我命中带桃花?"梅梅吃惊地问。

"不过不要紧张,你是内桃花,是好桃花。"徐先生安慰她说。

"这桃花还分好坏吗?"

徐先生笑了笑:"是的,内桃花是好的,是对家的,说明夫妻感情好。外桃花就不好了,是烂桃花,是对外的。"他一边写签文一边又说:"你还夫超量。"

"什么?我夫超量?什么叫夫超量?"

"就是说,别人是一个丈夫,你不只一个丈夫,还会有一个丈夫,所以叫夫超量。"

"哎呀!我彻底被你说糊涂了,你能不能说得再明白点?"

"我只能告诉你这一点了,天机不可全泄露。"徐先生把签文写好后,递给她说,"你把它保留好,将来可以验证。以后你再要解签的话,可以来找我,我就在这里。"

章梅梅收了签,对他点点头。其实,她对这些并不是很相信。付了钱后,她就头也不回地走了。

3

离开玄武山,梅梅他们来到小吃街的一家海鲜店,点了螃蟹粥和鱼肉面。螃蟹粥是用膏蟹加干鱿鱼丝熬制的,表面撒上芹菜叶,色香味俱全。

章晶晶先吃了一口,立即赞美起来:"哇!好吃好吃,这味道鲜美极了。"

"妈妈,妈妈,我也要吃!"小继民喊道。

章梅梅一边往继民碗里盛粥,一边对儿子说:"宝贝,别急,慢慢吃,别烫了嘴。"

"哇!妈妈,好香呀!好好吃呀!"

看着儿子高兴的样子,梅梅心想:这孩子总是那么快乐,他从小就很懂事,从来不给大人添麻烦。走路的时候常牵着她的手,下台阶时提着她的长裙,怕她绊倒。坐车时,他还对坐在窗口的人说:"叔叔、阿姨,这个位置能不能给我妈妈坐?我妈妈她晕车。"他的话感动得周围的人直夸他懂事。每次吃西瓜前,小继民把衣服脱得光光的,吃完瓜后,他洗个澡再把衣服穿上,他告诉小姨章晶晶说:"我妈妈洗衣服很辛苦,我要爱惜,不弄脏衣服。"大人听了又好笑又感动。只要有孩子陪着,梅梅就感到很幸福。

一天,梅梅他们突然发现大街的空地上,搭起了一座座用纸做的精美的帐篷,里面摆满了用纸做的床、凳子、脸盆、手表、衣服、被褥等生活用品。祭祀的桌子上摆满了做好了的鸡、鸭、鱼,并摆成很特别的形状和图案,猪头和羊头的嘴里还塞着苹果。除了这些,还有用纸做的几层高楼,以及用金纸和银纸制作成的金山、银山。

到了晚上,这些金山银山在灯光的照射下金光闪闪,煞是好看。大街上还到处拉上了荧幕放着电影,放的都是以前的老电影。梅梅他们感到很奇怪,一打听,才知道原来是当地人在过鬼节,这些都是给鬼看的。

当地民间认为,农历七月十五这一天,地狱大门打开,阴间的鬼就会出来到处找东西吃。所以，这里的人们纷纷在七月十五诵经作法，有的超度孤魂防止他们祸害人间，有的祈求鬼神帮助治病或保佑家宅平安，等等。祭奠结束后，这些用纸制作的东西全部被烧掉，说是烧给鬼用的。

梅梅告诉他们："碣石这个古镇作为儒释道三教汇集之地，是风俗民情保持得较完整的地方。我们生活在大城市的人是看不见这样的场面的，你们就在这儿一饱眼福吧！"

章晶晶感慨地说："我觉得在这里比在大城市好玩多了，可以看到很多稀奇古怪的事，真有趣。"

就这样，梅梅带着儿子，陪着妹妹、妹夫在海边游泳、冲浪，在沙滩上踩沙捡贝壳，上玄武山、逛街吃美食等。快乐不知时日过，很快暑假就要结束了。

章晶晶他们离开碣石的前一天晚上，小继民早早就把床铺好了，他把枕头摆好，说有好多好多的话要讲给妈妈听。梅梅忍不住亲了亲他的小脸蛋。她感到欠儿子很多。

"妈妈，我什么时候能跟你在一起？"

她只能安慰儿子："现在还不行，等以后你就会天天和妈妈在一起了。"

"那以后是什么时候？"

"以后嘛，以后就是妈妈成功了，就接你来。"

"妈妈，什么叫成功？"

"成功嘛，就是实现了自己的理想。"

"那什么叫理想呢？"

"理想嘛，就是自己想要干成的事情和想要成为的那种人。比如你想跟妈妈在一块，这就是你的理想；你想成为一个好孩子，让妈妈喜欢，这就是你现在的理想。妈妈的理想呢，就是要创办一所医院。现在妈妈要创业，也只能把你托付给姥姥、姥爷和小姨管了。继民呀，你支持妈妈吗？"

"支持，那你能不能快一点？"

"会的，继民，我们来个比赛好不好，你好好学习，妈妈好好工作，行吗？"

"好的。"

"哇！我的小继民真乖，真是妈妈的好宝贝。"她在儿子的脸蛋上亲了又亲。

就这样，母子俩聊啊聊，不知什么时候睡着了。

第二天一大早，梅梅把他们送上大巴车。妹妹、妹夫告诉她这个假期过得很快乐，增长了很多见识。小继民紧紧地抓着她的手，咬着小嘴，眼泪像断了线的珠子一样滚落下来。她把儿子搂在怀里，一边给他擦眼泪，一边轻声细语地对他说："宝贝，咱们不是讲好了吗？你好好学习，妈妈在这儿好好工作，春节妈妈就回去看你，你很快又能见到妈妈了，不要难过好吗？"

说着说着，梅梅自己也忍不住哽咽了。小继民点点头，仍咬着小嘴唇不说话。她知道孩子怕她难过，在强忍着不哭。唉！这孩子太懂事了。

汽车鸣笛了，母子俩再一次紧紧地抱在一起。梅梅强忍着不让泪水掉下来。章晶晶看到这情景，赶紧拉着小继民上了车。梅梅看见儿子流着眼泪，把小手伸到车窗外，不停地朝她招手。直到车开得很远很远了，他的小手还在那里挥动着。梅梅感到一阵阵心痛，眼泪一下子滚落下来。她知道旁边有很多人正看着她，但她管不了这些了，任凭泪水顺着面颊往下流、往下流……

第六章

他们都走了,现在她孤身一人,身边连一个亲人也没有。

她的身体在空中飘浮着,进入一片茫茫的虚空里,就像被一股神奇的力量吸进一片白光云团之中。

1

章梅梅哭着回到了自己的住处——陈家二楼。这是一间只有十来平方米的小屋,里面放着一张床、一个衣柜和一张桌子。她把头埋在被子里放声大哭起来……

他们都走了,现在她孤身一人,身边连一个亲人也没有,这时她才真正体会到,她所选的这条路将要失去很多。但她一定要往下走,后退是没有出路的。她一下子感到自己好寂寞、好孤单。她想到在战场上牺牲的丈夫赵毅民,她爱的人这么早就离开了自己,他们曾经是那么恩爱,如果在创业的路上有毅民的陪伴该多好啊。她哭着哭着渐渐地睡着了,进入了梦境……

她的身体在空中飘浮着,进入一片茫茫的虚空之中,然后,就像被一股神奇的力量吸进一片白光云团之中。接着,她走在光云里,如同踏在平地一样,感到身体非常轻盈,非常舒适。当她走进光云深处时,一个奇妙的世界浮现在她眼前：远山、近水、丛林、白云、楼阁……她看见赵毅民微笑着向她走来。

"毅民，是你吗？"她想拉住毅民的手。可她触到的是一团虚无的光，没有实体。怎么回事？还没有等她回过神来，毅民就消失了。这时候，她看到很多人从天而降，在她面前有说有笑，看得出他们很快乐。

"你们是谁呀？"她问。

"我们是这里的主人，欢迎你的光临。"说着，他们也很快消失不见了。看来，他们也都是由光组成的，没有肉身。这时，梅梅感到自己的身体也像树叶一样在空中飘浮着，飘浮在美妙的宫殿、楼阁、花池之间。清新的空气和优美的音乐在她身边缭绕着。她心想：怎么就我一个人呢？可她一点也不感到寂寞。

等她醒来后，一切都消失了。她想：我梦里云游的地方，这个光云团的世界会不会就是佛家讲的极乐世界呢？现在她又回到现实中来了。她开始感到自己走的路充满了荆棘，她将要付出许多代价。这时，她的心里突然响起一首歌：

> 我从很远的地方来到这里，
> 我还将到很远的地方去。
> 如果你看见我疲惫的样子，
> 请不要询问我的归期。
> 如果你看见我忧虑的样子，
> 请不要劝我就此放弃。
> 我已失去了太多的甜蜜，
> 我已说尽了离别的话，
> 我已尝尽了跋涉的艰辛。
> ……

这首《浪迹天涯》在她脑海里一遍又一遍地流淌着，像一股股清泉流进了她的心里。她反复默诵着歌词的最后两句：

> 如果你要为我唱一首歌，
> 定要那歌中没有忧虑。
> 如果你要为我念一首诗，
> 定要那诗中没有伤心的语句。

她对自己说：今后，我不听失意者的哭泣、抱怨者的牢骚，这是瘟疫，我不能被它们传染。从今以后，我只允许积极的思想进入我的头脑，我的行为、我的态度和我的看法都将是积极的。她沉默了很长时间后，开始调整自己的心情。她告诫自己，现在她已停薪停职，木已成舟，没有退路可走了，为了自己的理想，她只能勇敢地往前走。她不再去想那些消极的东西，比如如果失败了，我会怎样，等等，因为这些词只能使人知难而退、丧失信心。

章梅梅告诫自己：只要有决心成功，失败永远不会把你击倒。她一遍又一遍地重复着这句话，调整自己的情绪。她要做一个强者，因为这个世界是属于强者的。

从这以后，她开始全身心地投入到工作中。由于病人越来越多，陈家的三儿子开始给她当助手，她每天都工作到很晚，中午几乎不能按时吃饭。

2

一天，有一个在碣石当地开电子厂的香港人吴老板前来找梅梅看病。

这个吴老板40多岁，他一见到梅梅就一脸愁容地对她说："章医生，我听说你治好了不少人的病，我也是慕名而来的。我的病已经在香港多家医院看过，诊断是三叉神经痛。也经过许多家医院治疗，但是都没有效果。每当痛起来时，我这半边脸就像刀割火烧般，有时整晚整晚地睡不着，非常痛苦。听朋友介绍说你是一位海军军医，医术高明，所以特地过来找你看看。"

章梅梅询问了他的病史，又进行了详细的检查，然后对他说："吴老板，你确实是三叉神经痛，是三叉神经的第二支神经疼痛。这种疾病因为发病原因不清，所以治疗方法虽然很多，但是效果并不明显。"

这时，吴老板突然捂住一侧脸不停地揉搓起来："你看，我又开始疼了，每天都这样发作好几次，真是痛不欲生，有时想还不如一死了之。"

章梅梅发现他面色灰暗，面部皮肤由于经常揉搓，已经变得很粗糙了，更可怕的是他的精神快要崩溃了。在短短的谈话中，他几次谈到了想死的念头。章梅梅对他充满了同情，她暗暗对自己说："我要治好他。"

章梅梅知道这种三叉神经疼痛是非常痛苦的，每当发作时，面部就像被火烧、刀割般疼痛，有的病人甚至会用头撞墙，还有人因忍受不了痛苦而自杀。她在军医大学颌面外科时曾经治疗过不少这样的病人，但治疗效果一般。近几年，她查阅了国内外不少治疗三叉神经痛的资料，找到了一种新的治疗方法，疗效不错。

于是，梅梅对他说："吴老板，以前我也治疗过像你这样的病，但疗效不稳定。近年来，我用一种新方法治好了一些像你这样的病人，但不知这个方法对你有没有效，你愿不愿意试一试？"

"章医生，我看过很多医生都没有治好，每天都处在痛苦中，我愿意试一试。如果你真能治好我的病，你就是我这一辈子的恩人。章医生，你只要能治好我的病，用什么方法、花多少钱都行。"

"我尽力吧，吴老板，愿我能治好你的病，但我不敢打包票。这样吧，我先给你治疗一个疗程10次，如果有效，你再付钱，好吗？"

"好，就这样。"

治疗开始了。精通解剖的章梅梅，用一根长长的细针从病人眼眶下的神经孔进针，她找到了病人那支疼痛的神经，然后把她配制的药水缓缓地注射进去。注射完后，她又在注射口按摩了很长时间。吴老板临走时，章梅梅交代他，隔天来注射一次，一定要做10次才有疗效。

没想到治疗到第三次的时候，吴老板就高兴地告诉她，他这几天每天疼痛的次数明显减少了，而且疼痛的程度也在减轻。

章梅梅不断地鼓励他："看来这个方法对你是很有效的，你继续治疗，我相信你的病一定会治好的。"

一个疗程结束后，吴老板完全不疼了。他高兴极了，激动地对梅梅说："章医生，真是太谢谢你了，我没想到这么多年的痛苦一下子就被你治好了，我真的非常感谢你，我不知道怎样表达我的感激之情。"

"我也为你高兴。不过吴老板，为了根治疾病，防止复发，你休息一周后，还需要再做一个疗程以巩固治疗效果。"

吴老板连连点着头："行啊，行啊，听你的安排。正好我这一个星期要回香港，等我回来后再来治疗。"

于是，吴老板付完钱走了。

一周后，吴老板果然又来了。这次他显得神采奕奕、精神抖擞。他把一大袋东西放在章梅梅面前，这是他专门从香港给梅梅带来的礼物。见到这些礼物，梅梅一下子愣住了。紧接着，吴老板从口袋里掏出一个精致的小盒子。他打开盒子，取出一块女士梅花金表，也放在梅梅面前。他一脸诚恳地对梅梅说："章医生，我非常感谢你治好了我的病，解除了我多年的痛苦，让我有了继续活下去的勇气，你是我的甚至是我们全家人的救命恩人。这些礼物是我们全家人的一片心意，希望你一定收下，如果你不收的话，就是瞧不起我，不给我面子，我会很难过的。"说完，他摊开双手、撇着嘴，做了一个伤心的样子。

章梅梅被他的表情逗笑了，心想：这吴老板怎么像个孩子似的，那么纯朴，那么童真。她收下了吴老板的礼物。

"明天，我们就开始进行第二疗程，好吗？"章梅梅问他。

"行呀，明天就开始。"

第二个疗程结束后，吴老板的病彻底痊愈了。他高兴极了，到处给章梅梅做宣传，介绍了很多病人来。

3

一天，吴老板带来一位身材高大，身穿警服的中年男子。

"章医生，这是我的朋友，姓欧，在陆丰县公安局工作。昨天我办事正好碰到他，才知道他病了，打了好多针都不见好转，正准备到广州大医院去看。章医生你也知道，广州离我们这儿多远啊，所以我就把他带到你这里，请你看看。"吴老板一脸关切地说。

欧先生牙关紧闭，面容痛苦地咧着嘴对梅梅说："章医生，我的病是这样的，10天前，我感觉到这一侧的牙痛，后来我吞咽东西时，感到咽喉就像被碎玻璃扎一样疼痛。这几天我全身无力，一会儿发冷一会儿发热，嘴巴张不开了，呼吸也不顺畅，打了好几天的消炎针都不管用。我想到广州大医院去看，正好碰到吴老板，他说这里来了一位医术高明的海军女医生，所以带我到这里来了。"

由于张不开嘴，他的话听起来不太清楚。

章梅梅给他做了仔细的检查，他除了张不开口外，整个面部看不出什么异常。她对这位病人说："欧先生，我要用开口器，慢慢地打开你紧闭的牙齿，然后再检查口腔内。可能有点疼，你坚持一下行吗？"

"章医生，我们这些当过兵的人是很坚强的，你放心做吧。"

于是，章梅梅用鸭嘴型开口器插入他的上下后牙之间，慢慢地一点一点地打开了他的上下牙间隙。接着，她用一个口腔特制的长长的小灯，伸进这个上下牙间细细的缝隙里。她眯着一只眼睛仔细地往里看，只见病人的一侧咽部肿胀得厉害，几乎占据整个咽腔。于是，她用一个长长的针头在肿胀区穿刺，一下子，针管里抽出来很多黄色的脓液。

"欧先生，你这个病是因牙齿发炎引起了咽旁间隙感染，最后形成了咽部大脓肿。"她把抽出的黄色脓液给欧先生看了看，接着说："你这个脓肿一定要切开，要把脓液放出来，不然的话，打再多的消炎针都不管用。"

"章医生，我听你的，就按你的方法治疗吧。"

治疗开始了。章梅梅首先用开口器打开他的牙间隙，然后又把小灯伸进口内照着。深知解剖的章梅梅知道，在这个区域里有大的血管通过。接着，她用长柄的尖刀伸进咽腔，为了防止切到大血管，她轻轻地切开了脓肿表面的黏膜，然后用一个长长的止血钳慢慢地向深部分离。止血钳一进脓腔，一股脓液顿时涌出。病人大口大口地吐着脓液，口内的脓肿一下子消了。

"哎呀！章医生，我感到呼吸顺畅多了。"

"欧先生，你回去以后打三天消炎针，再吃三天消炎药就好了。"梅梅开了处方递给病人，嘱咐他一周以后再来看。病人感激地对她点点头，随吴老板走了。

一周后，他果然来了。一见面，他就高兴地告诉章梅梅说，他打了一天针后就不发烧了，第二天就不痛了，嘴巴也能慢慢地张开了。这一次，梅梅又给他做了检查，发现他有一颗智齿萌出位置不正，才导致牙齿经常发炎。

"欧先生，你这颗牙就是引起这次发炎的罪魁祸首，所以你要抽时间把它拔掉，免得它再引起发炎。"

欧先生感到很疑惑地说："章医生，我这颗牙没有坏呀？"

"是的，它看起来是好的，但是它的位置长得不对，是横着长的，所以经常引起周围牙龈发炎，还会把前面的好牙顶坏。而且它是一颗退化了的牙，拔了就拔了，以后也不用镶牙的。"

"什么叫退化的牙齿？"

"在远古的时候，我们的祖先吃的食物是比较粗糙的，所以颌骨发育得比较强壮，后来随着食物越来越精细，我们的颌骨和最后一颗牙就变得小了，叫作退化了。由于颌骨的位置不够，最后一颗牙经常会长歪，导致经常发炎和顶坏前面的牙。"章梅梅耐心地给他解释着。

"噢，章医生，我明白了，它是一个没用的牙，不但没用，还经常起坏作用，行，就照你说的办。"

几天后，他的牙顺利地拔掉了，伤口也愈合良好。临走时，他关切地对梅梅说："小章啊，我们这儿有的地方很乱，你刚从部队下来可能对地方不是很了解，我给你留一个电话号码，如果将来你遇到什么难处，就给我打电话，你这么好的医术，千里迢迢来这里为我们服务，我们有责任保护你。"

章梅梅这才知道，原来欧先生是县里的公安局局长。吴老板也凑上来小声对梅梅说："我听说陈家人名声不大好，如果将来你有什么事的话，一定要来找我，我会帮助你的。"

欧局长介绍了当地派出所的翁所长和公安分局叶局长给梅梅认识，并反复交代他们今后要多帮助和保护这位女军医。

第七章

"要走?没那么容易!告诉你吧,我们这儿杀人可没人管!"

"是吗?没人管吗?共产党的海军中校军官被你杀了,你看有没有人管!"

1

由于患者越来越多,梅梅每天工作都很忙,很多时候,中午都不能按时吃饭。而且她渐渐发现,自己被陈家的人看得紧紧的,几乎和外界隔绝了。另外,陈阿公还规定,梅梅只能教他儿子,不能教其他人。

正在这时,刘瞻教授也到碣石来了,陈阿公请刘教授教陈老二B超技术。他们专门在卫生院设了一个点。刘教授年过六十,高高的个子,风度儒雅,神情中透着成熟和稳重,眉宇间充满平和与温厚。他是一个知识很全面又很热情的人,对外界信息非常灵通。一见到刘教授,章梅梅就像见到了久别的亲人。在工作之余,她终于有一个可以谈心的人了。

有时候,章梅梅和刘教授晚饭后会一起散散步、聊聊天。路过派出所翁所长家时,他们也进去坐坐,所长一家人总是很热情地接待他们。

该发工资了。这天,陈阿公找到章梅梅。他首先对梅梅大加赞扬,然后一副心事重重的样子对梅梅说:"章医生,目前我家里很困难,连盖房子的钱都没有还清,能否先暂时借你的工资用一用,解一下燃眉之急,我先打个欠条给你,等下个月发工资时一块儿还你?"

章梅梅心里很不情愿。晚上散步的时候,她把这事告诉了刘教授。刘教授对她说:"你千万不能借钱给他,你一个女人千里迢迢来到这里,人生地不熟的,什么人都不认识,万一他不还怎么办呢?"但是,无奈陈阿公天天在她面前诉苦,最终她还是同意了。陈阿公立刻写了借条给她,章梅梅想,有借条在手上他肯定是赖不掉的。

可梅梅没想到,第二个月发工资时,陈阿公只发给她半个月的工钱,其他的钱又被他借去了。他一再向章梅梅保证,下个月一定全部还给她。这次,他又写了借条。

章梅梅的名气越来越大,人们从四面八方赶到这里来看病。小小的诊室每天都挤满了人,来看病的人从楼上排到了楼下,梅梅觉得扩大诊所规模已经迫在眉睫。

于是,章梅梅和陈家商量扩大诊所的事。她建议在外面租一个大一点的房子,这样更适合业务的开展。她本以为陈家人会同意的,没想到他们怕花钱不愿投资。章梅梅提出大家各自投资一半,但他们还是不同意。章梅梅一直与他们反复商量,但是始终达不成一致意见。她终于明白自己与陈家人在观念上存在着天壤之别:陈家人只是为了赚钱,而她则是为了实现自己的理想。一个是为了赚钱,一个是为了理想,这云泥之别的鸿沟是无法逾越的。

从这以后,章梅梅和陈家的关系就越来越紧张,她提出的很多建议陈家都不采纳。最后,章梅梅终于明白了,自己在陈家这样干下去不可能发展壮大,不可能实现自己的理想,更不可能创办一个口腔医院。他们根本就不是一条道上的人,她从部队下来绝不是为了蹲在这个小小的诊室里的。

散步时,梅梅把自己的想法告诉了刘教授:"我一定要从陈家出来,在他家我什么事都做不成,而且我又没有跟他们签合同。"

刘教授沉默了一会儿,不无担心地对她说:"你可要想好啊,你一个女人孤身一人在这里,又人生地不熟的,你也听说过'天上雷公,地下海陆丰'这句话吧？卫生院有人告诉我说，陈家的大儿子在医院里打架斗殴是出了名的。梅梅啊，你一定要考虑清楚后果，千万要小心啊。"

章梅梅一脸坚毅地对刘教授说："我已经想好了，不论前面等待我的是什么，我都不怕！为了理想，我不怕任何风险！对我来说，除了成功，我别无选择，在他们陈家我什么都干不成！"

"既然你决定了就按着自己的想法去做吧，我早就看出来了，你不是个一般的女子。"

2

接下来，章梅梅渐渐发现，陈家人把她看得越来越紧了，身边好像总有人跟着她。

在陈家人的眼里，章梅梅就是一个"招财猫"。他们私底下商量好，无论如何也不能放她走，一定要让她签合同。

又到了该发工资的日子。章梅梅以为陈家会把欠的钱全部还给她，没想到陈阿公手里拿着一份早已写好的合同，对梅梅说："章医生，我们先把合约签了，再发工钱吧。"

梅梅瞪大眼睛冷冷地说："陈阿公，你已欠了我三个月的工资，说是这个月全部还清，你不会出尔反尔吧？"

刘教授在旁边实在看不过去了，就说："老陈啊，你这样做就不对了，你要先把欠别人的钱还别人，才有资格谈合作的事嘛。"

"不是这样的刘教授，我要让她先签合同，签了合同再还钱。"

"那你的意思就是不签合同就不还钱喽？"刘教授问。

"是的。"陈阿公点点头，接着，他转过头对章梅梅说："章医生呀，如果你和我们合作的话，咱们就马上签合同，然后我就把这个月的工资付给你，还有借你的钱也都还给你，如果不合作就不给钱了！"

章梅梅大吃一惊，她没想到天底下竟然还有这么不讲道理的人。于是，她愤怒地吼道："陈阿公，你这么大岁数了，难道不知道借钱还钱的道理吗？"

陈阿公看着章梅梅，一脸无赖地说道："钱在这里，借条也在这里，就是不还你，你能把我怎么样？"

一向温文尔雅的刘教授也生气了，他气愤地说："老陈啊，你这样做就太不讲道理了！"刘教授还想再说下去，被梅梅制止了。

"刘教授，您不要再跟他们讲了，像这样的人，哼！"她看了看陈阿公，一脸鄙视地说："我是绝对不会和你们合作的！"

一听到章梅梅说不合作，陈家的三个儿子立刻围上来了。他们拿着早已写好的合同，对她不住地劝道："章医生，你再考虑考虑，还是签合同吧，签了合同就能拿到钱了嘛。"

章梅梅坚定地说："不用考虑了，我现在就明确地告诉你们，像你们这样的人，我是绝对不会合作的！"

看到章梅梅坚决的态度，陈家的大儿子陈世成脸色一变，恶狠狠地说："要走？没那么容易！告诉你吧，我们这儿杀人可没人管！"

一向最讨厌被人恐吓、要挟的章梅梅猛地站起身，她用冷冷的目光逼视着陈家老大，异常镇定地说："是吗？没人管吗？共产党的海军中校军官被你杀了，你看有没有人管！告诉你陈老大，你也别太无法无天了！"

她的每一字、每一句都说得铿锵有力。接着，她转身对陈阿公说："既然你儿子说出这样的话来，我只好到公安局报案了，如果我以后被人杀了，第一个嫌疑人就是你儿子！"

章梅梅转身准备去报案，陈阿公赶紧把她拦住，满脸堆笑地说："他是随便讲的，你不要介意，不要介意。"

"什么？随便讲讲，这话能随便讲吗？我不会和你们这样的人合作的！钱，你不还的话，咱们就公安局见，我会让你一分钱不少地还给我！"

说完，章梅梅愤愤地走出了陈家的大门，直奔派出所翁所长家。

章梅梅把刚才发生的事情讲给了翁所长夫妇听。所长的爱人是个热心快肠的人，她听了特别生气，说陈家这样做太欺负人了。她对所长说："我就看不得我们女人受欺负！"

翁太太虽然年近半百，但是生得白白净净，看上去细皮嫩肉的，她圆圆的脸上长着一双大大的眼睛，一笑还有俩酒窝，年轻的时候肯定是个大美人。

翁所长考虑到章梅梅现在面临的处境，果断地说："你现在就从他家搬走，不要住在那里了。我们家的孩子都在深圳工作，东边的几间房子是空的，先借一间给你住。另外，我家附近有一栋三层小楼，正好在大路旁，你可以把它租下来开诊所，他们不敢来这儿闹事的。等下我派一个人帮你搬东西，再叫一辆板车帮你把东西搬过来。"

于是，翁所长派了一个40多岁的民警和一个拉板车的人过来。这个民警个子不高，脸黑黑的，穿着一身草绿色的民警制服，手里拿着一根警棍。他们三人一起到了陈家。

看见来了一个派出所的人，陈家人全愣住了，他们万万没料到一个外地女人竟然真把派出所的人叫来了。他们这才觉得真是小看了这个女人。看见派出所的人黑着脸进来，陈阿公马上点头哈腰地迎上去，对这位民警又是递烟、又是端茶。接着，他们用章梅梅听不懂的陆丰话叽里呱啦地说了起来。

不一会儿，这位民警就用他那生硬的陆丰普通话对章梅梅说："你的东西拿走！他们的东西留下！"

然后，他就和陈家人坐在一起喝茶去了。

章梅梅上楼开始收拾她的口腔器材。陈老大涨红了脸冲到她面前，硬生生地从梅梅手中把电机夺去，还粗暴地喊着："这些机器是我买的，这里所有的东西都是我买的！"

章梅梅气愤至极，她大声喝道："什么，是你买的？你把发票拿出来看看，你知道这台机器多少钱吗？"

陈老大顿时语塞。接着，他气急败坏地用力把电机杠杆掰弯后扔到一边；又把一支支注射器往地上摔，注射器噼里啪啦碎了一地。接着，他又把消毒棉球和纱布扔在地上用脚踩，还狰狞地对章梅梅一笑，说："这些都是你摔的。"

章梅梅气得要吐血。此情此景，让她真正见识到了什么叫不讲道理、什么叫泼皮无赖。她气愤至极，鄙视地看着陈老大说："你看看你自己，像不像一个男人？"

听到楼上噼里啪啦砸东西的声音，刘教授立刻冲了上来，问道："怎么回事？"当他看见地上一片狼藉，再看看陈老大那副扭曲的面孔，他明白了。

"梅梅，快把你的东西收拾好，赶快走！"他上前准备帮着梅梅收拾，可陈老大双手猛地把他的一只手扭住。刘教授一脸淡定地用另一只手指着陈老大说："请你放手，我再讲一遍，请你放手，不然我就不客气了！"

章梅梅发现，一贯沉稳儒雅的刘教授眼中，突然放射出两道冷冷的寒光。她知道，这是男人要打架前的眼神，生长在军中的章梅梅对它很熟悉。哇！刘教授好勇敢，在他那温文尔雅、充满学究气的外表下，原来还有着男子汉的血性，以前在医院里怎么没发现呢。

"不行，刘教授都是为了我，我不能让他吃亏。"说时迟那时快，梅梅猛地冲上去，抓住陈老大的另一只手来了一个反扣，这是好多年前陈天宇教她的防身动作。陈老大最终招架不住，松手放开了刘教授。

此时，那位民警也上楼来了，他还是不停地说："你的东西拿走！他们的东西留下！"

"这些医疗设备、器械都是我买的呀。"章梅梅解释着，她把一大沓发票拿出来，一张张地翻给民警看。

可他连看也不看，仍然不断机械地重复着："你的东西拿走！他们的东西留下！"

章梅梅纳闷起来：他怎么就只会说这两句话呢？看样子他的文化程度不高，根本就分不清哪些是我的，哪些是他们的东西。于是，她不再说什么了，因为说什么也是徒劳的。她继续收拾自己的器材……

接着，陈老大又怒气冲冲地把章梅梅的衣服从二楼扔到一楼的院子里，他歇斯底里地喊着："走，马上滚！滚！"

这时翁所长赶到了。在翁所长的帮助下，章梅梅终于把自己的口腔器材放在了板车上。

天下着蒙蒙小雨，显得格外凄凉。章梅梅默不作声地从地上一件一件地捡起沾满泥水的衣服。她抬头对陈家人喊道："咱们走着瞧！"

翁所长也对他们大声喊道："明天你们到派出所来！"

章梅梅就这样走出了陈家的大门。

雨，越下越大，她全身都被淋透了。"下吧，下吧，再下大一点。"她在心里无声地喊着。她不停地责怪着自己："我为什么不听刘教授的劝告？我是天底下最大最大的傻瓜、笨蛋！"

她在心里一遍一遍地对自己喊着：我要永远记住这个教训，再也不跟任何人合作，永远不再借钱给别人了。这几句话一遍遍地在她心里重复着，重复着……她难过极了，这教训她要牢记一辈子。她吃力地推着板车艰难前行，脸上分不清是雨水还是泪水，孤单的身影渐渐消失在雨中。

章梅梅把东西先放在派出所里，因为天已晚了，她就在旅社睡了一夜。这一夜，她彻夜无眠，想想白天发生的事真像一场噩梦："怎么会是这样？怎么是这样呢？"她不停地问自己。章梅梅开始担心起刘教授的安危来，自己走了以后，陈家会怎样对待他呢？

3

第二天一早，刘教授就来看望章梅梅。

见到梅梅后，他由衷地赞叹说："你真不简单啊，昨天陈家闹得那么凶，你竟然还没哭，要是别的女人早哭了，你是我遇到的最勇敢、最坚强的女人！"

他告诉梅梅："你走了以后，陈家又跟我吵了一架，他们说我没来之前，章医生在这儿待得好好的，自从我来后每天带你散步，不知道对你说了什么，于是你就不安心了。我对他们说，你们三个月没给人家工资，欠钱不还，还逼着人家签合同，你想想，她愿意合作吗？"

刘教授还对梅梅说："这家人太不讲道理了，我也不想在陈家住了，我要搬到卫生院去住。"

刘教授昨天的英勇举动让章梅梅很受感动。她对刘教授昨天的出手相救表示深深的感激，觉得是自己连累了刘教授，所以一个劲儿地向他道歉。

"刘教授，都是我害了你，本来这事和你没一点关系，结果把你也连累了，把你的计划也打乱了。"

刘教授马上安慰她说："我是一个有正义感的人，是我把你介绍来的，我不能看着你受欺负。你放心，我那么好的技术，很多单位都抢着要我呢，深圳那边好几家医院都请我去呢！"

后来，刘教授果真搬到卫生院去住了。

接下来，章梅梅也搬进了翁所长家的空房子。由于房子的顶上有个水池，房间里显得很潮湿。但章梅梅已经顾不上这些了，她认为现在有个地方住就不错了，更何况住在翁所长这里比较安全，不怕陈家来捣乱生事。

翁所长安排章梅梅在他家附近的镇政府食堂吃饭。在这里用餐的人有镇政府的在职干部，也有一些退休老干部。老干部中有不少人曾是东江纵队的老游击队员。章梅梅第一天去吃饭的时候，热闹事儿就发生了。

老干部们看到皮肤白里透红、眉眼灵动清秀、身材匀称苗条的章梅梅走进了食堂，他们的好奇心就像聚焦灯似的聚在了梅梅身上。他们不停地打量着梅梅，还不停地相互打听："她是谁呀？从哪儿来的？怎么到我们食堂来吃饭了？"

章梅梅打好饭，找了个偏僻的位置坐下来，默默地吃饭。吃着吃着，她发现身边原本空无一人的桌子居然坐满了人。

一会儿，他们中有些人就好奇地问起来：

"喂，你是从哪里来的，你叫什么名字？"

"哎，你多大了？你有没有结婚？"

"你有孩子吗？"

章梅梅默默地低着头吃饭，一声不吭，心想：怎么，是查户口的？我从哪儿来、叫什么名字、多大岁数、结婚没有、有无孩子跟你们有什么关系？哪有一见人就问这些的？她很反感。

他们见章梅梅一句话不说，就说："看样子你这个人不爱说话呀！"

"你们提的问题,都是别人不愿回答的!"她终于忍不住了。

"我们这儿的人不在乎问这些。"

章梅梅站起身,愤愤地大喊一声:"我在乎!"说完,把头一扬,端起饭碗走了。

他们惊呆了,望着章梅梅离去的背影,议论纷纷:

"哇!这是哪儿来的女人呀,真奇怪。"

"这个外地女人还真有个性,还很傲啊。"

"听说她住在翁所长家,是翁所长安排她到这里吃饭的。"

"所长家怎么住着这么一个奇怪的女人?"

小镇上的人从没遇到过这样的女人。由于差异而产生好奇,他们是生活在两个圈子的人,相互都觉得对方很奇怪。他们向翁所长打听才知道,原来这个女人是一位海军军医,她父亲还是个将军,怪不得她脾气这么大呢!据说,她很快就要在附近开一个口腔医疗中心。

为了防止这些人东问西问,章梅梅到食堂一打完饭,就立刻端回自己的住处。时间一长,这些老干部就对梅梅说:"行了行了,章医生呀,你就坐下来吃饭吧,我们什么也不问了,不问了。"于是梅梅又开始在食堂吃饭了。

章梅梅把口腔器材从派出所拉回自己的住处,一点数才发现损坏了很多,大多都无法使用了。她想:电子厂的吴老板曾说过,有什么困难就去找他。还有欧局长也说过遇到难处就给他打电话。对了,我先去找吴先生,再和欧局长联系,一定要把自己的钱要回来,购买器材。

梅梅翻出吴老板给她留下的地址,才发现原来他的电子厂离她的住处很近。于是,她来到了电子厂大门口,发现大门关着,有几个保安在站岗。梅梅对传达室的工作人员说:"麻烦你帮我打个电话找一下你们吴老板,就说有个章医生找他。"

吴老板一接到电话,知道是他的恩人章医生来了,亲自出来接她。性格豪爽的吴老板一见面就喊起来:"哎呀!不知道是哪阵风把你吹来了,欢迎欢迎。"接下来,他兴致勃勃地带着梅梅参观了他的电子厂。

章梅梅发现他的工厂很大，有几栋厂房。吴老板带着她一个车间、一个车间地参观。她发现车间里几乎都是女工。

"吴老板，你们厂怎么都是女工啊？"

"因为这些活很细，又不是力气活，所以很适合女工干。"

参观完后，吴老板带梅梅来到他的办公室。办公室收拾得干净整洁，还有一个茶桌。女秘书给他俩冲了两杯铁观音。

"章医生，平时你一直很忙，请你来都没有时间，今天你怎么那么闲呢，是不是有什么事儿？"

于是，梅梅把在陈家发生的事情告诉了他，又把陈家写的欠条拿给他看。吴老板看了很气愤，马上请他办公室的人为梅梅写告状材料，又将陈家写的欠条拍照。

中午，吴老板设宴请章梅梅，同时他还特意请来了当地公安分局的叶局长。在饭桌上，他把章梅梅的事对叶局长讲了，把刚刚写好的材料交给叶局长。他们三个人就这件事该怎么处理商量了很久。梅梅离开时，吴老板对她说："如果他们不还你的钱，我们就叫他们不得安宁。"

4

第二天，还没等章梅梅给欧局长打电话，在翁所长家里，她就碰到了前来检查工作的欧局长。梅梅就把这事向他反映了，还把陈家写的欠条拿给欧局长看。

梅梅对欧局长说："他们说，你们这儿杀人没人管。"

欧局长一听，气愤极了："什么？杀人没有人管？这家人简直无法无天了！"

"陈阿公还对我说：'钱是我借的，欠条也是我写的，我就是不还，你能把我怎么样？'"

听到这里，欧局长更加气愤了，他提高了声音："马上把他抓起来关了，什么时候还钱，什么时候放人！"

欧局长对分局和派出所的干部们说:"章医生是海军军医,她这么好的医术到这里来为我们服务,我们一定要保护她,要不以后谁还敢到我们这里来呢?我们将来又如何发展!"

欧局长接着又说:"深圳是改革开放的试点,吸引了全国各地甚至海外的精英,还有许多外国公司也到那里投资,都在给它输血。可是我们这里却还在排外,缺乏接纳外地人的胸怀,以假货欺骗外地人,强卖甚至打架的现象也屡见不鲜。如果这样的风气不纠正的话,将来谁还敢来这里投资?如果吸引不了外资,将很难有发展的机会!现在全国都流传着一句话,'天上雷公,地下海陆丰',你们认为这是褒还是贬呢?"

公安分局叶局长表态,把这事交给分局处理。于是,分局每天派人到陈家做工作,但一直没有结果。

一天,吴老板到翁所长家来找章梅梅,他关切地对梅梅说:"章医生,你不能这样等下去了,我们生意人讲时间就是金钱,你要一边打官司,一边赶紧开业,缺的器械赶快去买。我有一个本家的兄弟叫吴润,他在少林寺待了10年,练了10年武功,他在这里开了个武馆,我想请他给你帮忙。"

当天,吴老板就把吴润带来了。这吴润年龄约40岁,一米八的大高个,手指节粗大,手背上全是厚厚的黑色茧皮,一看就知道是练硬功的。

他对梅梅说:"我是开武馆的,不是黑社会的,我经常为朋友帮忙,到目前为止还没有解决不了的问题。"他在本子上认真地记下了梅梅讲述的过程,然后他们商量要统一口径,省得别人说闲话。

"咱们需要编一个故事。"他说。

"编个故事?为什么?"梅梅不解地问。

"别人会想,我为什么会关心和帮助你这个外地女人呢?所以咱们就要编一个故事,找一个理由。我就说,你的叔叔是我在少林寺的师叔,他写信给我,说他的侄女在这里受人欺负,让我来看看到底是怎么回事。"

听他这么一说,梅梅感到自己好像在演戏一样。

次日,吴润带着章梅梅到了陈家。陈家人一看到身材高大的吴润,脸上立刻露出畏惧的神色。陈阿公点头哈腰说:"吴爷好,欢迎吴爷光临。"当他们看见站在吴润身后的章梅梅就更加吃惊了。

按照统一好的口径,吴润开口说话了:"你们不要怕,我是讲道理的。章医生的叔叔是我少林寺的师叔,听说他侄女在这儿受人欺负,我师叔很生气,让我来看一下,如果解决不了呢?"他看了看陈阿公,又说:"那我师叔就要带八个少林弟子在你家吃饭,说什么时候还钱,什么时候走。"

听了吴润的话,陈家上上下下全都傻眼了,他们怎么也没想到这位章医生还有一个少林寺的叔叔。

陈阿公提出请吴爷到饭店喝茶,顺便解决问题。他们订了一间包房。在包房里,陈阿公故意说着章梅梅听不懂的陆丰话,章梅梅要他用普通话说,狡猾的陈阿公说他不会讲普通话。

"那以前你是怎么讲的呢?"梅梅反问他。

可是,他们还是继续讲着陆丰话。梅梅因为听不懂,不知他们都说了些什么,又着急又无奈。在吴润面前,陈家混淆是非百般抵赖,他们一口咬定所有的机器和器材都是他们买的,还拿出几张收据来。最后,吴润也分不清楚孰是孰非,结果这场私下调解就不了了之了。

第八章

"我到哪儿评理去?真是凤凰落难不如鸡吗?"

"梅梅,是我呀,我是陈天宇。你这是怎么啦?"

1

这天,陈天宇一回到公司,办公室主任吴媚就告诉他,前天有一个从南京打来的电话找他。天宇一看号码就知道是梅梅的妈妈李香凝的电话。他立刻把电话打了过去。李香凝一听是陈天宇,马上高兴地告诉他,暑假期间章晶晶带着梅梅的儿子到陆丰碣石住了一个多月。她说梅梅在那儿干得很好,但是条件挺艰苦的。她把梅梅的住址告诉了陈天宇。

"天宇啊,我听说陆丰那个地方偏僻又排外,人很野蛮,连他们广东人自己都害怕。梅梅单身一个人在那里我不放心啊。你是我从小看着长大的,就像是我的儿子,你俩现在都在广东,你有时间就替我去看看梅梅,看她怎么样了。她来信息是报喜不报忧,说这好那好的,可我总是担心她,她一个创业的人,一开始哪有那么顺利呀?"

"李阿姨您放心吧,我一定到陆丰碣石去找她,然后把情况如实向您汇报。"

陈天宇得到了梅梅的地址开心极了,马上开始寻找他朋友圈里的陆丰朋友。深圳是个移民城市，全国各地的人都有，这也是他喜欢这个城市的一个原因。他很快想到了一位与他们有业务往来的叫翁晓明的年轻人，听说他是陆丰人。于是，陈天宇立刻给他打了一个电话，果然他家就在陆丰碣石，他爸爸还是那里的派出所所长。

翁晓明一听说天悦公司的董事长陈天宇博士要去他们家乡，惊喜万分。他表示非常欢迎陈天宇到他家去做客，他还要带陈天宇到金色海滩去，说那里的沙滩一定胜过夏威夷，还有远近闻名的玄武山。

周末，他俩一大早就开车前往陆丰碣石。热情的翁晓明一路上兴奋地给陈天宇讲他们家乡的风土人情、红色历史和自然风景……

陈天宇告诉他："我这次来陆丰碣石是受一个阿姨的委托看望她的女儿，她叫章梅梅，是个军医，转业后她就在你们碣石创业。"

翁晓明拍着胸脯说："放心吧，陈博士，只要人在碣石，我都能找到。"

汽车行驶在颠簸的路上，陈天宇看着窗外闪过的稀稀拉拉的树木和矮小的房屋，不禁感叹道："这里跟深圳比反差真大啊。"他心里琢磨着：从小生长在大城市又在高等学府工作的梅梅，从来没有到过这种偏僻的地方，她一定很不习惯。想到这里，他的心情沉重起来了。

终于到了陆丰碣石，陈天宇让翁晓明先带他去找章梅梅。翁晓明按照地址很快找到了陈家。陈阿公看见派出所所长的儿子带着一个英俊魁梧的男人走进了他家，不免心中一阵慌乱。这几天上门的人太多了，有公安分局的、派出所的，还有那个"吴爷"，现在派出所所长的儿子又带人上门来了。

"您是陈阿公吗？"

"是啊。"

"这位是从深圳来的陈博士，他想向你打听个人。"翁晓明介绍说。

陈天宇立刻上前问道："请问，有一位叫章梅梅的医生住在你们这儿吗？"

"她走了，不在这里了！"陈阿公生硬地回答道。

"您知道她去哪儿了吗？"陈天宇问。

"不知道！"陈阿公没好气地答道，随后又白了他一眼，心想：这个女人真不简单,一会儿冒出一个少林寺的叔叔,现在又冒出一个什么博士来。

看见陈天宇一脸的失落,翁晓明立刻安慰他说:"先到我们家去吧,让我爸爸帮你查查。"

就这样,陈天宇到了翁所长家。

2

吴润的调解毫无结果,章梅梅又气又伤心,心想:难道就没有人出来主持正义吗?为什么这么简单的事情吴润就弄不清呢?他们借了我的钱不还,他写的欠条还在我的手上,我还有发票做证,难道这些还不够吗?

章梅梅在部队哪里遇见过这种事,这样的流氓无赖是她有生以来第一次碰到的。她问自己:"我到哪儿评理去?真是凤凰落难不如鸡吗?"

这时,翁太太和吴老板来看她了,翁太太关切地问她:"这几天事情办得怎么样了?"

梅梅哽咽地说:"陈家不肯还钱,还说这些机器都是他们买的,他们还写了假收据。我现在都不知道该到哪儿去说理了。"说着说着,章梅梅哭了起来。

吴老板叹了一口气,他难过地对章梅梅说:"看到你这样不高兴,我心里也难受,都怪我帮不上忙。"

梅梅赶紧对他说:"不怪您,不怪您,您尽力了。"

翁太太对她充满了同情,她一手搂住梅梅,笑着对她说:"不要难过,你要坚强起来,总会有办法解决的。"

听着她开朗乐观的鼓励,看着她充满阳光的表情,章梅梅不禁想起当年东江纵队的游击队员,她多像在电影电视上看到的女游击队队长呀!

"我明天去找他们的族长,他们族长叫陈强,是个退休干部,也是我们东江纵队的。他很有能力,人很正直,在这里很有威望,他一定能给你主持正义的。"翁太太充满信心地说。突然,她一拍大腿,像想起什么事:"哎呀!我要走了,我儿子打电话来说,他今天要从深圳回来,说要带一位北京的朋友来，我去看看他们来了没有。"

"章医生，我也要走了，我去问问吴润看他是怎么回事。"

于是他俩都走了。

他们两人走后，章梅梅呆坐在床上，这几天发生的事情一幕又一幕地在她的脑海里闪现，没想到自己选择的路是这么艰难，她感到心好累好累呀。她好想自己的亲人，想念爸爸妈妈，想念牺牲的丈夫赵毅民，泪水顺着面颊流下来："毅民，我真的好累、好孤单呀。"

于是，她把头埋在被子里又一次痛哭起来。

"咚咚咚"，不知哭了多久，突然听到有人敲门，章梅梅赶忙擦干眼泪，打开了房门。原来是翁所长和翁太太，他们身边还跟着一个30岁左右的年轻人，梅梅想这可能是所长的儿子吧。最后，一个高大英俊的男人出现在她面前。

"你是……"章梅梅看着他，觉得在哪里见过，但一下子又想不起来。

"梅梅，是我呀，我是陈天宇。你这是怎么啦？"看到章梅梅，陈天宇感到心跳加速、热血沸腾。许多年不见，她风采依旧，可是她怎么了？两眼红肿，神情悲伤。

"啊！是陈天宇吗？真的是你吗？你不是出国了吗？"梅梅瞪大眼睛，吃惊地问。

"我回来了，我回国后就到处找你，找得好辛苦。还是你妈妈给我打电话，我才知道你的地址。现在好了，我终于找到你了。"

"天宇哥……"

看见陈天宇，章梅梅百感交集，激动不已，一向坚强的她，禁不住热泪盈眶。她叫了一声"天宇"，泪水便顺着面颊流下。陈天宇伸出双臂紧紧地拥抱了她，梅梅在他的怀里哇的一声大哭起来。

陈天宇一边拍着她的背一边说："梅梅，你心里难受就哭出来吧，千万不要憋着。哭吧，痛痛快快地哭出来。"

看到这个场景，其他的人都默默地离开了。

章梅梅在陈天宇宽大温暖的怀里放声痛哭。想起失去丈夫的撕心悲痛，创业的迷茫艰辛，她哭得痛彻心扉。

陈天宇心如刀绞。他把梅梅紧紧地拥在怀里，抚摸着她的秀发，轻轻地拍着她剧烈颤抖的背，长叹一声说："哭吧，哭吧，哭出来你心里会好受一些。"章梅梅在天宇的怀里哭得昏天黑地，她要把自己的委屈和悲伤全部宣泄出来。

3

是的，这么多年来，她遇到了很多很多的事，可她一直把它们压在心底，不让任何人看出来。现在，这个阀门被陈天宇打开了，被压抑的情感像洪水一般奔泻而出。在天宇的怀里，她感到自己越变越小，又回归到了小时候。她像儿时那样受到委屈后就在亲人的怀里哭泣。

一桩桩往事在她的脑海里闪现：

一辆汽车疾驰在坑洼不平的公路上，车的周围硝烟弥漫，炮弹纷飞。突然，一声巨响，火光冲天，接着就是一阵阵连环的爆炸，滚滚浓烟瞬间吞没了那辆汽车。她拼命地朝着那辆车跑去："毅民，你在哪里？毅民，你在哪里？"她像疯了一样，朝着那团大火和浓烟撕心裂肺地大声喊叫，可除了熊熊的烈火什么也没有……

在武汉火车站她和妈妈挥泪告别："梅梅，妈妈就只能送你到这里了，以后的路全靠你自己走了，保重啊！""妈妈，你也保重。"她把脸扭向一边，悄悄地擦去眼泪，快步登上了火车。列车开动了，她探出半个身子不停地向窗外挥手。母亲的身影消失了，只有那条长长的、漫无边际的铁轨在眼前。妈妈走了，她的亲人都离开了她，她就像一只孤单的大雁往南飞……

梅梅看见儿子流着眼泪，把小手伸到车窗外，一直朝她招手。车开远了，儿子的小手还在那里挥动着。泪水顺着她的面颊流下来……

"哼！要走？没那么容易！告诉你吧，我们这里杀人可没人管！"陈老大的脸扭曲着。他用力把电机杆扔在地上说："这是你摔的，这里所有的机器都是我们买的……"

在大雨中，她一遍又一遍地骂着自己："我为什么不听刘教授的劝告，我是天底下最大最大的傻瓜，笨蛋！"她吃力地推着板车艰难前行，脸上满是委屈的泪水和雨水……

不知哭了多久，梅梅感觉心里好受了一些。她抬起哭得红肿的眼睛，望着陈天宇说："天宇哥，真不好意思，一见面就让你难过。这么多年，我从来没有像今天这样哭过，我这个样子是不是很难看？"

"梅梅，你在我的眼里是最漂亮的。"

章梅梅静静地偎依在陈天宇的怀里，就像当年偎依在父亲的怀里一样，温暖而宁静。一会儿，天宇起身给她倒了杯水，又递上一条热毛巾让她敷脸。这时候梅梅才感到自己的眼睛又酸又胀。

咚咚咚，随着一阵敲门声，翁太太和翁晓明进来请他们去吃饭。

"翁太太，我一点也没胃口，想休息一下。"梅梅抬起那双红肿的眼睛对她说。

"不行，喝点粥也行，你尝尝我做的螃蟹粥，再尝一下鱿鱼蛋，我保证你爱吃。章医生啊，你不能不给我面子哦。"

梅梅被他们拉走了。

翁太太张罗了一桌丰盛的饭菜。她一边给大家夹着菜，一边介绍着这些菜的菜名、做法以及它们的味道。翁晓明则对父母亲介绍着这位陈博士的事业，看得出来他对陈天宇佩服极了。

"我这位哥哥从小就很出色的。"梅梅也接着说。

"我出色吗？"天宇拍了一下她的肩膀问。

章梅梅点点头说："当然了，在我们这群大院子弟中，你是最出色的一个。"

"那……我怎么觉得你比我更出色。"

"哎呀，咱们两个就不要互相吹捧了。"梅梅打趣地说。

大家轰地笑起来，愉快的情绪感染了章梅梅，此时，她感到心里舒坦多了。

她对大家说："让天宇给你们讲一讲当年他在北大荒大战狼群的故事

吧,可精彩了。"

一听到章梅梅的倡议,大家立刻响应,鼓掌欢迎天宇讲讲大战狼群的故事,因为在广东一带很少能碰到狼。

陈天宇看了看梅梅,发现她的情绪已经好多了。于是,他开始绘声绘色地讲起了多年前,他在北大荒军垦农场时大战狼群的往事。他的思绪仿佛又回到了那段激情燃烧的青春岁月中。

那是一个风雪弥漫的黄昏,陈天宇骑着枣红马,带着他的爱犬"黑豹"巡察完几个农场后,在返回连队的路上发生的事情。这枣红马是良种战马,人称"草上飞",它跑起来像风一样疾速;"黑豹"比一般的狗高大威猛,它两眼炯炯有神,毛发乌黑闪亮。平时它乖得像绵羊一般,但只要一遇到狼,它就勇猛地迎上去嗷嗷厮战。最不可思议的是,它还能通过长长的吠叫把周围的野狗招来助战,所以天宇称它为"狗王"。陈天宇爱惜它俩犹如爱惜自己的生命一样。

天刚放黑,他突然听到远处传来一声声尖厉的呼救声:"救命啊!狼来啦!"他立刻紧抓缰绳,一蹬马蹬向声音传来的地方飞驰过去。

一赶到现场,陈天宇就看见几个村民正在与狼群搏斗。只见雪地上,四处狼眼光亮,如绿珠闪烁。他抓起枪朝着狼眼就是一个个点射,枪声惊得狼群四散逃离。

那几个村民告诉他:"陈连长,这是一群从西伯利亚过来的饿狼,我们已经有两个人被咬死了。"

"大家要冷静,这群恶狼还会回来袭击我们的,大伙马上聚拢来,备好武器准备战斗。"陈天宇对他们说道。于是,大伙背靠背围成了一个向外的圈子,警惕地向周围巡视着。战马和"黑豹"也警惕地竖起毛,一场血腥的人狼大战马上就要开始了。

果然,狼群又重新聚拢,纷纷逼上前来。"黑豹"一声声朝天吠叫着,呼唤着周围的野狗。狼也不甘示弱地嚎叫起来,随后向人群扑来。"黑豹"看见扑上来一匹高大凶猛的狼,它一个猛子蹿上去,和它撕咬在一起。另外的几匹狼看见也扑上来助战。很快,"黑豹"被咬得浑身是血,但它仍奋力扑咬，又咬伤了两匹狼。它的后腿被狼咬伤了，但它仍然跛着腿与狼群死命撕咬……

陈天宇也遭到了狼的攻击，身上鲜血直流。他一边疾速地驰马在狼群中穿插，一边点射着一只只狼眼，战马像一阵风似的冲得狼群左躲右闪，枪声惊天动地，那几个村民也在奋力反抗……

"黑豹"不愧为狗王，在它的呼唤下，野狗成群结队地直奔狼群扑咬，形成了激烈的肉搏混战。只见远处火把飞舞，连同人群的呐喊声渐渐逼近。陈天宇知道援军来了，他大喊着："赶快靠拢！不要分散！小心狼各个击破！"

有一位村民被几匹狼围住，他的脸上、手上被狼抓得鲜血淋淋，衣服裤子被撕得粉碎。一匹狼从他的背后扑上来，他拼命抓住狼的两只前爪用力地甩动，那狼好像飞速旋转的绳索被疯甩于半空中。就在这千钧一发之际，陈天宇拔出腰刀，一刀捅死了那匹恶狼。

救援的队伍赶到后，狼群禁不住人们的增援和群狗的撕咬，四处逃散了。

陈天宇急忙寻找"黑豹"。当天宇找到它时，"黑豹"已奄奄一息地倒在雪地上，它遍体鳞伤，血水和汗水混杂在一起，口里不停地喘着粗气。陈天宇心痛地抚摸着它，只见"黑豹"恋恋不舍地看着自己的主人，淌下两行热泪。它的眼里透出生命最后的一束光，然后慢慢地闭上了眼睛。

"黑豹！"陈天宇撕心裂肺地大喊着，天地间回响着他的吼声。他的马也浑身淌血，但仍威武地迎风而立、仰天长嘶。

4

天宇的讲述，让所有的人都震撼了。他们静静地听着，每个人都沉浸在故事里，翁太太更是热泪盈眶。

"你的故事真感人啊！"他们异口同声地说。接着，他们又讨论着狼的习气和被狼咬伤的人，以及狗王"黑豹"和那匹战马。他们有说不完的话，不知不觉已经很晚了，大家还意犹未尽。

梅梅感慨地说："再一次听到天宇讲的大战狼群的故事，我觉得我遇到的这些事都不算什么，想起刚才那样低落的情绪，我感到惭愧，我不应该那样哭。"

陈天宇笑着打趣道："我倒希望你天天在我怀里哭。"

梅梅白了他一眼："你这坏心眼儿，我还能天天哭吗？那我还活不活？"逗得大家一阵大笑。

翁太太对她说："章医生，你放心，明天我就把他们的族长请到我家，着手解决你的问题。"

天宇把手放在她的肩上轻声说："梅梅，有那么多人帮助你，你就放心吧！"

章梅梅点点头，现在她的心情好多了，觉得那些痛苦和不幸好像已离她远去，她的心中重新燃起了希望的火焰，她又找回了信心。

陈天宇躺在床上，心里有说不出的快乐和幸福。突然，他觉得心里有个声音响起来，那是他自己的声音："梅梅啊，是爱的力量吸引你来到我身边，我终于找到你了，找到你了……"

他把手放在胸前，慢慢闭上了眼睛，进入了梦乡。他梦见梅梅身披洁白的婚纱，头上戴着美丽的花环向他走来。那白色的婚纱贴着她的肌肤，V字领上露出雪白细腻性感的胸部，飘逸的裙裾若隐若现地露出修长白皙的双腿。啊！她真是妩媚动人。他自己穿着一身黑色的西服，白色的衬衣，领口打着黑色的蝴蝶结，是那么风度翩翩。他们幸福地手挽着手，微笑着款款走进婚礼大厅。

随着钢琴曲《梦中的婚礼》缓缓响起，走来一位白胡子老人，他就像童话故事里的圣诞老人一样，红帽子，红衣服，红靴子。

他开始说话了："新郎，你看着眼前的这位女子，从今天起，她将成为你的妻子，是你一生的挚爱。你是否准备好了用你全部的真情去爱她、呵护她？她哭了先湿的是你的脸，她笑了先暖的是你的心。你是否准备好做一棵参天大树，在以后的生活中让她在你的树荫下安静地嬉戏？你准备好了吗?"

"准备好了。"他回答。

然后,老人又转身问梅梅:"新娘,你对面的这个男人,从今天起,他将成为你的丈夫,他是你一生的挚爱。你是否准备好去做一片浩瀚的海洋,让你的挚爱在你的港湾中静静停泊?"

"准备好了。"梅梅回答。

"如果你们准备好了,就把象征忠贞不渝的爱情戒指戴在爱人的无名指上。这戒指作为见证,在你们未来漫长的婚姻生活中,你们都要向对方承诺,要给予对方你生命中所有的忠诚和真实。这枚小小的戒指,也是你们刚刚向对方许下庄严诺言的见证。"

于是,他俩开始互戴戒指,梅梅微笑着看着他,她那清澈明亮的眼睛里闪着泪光,他们沉浸在幸福和甜蜜之中……

一觉醒来,陈天宇发现自己无名指上空空如也,这才知道是做了个梦。他安慰自己说:"现在,我心爱的人就在眼前,这个梦总有一天会成真的。"

5

第二天上午,在翁所长家里,章梅梅见到了陈氏族长。陈族长60岁左右,中等个子,面色红润,国字形的脸上有两道浓浓的剑眉,双目清明,显得十分干练。翁太太向陈族长介绍了章梅梅后,梅梅给他讲了整个事情的经过,又拿出了发票和陈家的欠条给他看。族长认真地听梅梅讲述了经过,又仔细地看了发票和欠条,然后他打量着章梅梅说:"我一看就知道你是一个很正派的人,你说的话我相信。"

随即,陈族长就带着章梅梅和陈天宇来到了陈家。陈阿公见族长带着一伙人来到他家,心里暗暗地琢磨:"这个女人太厉害了,她怎么把族长也叫来了?"

他们全家殷勤地请族长坐下。

陈族长开门见山地说:"我到这儿来主要是为解决问题的,刚才章医生给我介绍了事情经过，现在我倒是想听听你们是怎么说的。你们砸了别人的器材，又借了别人的钱不还，对这些你们怎么解释？"

陈阿公又开口用陆丰话给族长讲起来，族长马上阻止了他："你用普通话讲，让大家都听见，怕什么嘛。"

陈阿公吓得立刻改口用了普通话。他告诉族长这些器材都是他们家买的，还拿出几张收据给族长看。

族长仔细看了收据，然后对他说："你开的是假收据，章医生的器材是在医疗器械公司买的，这个公司是国营的，开的都是发票。我们这里方圆几十里都没有卖口腔医疗器材的，你是从哪儿买的？如果我没说错的话，这些收据是你自己伪造的，连上面的印章都是你私下刻的，你知不知道，这种行为是犯法的！"

陈阿公听了顿时面如土色。

陈族长又接着讲："你说机器是你买的，我问你，你会砸自己买的机器吗？还有，你借了章医生的钱不还，还蛮不讲理地说就是不还，你能把我怎么样？你们还威胁人家说什么我们这儿杀人没人管。你们简直是把这里人的脸丢尽了！如果大家都像你们这样无赖，这样不讲道理的话，那么谁还敢到这里来投资？谁还敢来做生意？我们这里的经济还要不要发展了！我前几天还对大家讲，要对外地人热情，不能用假货欺骗别人，要讲信用。"

听了族长的话，陈阿公慢慢低下了头。

接着，陈族长严肃地对他说："你们的错误有三：第一，你们不应该借章医生的钱不还。第二，不应该损坏章医生的机器。第三，以前她并没有跟你们签过合同，现在她不愿意再合作是正常的事情，也是合情、合理、合法的，你们不应该威胁人家。"

族长站起身来，威严地对他们说："你们应该马上把钱还给章医生，如果不照办的话，那么国有国法、族有族规，你们家就不要住在这里了。"

族长的话条理清楚、有理有据，他处理问题果断，真让章梅梅大为佩服，她想，民间还真是藏龙卧虎啊。

陈家人这才感到事情的严重性，知道不能再赖下去了，真的是要还钱了。陈阿公恳求给他三天时间准备钱，陈族长同意了。族长定了三天以后，双方都到陈氏祠堂去，陈家要当着族里负责人的面把钱如数还给章梅梅。族长要借着这件事情向大家展示：我们是讲信用的，我们这里的人欢迎外地人来这里投资、做生意。

以前，章梅梅只是在电影里看到过民间部落的族长，没想到今天能身临其境，目睹其人。

翁晓明告诉他俩，这里的族长一般是由本姓家族最有声望的尊长担任，族长的权力很大，负责召集族人开会，解决族内的纠纷，举办族内的公共事宜和救济、施行家族法规等。族内的事族内解决，通过摆事实讲道理，甚至能解决一些连政府也难解决的问题。

翁晓明说："几年前这里发生了一起很大的事件，一个犯人逃跑回家，被分局的人抓住当场打死了，听说是被踩死的。家人和村民愤怒了，村长带着村民把公安分局包围了，还砸了分局的牌子和门窗。当时正值盛夏，他们把死人抬到分局大院里暴尸。公安局于是派了警察把闹事的村民围住，结果周围的村民又把警察包围了。再后来武警出动了，几个村子的村长又联合起来，带领村民又把武警包围了，就这样，包围的圈子越来越大，附近几个村的村民越拥越多，分局被围得水泄不通。"

陈天宇插话说："看来这里民风剽悍，人又比较抱团。"

翁晓明越讲越兴奋："是的，公安局也觉得用武力解决不是办法，只会把事情越搞越大。这时，有一位当地人给公安局长献上一计，让他找族长帮助解决。果不其然，族长出面调解，没用一兵一卒，就凭一张嘴讲道理，最后把村民们都给劝回去了。"

陈天宇感叹道："民间确有高人啊！别看这个小小的镇，确实是藏龙卧虎之地。"

梅梅也接着说："我想起有一句话叫'歪江湖，正道理'，说明这里的老百姓还是讲道理的。这个陈族长处理问题的能力我真是佩服极了。"

"梅梅，你放心吧，有那么多人帮助你，你的事一定能办好。"陈天宇温情地对她说。梅梅点点头，她的心一下子敞亮了。

第九章

"天宇哥,你闭上眼睛感受一下,有没有一种灵魂出窍的感觉?"

这三块题匾的价值比得上一座玄武山。

1

第二天,秋高气爽。翁晓明带着梅梅和天宇上了玄武山。

这是梅梅第二次来玄武山了,暑假时她带妹妹和儿子来游玩过的。但这一次,她更加兴致勃勃,一来与陈家的纠纷解决了,二来是陪着天宇,她感到心情爽朗得就像这碧蓝如洗的艳阳天。

玄武山已经人头攒动,元山寺的广场上到处是用铁皮焊成的大火炉,里面烧着香纸,冒着滚滚的浓烟。翁晓明滔滔不绝地给他们介绍着元山寺:"它从明清以来就一直是远近闻名的寺庙。几百年来,有许多朝廷显贵文人骚客,更多的是平民百姓,还有一些海外侨胞来这里朝拜求签。这些信徒、香客为了求得好签和得到佛祖的赐福,在朝拜求签前会戒荤吃素,然后在吉日那天赶来。"

只见广场上到处都铺着彩条布或报纸,上面摆着水果和糕点,点着香烛。信徒们虔诚地跪在地上,把香纸高高地举过头顶,口中念念有词。章梅梅悄悄对陈天宇说:"天宇哥,你闭上眼睛感受一下,有没有一种灵魂出窍的感觉?"

陈天宇闭上眼睛感受了好一会儿,叹道:"真有点灵魂出窍的感觉。他们点燃的是一炷香,心中升起的应该是一种精神的慰藉吧。"

"是的。"她点点头。

他们走进大殿,只见烛火鼎盛,香烟缭绕。在大殿内祈福的人们除了烧香外,还纷纷伸手抚摸佛祖像,以求佛祖保佑。梅梅告诉天宇,这里的佛祖指的是玄天上帝。

陈天宇感叹道:"我走过这么多地方,还没有见过香火这么旺的寺庙。"

梅梅告诉他,玄武山虽然不是什么高山大川,但它"有仙则名"。亲身领受过它"恩泽"的百姓,出于崇拜,也出于愿望,渐渐把它当作万能之神,认为它的神力能够左右人间的一切祸福。于是,百姓跟它的"联系"更加密切了。只要他们遇到疑难的事,无论是求财谋官、阳基阴地、婚姻生育,甚至是看病都来求签问卦。凡签诗所说又被事实证明了的,便认为这是玄天上帝的灵验。再加上玄武山还有许多珍贵的文物古迹,使潮汕一带的百姓和海外的侨胞更加信仰,香火更加旺盛。

他们来到元山寺的正殿。正殿上悬挂的第一块匾额就是"心即是佛"。陈天宇对梅梅说:"这是释迦牟尼成佛后说的第一句话。"

翁晓明告诉他俩,这里悬挂着清同治皇帝御赐"威宣岭表"的御匾,还有广东、福建、江苏、山东等地水师提督、陆路提督、总兵等题刻的匾额,其中林则徐的"水德灵长"和刘永福的"灵声满道"被国家列为中华名匾。

陈天宇好奇地问:"这里怎么有那么多武将送的匾额?"

翁晓明告诉他,明清两代的军人,把玄天上帝作为军队的保护神来虔诚奉祀,军方为寺庙的修建和活动拨出了大批的款项,同时题写了很多匾额。

翁晓明指着林则徐所题的"水德灵长"匾额说,林则徐在日理万机之中,有感于玄武山的灵声,向玄武山题赠了这块匾额,并署了"钦差大臣兵部尚书两江总督林则徐敬赠"的落款。林则徐一向惜墨如金,向寺庙赠送匾额极其罕见，当时的碣石镇归属他管，在战事紧急的情况下，他向玄武山赠送匾额，是想借玄天上帝的威名来鼓舞士气。

接着，翁晓明又指着刘永福的匾额娓娓道来：

反侵略的传奇式英雄刘永福曾两次出任碣石总兵，他感到自己同玄天上帝特别投缘，他第一次出任碣石总兵时，就向元山寺送上刻有"灵声满道"四个大字的匾额。第二次履任，他一如既往，每逢农历初一和十五，总是风雨无阻上玄武山烧香礼拜。遇有大事，还要请求玄天上帝保佑。

刘永福当年就是打着玄天上帝的七星黑旗，率领他的黑旗军进入越南，取得了许多震惊中外的战绩，他从一个义军的小头目一举成为名闻四海的英雄。所以，从他的特殊经历来看，他对玄天上帝的崇拜是不奇怪的。可贵的是，他这种崇拜主要是为了在玄天上帝的保佑之下能消灭更多的侵略者。

远在北京的同治皇帝也重视起玄武山来了。他认为可以利用玄天上帝的灵应来维护他所谓的"君权神授"。同治六年（1867年），他以玄帝现身显灵协助除逆为理由，御赐玄武山一方匾额，书刻"威宣岭表"四个字。翁晓明把这块御匾指给陈天宇看。

陈天宇仔细看着这些珍贵的文物叹道："这玄武山确实是一个有着深厚文化和历史底蕴的地方啊，这些珍贵的牌匾在'文革'期间是怎么保护下来的？"

翁晓明告诉他们："我听说，当时，这里的文人把匾额用油布包好，藏在非常隐蔽的地方，有的藏在牛棚里用稻草盖上，有的藏在'文革'时期建的宣传栏的夹层里，前后两面用一层层的大字报糊得严严实实的。到'文革'后拆栏时，当木板散开，人们无不圆睁眼睛惊奇地发现，原来林则徐、刘永福和同治皇帝的这三方匾额都完好无损地藏在这里。当时，有一位文物专家说，这三块题匾的价值比得上一座玄武山。"

陈天宇不禁感叹道："这些匾额真如沧海遗珠啊！"

翁晓明叹道："可惜呀，福星垒塔、古戏台和元山寺的九十九间，就没有这么好的福气了。在'文化大革命'中，福星垒塔被红卫兵炸了，戏台也给毁了，元山寺九十九间房屋也残破了。从1981年开始，在当地政府的支持下，经过多方筹集资金，历时好几年，才按照原来的样式，重建了福星垒塔和大戏台，并维修了元山寺九十九间房，这才重现了当年的风采。"

接着，他们登上了重建的福星垒塔。虽然现在这个福星垒塔是 1981 年重建的，但也体现了明清时代金碧辉煌的建筑风采。只见这座塔拔地而起，屹立在玄武山最高处的古榕浓荫之中。登塔远眺，天高云淡，海天一色，古城风光尽收眼底。在云雾缥缈中，还能隐约看到浩瀚无边的大海上那点点帆影。

翁晓明告诉他们，在明清时代，因塔顶设有明灯，成为碣石卫巡海兵舰和碣石港渔船的导航标志，有"佛灯引明"之称。它也被用作瞭望台以观察敌情，钦差大臣经常来这里观察军务，指挥作战。

他们爬上了福星垒塔东侧的麒麟石。看到镇碣使者邓万林题写的"山不在高"四个气势不凡的大字，陈天宇若有所思地说："在这里才能真正体会到'山不在高，有仙则名'这句话的含义。梅梅你看，钦差、提督、总兵都为玄天上帝歌功颂德，连皇帝也出面推崇，那百姓对他的神圣显赫，就更加不怀疑了。"

"对，用这句话来诠释玄武山，那是再合适不过了。"章梅梅也接着说。

于是，天宇拉着梅梅让翁晓明给他俩在此合影留念。

翁晓明指着矗立在起龙岩前的一块久经风化、形态苍老斑斓的石头说："这块石头叫'龙门石'，有专家鉴定，它 10 万年前就在这里啦。"

陈天宇伸手摸了摸那块粗糙的石头说："这块石头可是 10 万年前的产物啊，说不定比《红楼梦》里的那块石头还要久远呢。"两人立刻被他逗乐了。

接下来，陈天宇他们三人又来到了古戏台，翁晓明告诉陈天宇，这个戏台原来是广东省历史最久、规模最大的庙宇戏台。每逢寺庙盛会，各种戏班在戏台上轮回演出，昼夜不停，有时甚至连演一个多月。当时碣石卫官兵有五千余人，加上官兵家属和当地百姓，看戏的人很多。台上锣鼓喧天，台下人山人海。可以想象当年这里是多么热闹。

暮色降临，他们才意犹未尽地离开玄武山，回到翁所长家，翁太太正等着他们吃饭呢。他们余兴未尽，边吃边聊着碣石这个古镇，聊着明清两代爱国名将和民族英雄留下的史迹，还有石刻、题词、匾额等等，他们觉得就是来几次也看不够。

当他们聊到碣石镇的许多民间传统风俗，比如民间的事由族里自己解决、许多人是按照抽签的签文办事，像做生意、办事，甚至看病到哪个医院、找哪位医生时，陈天宇感觉好像穿越时空来到一个半现代的部落里，它极大地吸引了天宇的好奇心。他感到很有趣也很满足，有趣的是：这里的一切都好像是小说和电影里呈现出来的。满足的是：他爱的人不再是只在梦里了，而是真真实实地就在他身边，能时刻看到她，他感到心满意足。

他对梅梅说："这真是一个让人充满好奇的地方。"

梅梅说："是呀，刚来的时候，我好像到了另外一个世界，天天都处在好奇中。"

翁所长告诉他们："这碣石镇虽小但名气却很大，不仅古物多，还是红色革命根据地呢。当年被毛主席誉为'农运大王'的彭湃，就在这里发动过著名的海陆丰武装大起义，开展了轰轰烈烈的农民运动，建立了中国第一个县级苏维埃政权。'八一'南昌起义后，周恩来、叶挺、聂荣臻等起义将领就是从洲渚村坐船到香港的。这里离海边不远，明天我们可以去看看。"

2

第二天一大早，他们驱车来到碣石海边的洲渚村。翁晓明指着脚下的海滩对陈天宇说："这儿就是当年周恩来渡海处。1927年10月的一天晚上，周恩来他们就是从这里上船到香港的。"于是，陈天宇在这片沙滩上默默地来回走了好几圈。梅梅知道天宇在追寻革命先辈的足迹，解读革命先辈的精神。

接着，他们离开了洲渚村，驱车来到观音岭。

站在秀丽的观音岭上，望着海天尽处那若隐若现的山峦、帆影，陈天宇感叹道："真是太美了。这里的风景绝不亚于三亚的天涯海角，比美国的夏威夷更胜一筹。我想，曹操当年如果在这里观海的话，一定也能写下像《观沧海》那样气势磅礴的诗篇。"

他轻吟道：

> 东临碣石，以观沧海。
> 水何澹澹，山岛竦峙。
> 树木丛生，百草丰茂。
> 秋风萧瑟，洪波涌起。
> 日月之行，若出其中。
> 星汉灿烂，若出其里。
> 幸甚至哉，歌以咏志。

从观音岭下来，他们来到了碣石湾金厢滩。此时，红日正冉冉升起，海面上金光熠熠，那叠叠金波就像一层层的黄金在翻滚着、奔涌着。他们像置身于黄金梦幻的海洋。一会儿，朝霞散去，海面上慢慢地恢复了湛蓝，点点渔帆、群群海鸥也渐渐地活跃起来。

他们踩在细白的沙滩上，就像踩在那绵绵的柔纱上，惬意的感觉直抵心扉。他们觉得已经和湛蓝的大海、翻腾的白浪、嶙峋的怪石还有遥远的山光云色融为一体。

翁晓明带着他们来到一块刻有"龙石"二字的巨石前，巨石上刻着一首五言诗：

> 洲渚夜如釜，遥天一砥柱。抢渡碣石湾，猛如下山虎。

翁晓明对他俩说："这首诗是著名的书法家赖少其写的，他的书法苍弘遒劲。这块巨石在这里默默地屹立了几千年，自从被刻上这首诗以后就出名了，成了'星星之火，可以燎原'的见证。后来，人们就把这块巨石称为'龙石'，并把这两个字也刻在了上面。人们为了纪念周恩来、叶挺、聂荣臻等老一代革命家,纷纷过来观摩这块巨石。"

离"龙石"不远处,耸立着一座巨大的摩崖,上面刻着三个非常醒目的大字"镇海石"。翁晓明对他们介绍道,碣石作为明清时期的军事重镇,历代的文武官员来这里驻防布政,留下了许多摩崖石刻。"镇海石"三个字是明万历十年(1582年)的钦差成大儒和郑岳巡狩碣石时所勒的。万历庚子年间(1600年),胡国卿又在这块巨石上刻上了"扬威止水",到了清光绪十七年(1891年),镇碣使者邓万林又在上面刻上了"永镇安澜"等字。

金厢滩的海水清澈透明。虽然已是深秋十月,但仍然很热,还有许多人下海游泳。

他们也换上了泳装,光着脚踩在细白柔软的沙滩上,海浪一阵阵地冲在他们的脚上,痒痒的感觉直抵心里。陈天宇全身肌肉发达、均匀,健壮结实的身材使他整个人充满了活力,显示出一种男性的力量美。

梅梅玲珑有致的身材,穿上红色的泳衣更显得曲线优美。和煦的阳光照在她雪白细腻的肌肤上,透出一层白玉般的光泽。此刻,海风轻轻地拂起她的秀发,使她更加妩媚动人。

陈天宇愣住了:"她怎么和我在梦中见到的一模一样呢?"他拉着梅梅站在一块礁石上,身后的海浪拍打着礁石,溅起无数洁白晶莹的浪花。

"梅梅,你真美呀!像画上的海神,不要动!"他抓拍一个个镜头后,又对她说,"我再给你拍个美人鱼照。"

梅梅冲他笑了笑,心想:"天宇哥几年不见,怎么变得这么浪漫啊?"她踏着海浪走到沙滩上,在陈天宇的指导下,梅梅侧着身子半卧在细软的沙滩上,右手托着腮,左手扶着沙滩,她那纤细的腰、丰满的臀、修长的腿,简直完美绝伦。海浪呼啦呼啦地一阵阵涌过来,拍打着她的双脚。

"好了,梅梅,不要动,就这样。"陈天宇咔嚓咔嚓地抓拍着,情不自禁地赞叹道,"梅梅,你真像一条戏浪的美人鱼,美丽动人。"

"天宇哥,你现在变得好浪漫呀,是不是在国外学的?这几天都忙我的事了,我还没来得及问你呢,你在国外找了一个金发女郎,生了一个中外合资的宝宝没有啊?"她又像小时候那样取笑着他、捉弄着他。

陈天宇没有回答她,自顾在沙滩上刨了一个坑,然后对她说:"来,你躺进来,我先给你做个沙浴。"

"天宇哥,你那位……"

"闭上你的嘴,小心进沙子。"天宇知道,这个梅梅从小就爱逗他,现在又来劲了。

章梅梅躺在沙坑里,陈天宇慢慢地将热沙从她的脚一直盖到颈部,只露出了一个头,梅梅浑身上下顿时感到热乎乎的。陈天宇告诉她,在国外很多人都爱做这种沙浴,因为它有去湿、排寒、疏通经络的作用。

"好了,现在你就这样静静地躺在这里,听我讲。梅梅,虽然你经历了那么多磨难,但这些磨难使你变得勇敢坚强了,你成了一个美丽、勇敢的女人。"

"我说天宇哥哥,我美丽我勇敢,跟你那个金发魔女有什么关系嘛,赶快给我讲讲,你和那个金发美女的爱情故事吧。"她又开始取笑他了。

"哪来的什么金发美女,我还没有成家呢。"

"什么?"梅梅睁大了眼睛,吃惊地说:"哇,天宇哥哥,你都40多岁了,怎么还不成家呢?"

"我在等一个人。"

"谁?"

"我心中的那朵玫瑰。"

"找到了吗?"

"找到了,但我不知道她是否能接受我。"

章梅梅上下打量着陈天宇:"哎呀,天宇哥哥,你这么完美、这么出色,还有哪个女人不爱你呢?"

陈天宇听了心里一阵激动,他正想表白,这时梅梅又喊起来:"哎呀!天宇哥哥,我热死了,我想喝水。"

陈天宇看见她满脸通红,冒着汗,赶紧把她刨出来。她全身沾满了细沙,天宇轻轻替她擦去脸上的汗,又打开一瓶水喂给她喝,他喂得那么专心,那么温柔,翁晓明在一边看了暗暗偷笑。

接着,他们迎着晶莹的浪花,手拉着手冲进了大海。一米多高的海浪一排连一排地涌过来,他们随着海浪的起伏跳跃着。海浪不时地把他们淹没在海水里,随后又把他们抛出海面。他们情不自禁地笑着、欢呼着……

不知过了多久,他们终于筋疲力尽地上岸了。

他们在沙滩上沐浴着海风,看着湛蓝的大海、翻腾的白浪,还有远处的山光云色,陈天宇感叹说:"在这里冲浪太好玩了,太刺激了。"他看了看梅梅,又说:"还有一个美人鱼在我身边。"

不知不觉到了傍晚,翁晓明带着他俩从海边来到了海鲜市场。看着那些奇形怪状的海鲜,陈天宇感叹道:"这里真像一个海族馆。"翁晓明告诉他,碣石这儿做海鲜的手艺很有名。于是,他们进了一家海鲜店,翁晓明点了海鲜砂锅粥、生腌皮皮虾、干炸发财卷等当地的特色美食,三人品尝着美味,尽情地聊着海边的趣事……

3

回到翁所长家,翁太太说刚刚接到族长的通知,明天上午10点到陈氏宗祠去解决问题。陈天宇执意要陪着梅梅去宗祠,梅梅不忍耽误他很多时间,可天宇告诉她:"我也想到陈氏宗祠看看族长是怎么解决问题的。"

次日,章梅梅在翁晓明和陈天宇的陪同下来到陈氏宗祠。这座祠堂坐北朝南,分为前后两院,中间隔着天井,一对石狮子蹲守在祠堂门口。门口正上方悬挂着"陈氏大宗祠"的木匾,字体端庄,苍劲有力。在前院两侧,栽着两棵粗壮挺拔的菩提树。

步入祠堂前院,只见大堂左右两边建有文化长廊:一边是石雕的二十四孝的故事:"卧冰求鲤""哭竹生笋""扼虎救父"等;另一边是石刻的陈氏家训、家规、劝世文等。翁晓明告诉他俩,听说当年从这里走出了许多民主革命爱国志士和农民起义军战士。

接着,翁晓明带着他俩穿过天井到了后院的议事厅,只见陈族长和几位年龄大的老人已经到了。一看到梅梅他们来了,族长起身向他们一一介绍族里的几个理事和负责人。他指着一位清瘦的老人告诉梅梅,这是宗祠的陈会计。陈会计戴着20世纪三四十年代的老式黑边圆眼镜,他从口袋里掏出一个巴掌大小的算盘放在桌上。梅梅和天宇不约而同地对视了一下,感觉这场景似乎只有在电视里才能看到。

一会儿,陈阿公和他的大儿子陈老大也来了。族长让他们坐在一边,让梅梅和天宇坐在另一边,他和会计、理事会的负责人作为调解人坐在中间。

会议开始了。陈族长用大家都能听得懂的普通话介绍了事情的经过,并指出了陈家的过错及处理办法。然后,梅梅把陈家写给她的借条递给陈会计。陈会计一边认真审核着借条,一边用手指尖熟练地拨打着小算盘。

在族长的监督下,陈家不得不把借梅梅的钱全部还给了她。他们用毛笔写好调解书,写明此事已处理好,今后双方不得再追究,如谁再追究此事将负全部责任。陈族长当众大声宣读了调解书的内容,经过双方认可签好字后,双方各持一份保留。

陈老大临走时恶狠狠地瞪着章梅梅,恨恨地说:"你等着瞧吧!"

"你这是什么意思?"陈天宇大声喝道。

吴润指着陈老大一字一句地说:"你听着,章医生来这里是为我们服务的,她在这里一年,我们就要保护她一年。她在这里五年,就保护她五年。如果她出了事,我就找你!"

陈族长也厉声呵斥:"你还不服吗?你砸了章医生的东西还威胁她,你私自刻章搞假收据,这些都已经触犯了法律,如果你不服,那我们就上法院解决!通过这件事,我要告诉族人们,我们欢迎外地人到我们这儿来做生意,我们要改掉以前那种排挤外地人的坏风气!"

陈老大满脸通红,低下头跟着他父亲走了。

梅梅和天宇向陈族长道了谢。在陆丰这个地方能把钱一分不少地要回来,梅梅真的万分感激族长。

她拿出1000元酬谢族长,族长坚决不要,他说:"章医生,你来是为我们服务的,我们本来就应该帮助你、支持你,我们希望你能在我们这个缺医少药的地方多作贡献。"

"我会的，族长。"她点点头。

"我们这儿有一句话是：谁能在伤心落泪的时候坚持下来，谁的路便能走得更远，爱拼才会赢嘛。"

"族长，我记住了。"

陈天宇准备回深圳了，公司还有很多事在等着他，已经打了好几个电话来催了。临行前，天宇对梅梅说："这几天我过得很快乐，碣石是一个很有趣的地方，更重要的是，我找到了你。"

他掏出一张名片递给梅梅："这是我的名片，里面有我的地址和电话。你到深圳一定要来看我。"说完，天宇情不自禁地把梅梅拥进怀里，梅梅感到天宇的身体在颤抖。

车开出很远了，陈天宇还在向梅梅挥手，直到梅梅的人影越来越小。翁晓明坏坏地一笑，他大发诗意地诵道："啊！面向大海，沐浴海风，感受滚滚红尘间的千种风情。我亲爱的董事长，如果我没猜错的话，她就是你心中的玫瑰。"

"是的，她就是我心中的玫瑰，不论我走到哪里都想着她。"

"董事长，你那么出色，我就不相信你没交过女朋友？"

陈天宇默然不语。大千世界，茫茫人海里，邂逅一个人只在一瞬间，而爱上一个人，则往往是一生。他终于找到了自己爱恋的人。过了一会儿，他才开口道："其实每个人都在寻找自己的另一半，只有找对了人，才是幸福的开始。"

一路上，陈天宇和翁晓明有说有笑，和去的时候完全是两种心情，他感到时间过得很快，不久就到了深圳。

一进公司，就见办公室主任吴媚正在等他。吴媚告诉陈天宇，新疆雪莲研究所和种植基地的人近日会到公司来商讨工作。陈天宇立即召开董事会研究工作、安排任务……

天宇走了，梅梅一下子感到心里空荡荡的。

"梅梅，章梅梅。"忽然听到有人在喊她，她转头一看是刘教授。

刘教授一脸兴奋地对她说："我在深圳一个大医院找好了工作，医院非常欢迎我,那里还特别需要颌面外科医生,梅梅,你要去的话,连户口都能帮你办好。"

章梅梅听了心里一惊,她告诉刘教授,自己刚从陈家祠堂回来,陈族长刚刚解决完她和陈家的事儿。陈家已经把钱都还给了她,她也答应了陈族长要留在这里作贡献。她对刘教授说:"我不能拿了钱就跑呀,我要报答他们,要为这一方百姓做点事。"

"梅梅,你可要想好啊,这可是一个难得的机会。"

"我决心已定。"

刘教授认真地对她说:"行,梅梅,如果你需要我留下的话,我就留下和你一起干!"

"不用了,刘教授,您年纪大了,这里环境艰苦,不适合您,深圳生活和工作环境会好很多。再说我现在又认识了很多朋友,他们都会帮助我的。放心吧,我不想再连累您了。"

"梅梅,不要说这种傻话,是我介绍你来的,是我连累了你,都怪我没给你选好点。唉!我们保持联系吧。"他长长地叹了一口气。

刘教授离开碣石后,经常给梅梅写信,关心她、鼓励她,还时不时地给她寄些书来。

第十章

"真稀奇,共产党的中校军官也当个体户了,你是不吃老本再立新功啊!"

"我说你怎么一闭眼就往下跳啊!放着军官不当,放着大学讲师不做,去干个体户,你没病吧?"

1

章梅梅租了翁所长家附近的一栋带小院的三层小楼,办起了"口腔医疗中心"。

翁所长帮她介绍了一个本地人做徒弟,解决了语言不通的问题。这个徒弟叫王镇江,是个寡言少语却踏实肯干的人。他俩到旧货店买来了四个旧沙发改装成牙科椅,又买了四个带轮的自动升降椅当医生座椅。翁所长帮她请了一个木工,按照正规手术床的尺寸做了一个木制的手术床。吴老板帮她请了一个电工,把已损坏的牙科电机修理好。但是,还有一部分机器、器械损坏严重,完全报废了。

碣石镇五天里有三天停电,如果没有发电机根本无法工作。所以,梅梅亟须添置一台发电机。但是钱不够,怎么办?所有的转业费都用光了,她只好去借。可是,向谁去借呢?深圳的发小?大院的子女?他们会借给自己吗？不知道，她的心里空荡荡的。

章梅梅拖着疲惫的身子，心事重重地来到了深圳。

她穿着一身半新的浅蓝色的套裙，脖子上戴着一条十几元钱买来的疙疙瘩瘩的珍珠项链。这身打扮在内地已经不错了，可在深圳人眼里就显得太土气了，和现代化的深圳相比是那么不合拍。

果然，周莉莉一见到她就大呼小叫起来："哎呀，梅梅！你怎么戴这样的项链呀？快取下来！这样低档的项链还是不戴的好。"于是，周莉莉不容分说地摘下了她的项链。

周莉莉又上下打量着她说："啊呀！你怎么能穿这样旧的鞋子，还有这内衣，是的确良的吧？看起来一点也不平整，现在谁还穿这样的内衣呀。"

热情的周莉莉立刻带着梅梅到了国贸大厦，买了一双上海产的皮鞋，让她换上，接着，周莉莉随手就把那双旧鞋子扔了。她又买了一件高档内衣让梅梅立刻换上。然后，周莉莉上下打量了梅梅一番，这才满意地点点头说："嗯，这还差不多。梅梅，你看起来有点憔悴，是不是太累了？"

"是的，我感到身心很疲惫，常常心里一阵阵发慌，半夜常常一身大汗地惊醒。"

周莉莉关切地问："你是不是压力太大了？"

"是的，我已丢掉了以前的一切，没有后路可走了。莉莉，我可是背水一战了。"

听了梅梅的话，周莉莉用港币在免税商店给她买了许多营养品。

回到家后，韩阿姨已经准备好了一桌可口的饭菜，都是梅梅从小爱吃的，有糖醋煎蛋、青椒炒嫩南瓜丝、猪油蒸水蛋、糖醋排骨、鱼香肉丝……她们边吃边聊。自从上次在深圳一别，章梅梅经历了太多的事，自然有说不完的话。她讲了下海以来遇到的那些稀奇古怪的事儿和她近来的遭遇……

"梅梅，我看陈天宇跟你很合适，看得出他很在乎你。"周莉莉突然说道。

"唉！我对天宇印象也确实很好，他是个很出色的男人。但是，毅民在我心里的分量太重了，很难有人能替代他。"

周莉莉叹了一口气:"唉!看看哪个男人能把你暖过来吧。"

周莉莉通知了宋建国和葛立军,说梅梅来了,明天一块儿喝早茶。然后她又打电话通知陈天宇。

电话刚一拨通,就传来一个女人娇滴滴的声音:"您好,这里是天悦公司,请问您找谁呀?"

"请找一下陈天宇,我是他的朋友周莉莉。"

"不好意思呀!我们董事长出差了呀!明天才能回来。"

"麻烦你转告他,请他回来后打这个电话。"

"好的。"

周莉莉放下电话,心想:这个女人说话怎么就像唱戏似的。性情直爽的周莉莉最烦矫情的女人。

第二天一大早,在茶餐厅里,章梅梅见到了许多年来未见的大院的发小和同学,曾经一起当兵的宋建国和葛立军,他俩穿着皱巴巴的西服,看得出来也是廉价货。大家一阵热烈的拥抱。

"哎呀,梅梅,终于见到你了!"

他们对着一身便装的章梅梅冷一句热一句地说:

"真稀奇,共产党的中校军官也当个体户了,你是不吃老本再立新功啊!"

"我说你怎么一闭眼就往下跳啊!放着军官不当,放着大学讲师不做,去干个体户,你没病吧?"

"梅梅,当年你上大学的时候,我们好羡慕你啊,我还拍着胸脯对我的战友说,她是我的同学,我们是一个大院出来的,我们都很佩服你呀。我爸爸妈妈也常讲,你看人家章梅梅多好啊,又上大学,又当军官。现在可好,你跟我们一样,都当个体户了。梅梅,我们可是一直以你为榜样的,希望你不要破坏你在我们心中的美好印象哦。"

章梅梅终于忍不住了:"我当个体户怎么啦!不好吗?你们不也当了个体户吗?"

"好了好了,不逗了。梅梅,你这次来有什么事儿吗?"他俩问。

"我这次来主要是……主要是……我碰到一些困难,我想……"章梅梅真不知怎么开口。

"我替她说吧。"快言快语的周莉莉开口了,"章梅梅同志为了她的革命理想到陆丰碣石来创业,可她遇到了很大的麻烦,不对,应该说是不幸,她的医疗器械被人砸了,闹得天翻地覆,连当地的族长都出面了,天宇哥哥也跑去帮助她。她现在来呢,就是想向大家借点钱,以解燃眉之急。"

一听到梅梅是在陆丰创业的,宋建国和葛立军立马惊住了,过了一会儿两人才缓过神来,你一言我一语地问道:"什么什么,陆丰?哎呀梅梅,你听说过没有,广东有一句话叫'天上雷公,地下海陆丰',那里从前是海盗出没的地方,当地人很野蛮,有很多外地商人被他们打了,你怎么敢跑到那里去呢?"

"你一个人单枪匹马,又是个女人,那个地方很多广东人都不敢去的,你真是个章大胆呀!"

"唉呀!反正我们对你是又吃惊,又不理解,当然也佩服喽!"

梅梅说:"我知道大家下海创业都不容易,所以我很难开口向你们借钱。但我又不想向家里借钱,怕父母担心。"

"你想借多少钱?"

"6000元。"

话声刚落,没想到大家异口同声地表示愿意借钱给她。虽然每个人都很困难,但他们是一个大院出来的,是一起长大的发小,像亲兄妹一样。当天他们就凑齐了6000元给她。章梅梅给他们打了借条,保证在一年内本利还清。他们把借条塞给梅梅说:"有就还,没有就算了。"

梅梅又重新把借条放在他们每一个人的手里,她坚定地说:"我相信我有这个能力,钱,我一定能还。"

章梅梅悄悄地嘱咐莉莉,借钱的事儿不要告诉天宇哥,善解人意的周莉莉让她放心,说会替她保密的。

2

章梅梅第二天一清早,就从深圳坐火车赶到了广州,在广州医疗器械批发部买了一台牙科电机和一些医疗器械。

从批发部出来,梅梅提着沉重的货物,十分吃力地走到火车站。12月的天气已经很冷了,可她还是累得一身大汗。多少年后,每当她经过广州火车站都会感慨万千,她简直不敢相信自己,当年居然能把那么重的货物带走。

当天晚上,她又登上了开往深圳的列车。因为临行前莉莉告诉她,接到陈天宇打来的电话,说一定要见到她,还说有个新疆朋友也一定要见她。

车上十分拥挤,时不时飘来一股又一股汗臭味。她好不容易才找到自己的座位,累了一天的她,一坐下就睡着了。

一路奔波,章梅梅又回到了周莉莉家。她泡了个热水浴后就倒下睡了。周莉莉和她妈妈看着熟睡的梅梅,感叹地说:"这创业真不容易啊!"

第二天醒来,已是大天亮,梅梅感到精神饱满,昨天的疲劳一扫而光。她按照陈天宇给的地址找到了天悦公司。一位年轻漂亮,打扮入时的女士热情地接待了她。这位女士身材窈窕,瓜子型的脸、丹珠般的唇、两弯柳叶似的黛眉,还有着一双会说话的大眼睛,她就是吴媚。

"请问,这里是天悦公司吗?"

"是的,有需要我帮助的吗?"

"我想找一下陈天宇。"

吴媚心里一惊,心想:这是什么人呀,竟然直呼我们董事长的名字。

吴媚笑了笑,看得出她的笑容很勉强:"对不起呀,我们董事长正在开会,待会儿我去通报一声。我是公司办公室主任,我叫吴媚。请问您叫什么名字,从哪里来的呀?"她的普通话里带着很浓的上海味。

"我叫章梅梅,是从陆丰来的。"

一听到章梅梅是从陆丰来的,吴媚的态度立刻冷淡了,她带着一种轻蔑的表情离开了办公室。

一会儿陈天宇出来了，一见到梅梅他高兴极了："啊，你终于来了，梅梅，我让你见一个人，给你一个惊喜。"

这时，一位身着笔挺黑色西装的男人出现在梅梅面前。他是谁呢？好面熟啊。哦，她忽然想起来了：王大海，当年铁道兵的王连长。

梅梅惊讶地问："你是王大海王连长吗？"

王大海激动地点点头，说："是啊，你没认错。"

"哎呀，我真不敢相信，眼前这个西服笔挺、风度翩翩的男士，就是当年修南疆铁路时每天一脸灰、一身土，有时腰上还扎个破草绳子的王连长。你现在和当年完全是两个人啦，我真不敢相信。"

"那时我们都没被包装过，现在可好，我被包装成这个鬼样子了。"王大海做了个鬼脸，逗得梅梅哈哈大笑。她好不容易止住了笑，回过头对天宇说："这个王连长呀，当年就是一个'活宝'，最会逗乐了。"

"你还记得我给你们做的雪鸡蘑菇汤吗？"她问。

"记得记得，哎呀，那才是真正的人间美味呀！想起它我现在还流口水呢。"

"现在想吃可没有了，没有原材料了。"梅梅说。

"章医生，我们非常怀念那段日子，你给我们留下了很深的印象。你走后，小通信员还哭了几次，我们以为再也见不到你了，没想到今天在这儿能遇到你，这真是缘分啊，我要告诉李连长和小通信员他们。"

他们又回忆起当年的往事。梅梅告诉他："当年我与你们分别时，想起为修建这条南疆铁路牺牲的铁道兵战士，心里难过极了，我真想对着那片天山大哭一场。"

"是的，我们为修建这条铁路牺牲了很多战友。李连长到现在都非常感谢你当年救了他的命。"

"没有什么，这是我应该做的，我还应该救更多的人。王连长，你这次到深圳来是办什么事儿？"

"是这样的，我们和天悦公司一起研究雪莲的开发应用。"

"那太好啦,想当年你们在雪山上给我摘雪莲花,那雪莲的香味确实沁人心脾,闻了它好像整个心都敞开了。"

陈天宇告诉她,王大海现在已经是新疆雪莲研究所的所长了,梅梅打趣道:"哎呀!又进步了。"

他们又聊了很久,述说着分别后的事情。梅梅告诉他,后来她参加了1979年的对越自卫反击战,以后又调到了海军医院,现在下海创业了。

王大海告诉梅梅,他这几天在深圳考察,顺便看看其他战友。临走前,他握住梅梅的手,激动地说:"章医生,能够再见到你,我真的很高兴啊!"

吴媚在一边细心地观察着章梅梅的一举一动,心想:她衣着朴素,却藏不住那与众不同的美丽和气质。董事长见到她那么高兴,她到底是什么人?

陈天宇留住了梅梅,带着她兜风,参观深圳市容。上次她来深圳时到处都是施工现场,现在已是一座座摩天大楼拔地而起,变化真快啊。陈天宇告诉她,"三天一层楼"是深圳的速度,深圳是中国目前发展最快的城市。陈天宇还带着她去锦绣中华游玩,给她拍照,带她品尝美食。梅梅觉得好久没这么轻松快乐了。一直以来她只顾忙于工作,弦一直绷得紧紧的。现在跟天宇在一起,感觉很放松。

3

晚饭后,陈天宇带着她走进了一个卡拉OK歌厅。包房里柔和暗淡的灯光带有几分迷离梦幻的色彩。这是梅梅有生以来第一次进入歌厅,第一次感受这种从未有过的浪漫氛围。

"梅梅,在这里喝喝茶、唱唱歌,可以消除疲劳,缓解压力。"

陈天宇点了他以前经常给梅梅唱的《纺织姑娘》《一条小路》《共青团员之歌》《红莓花儿开》《红梅赞》《山楂树》等歌曲。

他那浑厚、富有磁性的声音,在章梅梅的耳边回旋着,牵着她的心飘向了那个遥远的年代,让她想起了部队大院,想起那次挨打后,是天宇护着她,给她唱这些歌安慰她的情景,她禁不住泪湿双颊。

"梅梅,你怎么了?"天宇关切地问。

"唉!听了这些歌让我想起很多往事。"

天宇静静地望着梅梅,这是他一生的挚爱,她的眼睛明亮,清澈如水。天宇拉着她的手说:"梅梅,让我照顾你,让我爱你,让我以后永远陪伴在你的身边好吗?"

"天宇哥哥,我是结过婚的,又有孩子,你这么出色,为什么不找一个没结婚的?"

"别说你结过一次婚,就是你结过几次婚,我也要娶你。"

她扑哧一声笑了:"天宇哥哥,我结一次婚就够了,还要结几次吗?"

"梅梅,你能否不要叫我哥哥,就叫我天宇,或者叫亲爱的、宝贝儿什么的。"梅梅看看他,忍不住捂着嘴笑了。

"和你在一起,我感到很幸福。"说着,他拿起梅梅的手送到唇边,一边吻着一边说,"亲爱的,除了你,没有人能进入我的心了。梅梅,你是唯一使我动心的女人。当你还是个小姑娘的时候,我就爱上了你。不论是在北大荒,还是在国外学习,我都时时想着你。你的影子总是在我眼前晃动,你在我的心里是不可替代的。你知道吗,我只有跟你在一起,才能找到爱的感觉。梅梅,我不能再失去你了。"

"天宇,你为什么要这样?"

"因为我不能要那种没有爱的婚姻。梅梅,在漫长的人生旅途中,一定要有一个自己爱的人陪伴才会幸福。当我得知你的消息后,就立刻回来了,梅梅,我不能再失去你了。"陈天宇眼睛湿润了。

他紧紧地拥抱着梅梅:"你是我心中的玫瑰,我爱你,爱你,爱你……"

他的嘴唇疯狂地吻着梅梅,带着喜悦和灵魂深处的渴求,紧迫地、深沉地吻着她,想要把压抑了多年的情感都释放出来。

第二天一大早,章梅梅就要坐车赶回陆丰碣石,天宇一直把她送到车站。分别前,他交给梅梅一个厚厚的大信封,并嘱咐她,车开了后再看。然后,他再一次紧紧地拥抱了梅梅。

车开了，梅梅打开信封，才发现里面是厚厚的一沓钱，还夹着一张字条。她立刻把字条拿出来看：

梅梅：

　　我知道你现在很困难，急需钱用。但你又是一个自尊心很强的人，不愿意开口向我借钱。可是亲爱的，我们是从小在一个大院长大的发小，你又是我最爱的人，我怎么能看着你受苦呢。给你送上一万元钱，你千万不要推辞。还有，你要好好地照顾好自己。

爱你的天宇

梅梅的眼眶湿润了，心里热热的。这就是从青涩含苞到繁花盛放都彼此陪伴的伙伴们。人这一生可以有无数个幸福，但最幸福的，莫过于有这样一群不离不弃的伙伴。她闭上眼睛，心里默念着：我的同学，我的发小，我的战友，感谢你们，是你们的真情和友谊，让我渡过了难关。

第十一章

她觉得自己就像在电视剧《精武门》里,这种身在江湖的感觉,使她感到非常新奇。

"大师,我做不到无欲无求,做不到清心寡欲,怕是入不了佛门。"

修行是无须讲求形式的。

1

回到碣石,章梅梅先用4000元买了一台柴油发电机,解决了停电的问题。接着,她把四个用旧沙发改装成的"牙椅"全部放在一楼,并将两个木板分别固定在两边的墙上,摆上牙科电机、器械,这样看上去,很像一个牙科诊所了。二楼暂时空着,三楼装修成一间简易的手术室,放了一张木制的手术床。晚上,她的徒弟王镇江就睡在一楼守着铺面,王镇江把他姐姐王阿娣叫来当了护士。

就这样,章梅梅的"口腔医疗中心"冷冷清清地开业了,没有花篮,没有鞭炮,也没有彩旗。

一天,翁所长介绍了一位60岁左右、中等个子、慈眉善目的老干部来看牙。他叫程解，是一位老共产党员，新中国成立前是东江纵队地下交通员。他在"文革"期间被打成当地的"小邓拓"，下放到中学当了历史老师。他在当地很有名气，人脉也很广。

通过看病，他们慢慢熟悉了。程老师是个热情好客的人，他不仅给梅梅介绍当地的风土人情、乡俗民约，还介绍了很多东江纵队的老干部给梅梅认识，使她这个从学校到部队，很少跟社会接触的人，增加了很多社会知识。

程老师还介绍了一男一女两个高中生给梅梅当徒弟。徒弟入门时，他执意要按照当地的风俗行拜师礼。他说：在我们这里，师徒关系仅次于父子关系，一入师门，全由师父管理，即"生我者父母，教我者师父，投师如投胎"。所以，建立这样重大的关系，必须举行一个隆重的仪式。

拜师那天，按照程老师的吩咐，三个徒弟先跪拜佛祖，祈求佛祖保佑自己学业有成。接着，他们在师父章梅梅面前三叩首，献上红包和拜师帖。程老师作为见证人，他接过拜师帖，高声宣读：

> 师道大矣哉，从师而求传道授业，实乃大医精诚之本。今有王镇江等三人愿拜师于章梅梅先生门下为徒。自此本人尊师重教，勤勉求学。谨遵师训，传承弘扬本门所学。情出本心绝无反悔。立此字以昭笃诚，弟子王镇江、程文奎、温柔惠。
>
> 己巳年乙亥月戊戌日立

程老师宣读完后，梅梅作为师父也给徒弟们宣读了自己的门规：做人要清白，学习要刻苦，处事要有度，循序渐进、勇担重担、勇于创新。

他们还签了合约，学徒期为三年，期间不发工资。仪式结束后，由师父章梅梅请大家一起吃饭，师父与徒弟合影留念。后来，这几个徒弟各自都成就了一番事业，致使很多人都懊悔当初没有投在章梅梅的门下。

自从招了徒弟后，语言沟通的问题就解决了。在军医大学，章梅梅搞教学很有经验，曾被评为优秀教师。现在，她常利用晚上或白天空闲时间给徒弟们讲课，每个单元课结束后都要经过严格的考试，同时还要求他们在牙模型上反复进行操作。

章梅梅对徒弟们的要求很严格。她发现徒弟和学校的学生确实有很大的区别：徒弟虽然基础差，但是学习刻苦，与老师的感情亲近，在工作以外还帮师父做很多杂事。而师父除了教学，还与他们有着一层类似家长的关系，让人有一种"一日为师，终身为父"的感觉。

碣石这里还保持着中国古老的优良传统，不仅徒弟们对师父很尊敬，他们的父母也很敬重师父，每逢年节都要请梅梅吃饭，还时常送礼。章梅梅在大学里当过老师，现在又当师父，这种身在江湖的感觉使她感到非常新奇，好像活在电视《精武门》里。

碣石这个地方，缺医少药的状况令章梅梅吃惊。许多唇裂病人年龄很大了，仍然没有条件做修补手术。一天，来了一位戴着口罩的姑娘。她身材苗条，皮肤白皙，一双水汪汪的大眼睛真是漂亮极了。可当她摘下口罩，梅梅看见她的上唇是裂开的，原来她是一个"豁嘴"。

姑娘的父母告诉梅梅："我们是山区的，一直想带孩子去广州看病，可广州要走很远的路程，要花费很多钱，就一直拖到现在。最近听朋友介绍说这里来了一个军医可以补'豁嘴'，我们就来了。"

梅梅给她做了唇裂修补术。经过修补后，姑娘从此摘下了口罩。本来就有一双漂亮大眼睛的她，现在更是貌美如花、娇艳动人。她的父母亲非常感谢梅梅，他们说，这孩子很聪明，学习好又很懂事，就是因为豁嘴，所以平常不愿见人，也害怕出去工作。现在好了，她终于可以出去工作了。姑娘自己也非常感激梅梅，她主动要求留下来打杂，一边工作，一边报考教师资格考试。

这件事很快在当地流传开来。人们口耳相传，说章梅梅的口腔医疗中心不仅治疗效果好，而且收费便宜。于是，连海丰的唇裂病人也纷纷到这里求医。章梅梅的名气越传越远，她成了当地最受欢迎的外地人。

卫生院王医生有一个两岁的男孩，患有唇裂。他原本打算到广州给孩子做手术的，现在看见梅梅手术做得这么好，就请梅梅给他儿子做手术。因为孩子还小需要全麻，所以梅梅请了卫生院的麻醉医生配合，手术非常顺利，王医生很满意,对梅梅感激不尽。

以后,大人唇裂用局麻,小孩子做全麻,这就扩大了手术范围。章梅梅在自己的手术室里做了许多手术,除了修补唇裂,还做了许多面部外伤和颌骨骨折的手术。

章梅梅的名气越传越广,连《汕尾报》记者也来采访了。记者同时采访了许多被梅梅治好的病人,然后写了一篇《好一个颌面金刀》的文章登载在《汕尾报》上。记者告诉她,她是碣石镇有史以来第一次被《汕尾报》写文章赞扬的一个医生,还是一个外地医生。

这下,章梅梅真正成了碣石家喻户晓的名人,前来上门看病的患者越来越多。她忙不过来,只好白天看牙,晚上做手术。经常忙得连中午饭也顾不上吃,几乎每天只吃两顿饭。有时候打饭去晚了,食堂只剩下一点菜汤了。

2

春节,章梅梅回家了。

李香凝发现女儿瘦了,她心疼地问:"梅梅,你创业怎么创成这样了?"

章梅梅没有告诉母亲,她一天只吃两顿饭,有时去食堂晚了只能喝点菜汤;有一次发烧,她一个人躺在潮湿的小屋里两天没能喝上一口水。还有创业的高度风险常常使她寝食难安,这一切只有她自己才知道。

在章志豪的再三追问下,梅梅才把发生的一切告诉了他们。

当章志豪听说刘教授在关键的时候挺身而出时,他随即让梅梅请刘教授夫妇来做客,说要好好地感谢他。没过几天,刘教授和他老伴应邀到梅梅家来做客了。他俩你一言我一语说起当时的情景,刘教授对章梅梅大加赞扬。他竖起大拇指对梅梅的父母说:"你们的女儿是我遇到的最勇敢的女人。"

章梅梅对父母说:"你们谁也想不到,平常文质彬彬的刘教授,关键时刻好有男子气、好勇敢啊!"于是她把陈家的那一幕又描述了一番。

刘教授的老伴刘太太听到了,吃惊地喊起来:"老头子,你回来可什么都没跟我讲呀!"

刘教授对梅梅眨眨眼睛，但是一切都已晚了。原来，刘教授一直瞒着他老伴，没给她讲与陈家的风波，没想到却被章梅梅无心捅了出来。

章梅梅非常歉意地对刘太太说："对不起，是我把刘教授连累了。"

刘教授拍着胸脯说："是我把你介绍去的，我不能看你受欺负。"

"我不准你再去那个野地方了！你选的什么破点呀，你自己去还不要紧，还介绍人家章梅梅去，你看看，出事了吧，出事了吧！"刘太太又一次咋呼起来。

"我现在不是到了深圳嘛。"刘教授像个做错了事的小男孩一样咕哝着。大家都被他逗乐了。

一天，李香凝约了几个朋友，带着梅梅一起到南京佛教圣地栖霞寺去拜见住持本真法师。母亲告诉她，本真法师是一位德高望重的高僧。

来到栖霞寺，只见一群人见了法师就行五体投地的跪拜大礼，梅梅则随着母亲合掌而拜。

本真法师70多岁，说着一口扬州普通话，不仔细听，不大能听懂。他笑眯眯地请大家进屋坐，拍拍凳子让梅梅坐在他的身边。一会儿，小和尚给每个人上了茶，又上了一碟干果。李香凝悄悄地告诉女儿："端上来的东西你都要把它吃下去，这里面有良性信息，对你有好处。"

梅梅点点头。于是，她把端上来的茶喝光了，干果也吃光了。

大家都问了老法师许多问题。梅梅的问题是："大师，我经常梦见一个慈祥的老太太，而且一到关键时候她就出现，不知道是咋回事。"

老法师回答道："看来你很适合修行噢！"

章梅梅不解地说："大师，我做不到无欲无求，做不到清心寡欲，怕是入不了佛门。"

"你理解错了，我不是让你出家，是让你修行。出家人如果不注意修行的话，就不算入了佛门。相反，没有出家的人如果注意修行，就等于入了佛门。修行是无需讲求形式的。"

老法师又接着说："佛语有'相由心生，境由心转'，意思是境遇会随着心境的转变而转变，说的是心转境界，不是境界转心，所以我们要明白修行的重要性，做人先要'正心'。"

"大师，什么叫正心？"

"正心就是不自私、存大爱。任何一个人的升沉、苦乐、正邪都是由心决定的。人是受思想支配、受认识指导的。随着自我意识的生长，主观意念会把一切问题、现象、事实都扭曲了。如果不修行，便会一直扭曲下去，那么你所生活的环境，就是个变态的环境，心，就是一个走了样的心。这样一来，你看周边的一切都是糟糕的，一粒沙子就能扎进你的心。不修心，你会活得很苦。"

他又说："在浮世之中，身体的操劳并不可怕，可怕的是内心的慌乱急躁、焦虑不安。这时，全身的气乱蹿，怎能不心力交瘁、疲惫不堪呢？这是因为他们忽视了自己的心，不知道万事以修心、正心为先的道理。心是主宰一切的，只要心安定了，气就顺了，即使工作再繁忙，也能游刃有余、从容自在。"

梅梅问："那怎样修心、修行呢？"

他笑了笑说："你以后慢慢体会，自会明白。"

老法师留大家吃了斋饭，那是香喷喷的茼蒿香油饭，它是用香油炒的茼蒿和刚煮好的黏米饭拌制而成的，香喷喷、软糯糯的。章梅梅从来没吃过这么可口的饭，她胃口大开，连吃了好几碗。母亲怜爱地对她说："我回去学着给你做。"

临别时，本真法师再一次提醒她要修行，将来定成正果。一路上章梅梅反复问自己："修行？怎么修行？"她还是不大明白。

梅梅觉得亏欠儿子太多了，所以回家这段时间，白天她带着继民到公园里玩，晚上就搂着儿子给他讲故事，直到儿子睡着。

这天，看着孩子甜甜地睡去，她想起了陈天宇。是的，天宇是爱我的，但不知他会不会爱我的儿子？今年暑假，我一定要带他见一见陈天宇。

她每天都跟父母聊着在广东碰到的各种稀奇有趣的事儿，一家人都被她绘声绘色的讲述逗得乐不可支。章晶晶说今年夏天还要带小继民到碣石去玩。

春节假期过得很快,章梅梅马上就要回碣石了。父亲对她又是一番叮嘱:"梅梅,去年你虽然吃了很多苦,但还是取得了很大的成绩,首先是你独立了,自己租了房子,开展了业务,打出了名气。记者也来采访了,这很不容易呀。你一定要再接再厉,千万不可松懈。还有,你要把生活安排好,只有会生活的人,才会工作。你要调整好心态,一定要和当地的老百姓搞好关系,也就是要依靠当地群众。"

"好的。"

梅梅看着父亲,嘴上应答着,心里却想着,老革命都是这样。

父亲面色严肃地对她说:"我提醒你,听说陆丰那边很乱,走私、贩毒的都有,你千万不要碰毒品,千万不能干违法的事啊!"

"不会的,我受部队教育这么多年,做人的原则已牢牢地根植在心里,放心吧爸爸,我肯定不会碰毒品,即使有亿万元摆在我面前,我也不会动心的。"章志豪听了满意地点点头。

"爸爸、妈妈,等我那边稳定了,我一定接你们去玩玩。"

母亲说:"好,我们等着这一天!梅梅呀,那天咱们在武汉火车站分手后,我哭了好长时间。唉!一个女孩子就这样孤单地走了,连个伴也没有,也不知道前途如何,我的心好酸啊。不过现在好了,有了天宇,还有大院里的葛立军、宋建国和周莉莉他们都在那边,我也就放心了。"

3

春节期间,陈天宇也回了家,他的妹妹陈天美带着爱人和孩子也回家过年了。

全家人团聚了,天宇的父母高兴极了。可一看天美都有了孩子,而儿子四十出头还未结婚,老两口又为他着急起来,不停地催促他赶紧结婚。

一天,天美悄悄地问他:"哥哥,你找到梅梅了吗?"

"找到了,我还帮她解决了问题呢,她经历了很多痛苦,我都不敢在她面前谈她牺牲的丈夫。"

"哥哥，加油，争取早点结婚，爸爸妈妈都很操心你的婚事呢。"

这几天，天宇和天美经常往梅梅家打电话。李香凝是个明眼人，她一听就知道天宇爱着梅梅。她从小就喜欢天宇这孩子，没想到小时候两家开玩笑定的娃娃亲还成真的了。她对女儿说："你要好好珍惜天宇，他是个好男人，你们是最合适的一对。"

春节结束了，章梅梅又要走了。临别前，父母亲反复叮嘱她注意身体，儿子小继民紧紧抱着她不放手。她告诉儿子暑假就能到妈妈那里去了，小继民这才松了手。

要动身了，梅梅收拾了六个大包，里面装的全是医疗材料。妹妹章晶晶担心地问："这么多东西你怎么带得走呀？"

"管不了那么多了，只要你们把我送上火车就行，下车后我再想办法。"

章梅梅陪伴着家人过了一个"窗外落叶无声，屋内时光静好"的春节，又登上了去广州的列车。

车厢里非常拥挤，几乎全是二十来岁的年轻人，很多人没有座位就站着。他们都是怀着各自的梦想去广东发展的。是啊，广东是改革开放的热土，是全国各地人们向往的地方。这些人租住在城中低矮的房子里，干着城里人不愿意干的粗重的力气活，他们与城市的灯红酒绿无关，但那一双双热切的外乡人的眼睛，那一声声陌生的外乡人的口音，却让这个城市的脉搏跳动恒常有力，面貌生动而有朝气。这些新客家人尽管他们的经历不同、职业不同，但他们都有一个共同的特点：为梦想而活。他们每人都有一个梦想，章梅梅不也是逐梦而来的吗？

列车一进广东境内，车窗外是艳阳天，树木郁郁葱葱，大地金光灿灿，一切都显得那么生气勃勃，让人感到活力四射、昂扬向上。

终于到了广州火车站，章梅梅把那六个大包拿下车，她四处巡视着拉行李的工人。糟了，这一次车站里没有看到拉行李的工人。她只好自己吃力地把行李包像滚轮胎那样往前滚动着。恰在此时，一位身穿西服打着领带的中年男子看梅梅走得如此艰难，就主动帮她拿行李。他说他是从台湾过来的，在东莞开厂。他不解地问："你一个女人外出怎么拿这么多东

第十一章

西啊?"

梅梅无奈地告诉他:"没办法,没找到拉行李的工人,只好自己拿了。"

这位台湾先生非常绅士、热心,但又不失警惕性,他不时机警地看着周围,手提包紧紧地抓在自己手上。这位"雷锋式"的台湾先生一直把梅梅送上了开往陆丰碣石的大巴车,临走时,他还对梅梅说:"看见你坐上车,我就放心了,以后你外出可不能带这么多东西。"他微笑着向梅梅招招手,章梅梅一再对他表示感谢。

看着他离去的背影,梅梅想,台湾的男士是不是都像琼瑶小说上写的那么绅士,那么怜香惜玉呢?这是她第一次碰到台湾人,对方给她留下了很好的印象。

第十二章

章梅梅感到自己像在一个熔炉里,一团火焰在她的五脏六腑中慢慢地燃烧着,把她从内向外熔炼着。

1

一回到碣石,章梅梅又投入到了紧张的工作中。她首先安排徒弟们轮流做饭,解决了大家吃饭的问题,她也不用每天到政府食堂打饭了。接着,她从所长家搬了出来,住进了自己的口腔中心。

她把挣的钱几乎全部用来购买了医疗器械,业务范围也迅速扩展。病人越来越多,章梅梅几乎每天都工作十多个小时。她白天一直不停地看病人,中午只能匆匆喝点稀饭、吃点咸菜。晚上如果有手术就做手术,没有手术她就给徒弟们讲课。

渐渐地,她结识了许多朋友,有东江纵队的老干部、小学校长、中学老师,还有那位算命解签的徐先生。

大家慢慢熟悉成了朋友之后,那些老干部对她说:"阿梅呀,你的医术确实很高明,可是你处理人际关系的能力只是小学水平。但是嘛,你的可塑性很强,孺子可教也。"他们你一言我一语地给章梅梅提了很多建议。

"阿梅啊,你收费要灵活一点,手术费不要都一个价。"

"是啊,不用定价,让病人自己送,根据你的手术效果,他觉得值多少钱就送多少钱。"

梅梅吃惊地问："什么，不定价？那怎么行？我还没有听说过做手术不定价的呢。"

"所以说，你处事的水平就是小学水平嘛，不灵活。"

"阿梅啊，有钱的交钱，没钱的可以不收钱，送东西也行嘛，比如烟啊、茶呀什么的。在海边的送海货，在山里的送山货嘛。"

"阿梅，我们帮你收费，你就专心做你的手术好啦，你看看我们是怎样处理的。你就给我们准备一个房间，放张桌子，摆几张椅子，放点茶水就行了。"

于是，章梅梅按照他们的提议布置好一个房间，那几位退休老干部专门负责沟通手术病人。他们都是当地人，所以沟通起来很方便。他们先让病人或家属看看章医生做过的手术，然后问他们对手术效果满不满意。

"满意，那手术要多少钱？"

"你送吧，你看值多少钱，就送多少钱。"

让梅梅万万没想到的是，病人送的居然比她定的价还要高，因为他们都觉得很满意，很值。

没有钱的就送东西，没多久，烟、茶、虾干、鱿鱼干等海货和山货就在屋子里堆了一大堆。梅梅只留下了一点点，其他的都分给了老干部们。他们感到有了发挥余热的地方，于是，他们自发地在海丰、陆丰山区帮助梅梅寻找病人。

空闲时，这些朋友常到梅梅的小院喝茶。小院几乎成了他们的活动场所。徒弟们一边泡茶招待，一边静静地听着他们谈古论今。徒弟们感受到在师父这里增长了很多见识。

有时候，陈氏族长也来谈天说地，他特别爱看《三国演义》，说自己长年研究《三国演义》，他告诉梅梅，在《三国演义》这本书里有许多做人、处事的"道道"。

"阿梅，你知道什么是'道'吗？"他问。

"我认为，'道'就是天地之间的规律。"

"嗯，说得好！其实万物都有它的规律。古人曰：天时、地利、人和。其实人和人、人和自然、人和物，物和物之间都有着微妙的联系。怎样才能做到顺天时、合地利、得人心呢？这都要细心地体会，仔细地琢磨，找出它们之间的内在规律，一旦顺了'道'，一切就会变得顺利了。阿梅，在《三国演义》中，你最佩服谁？"

章梅梅脱口答道："在能力上，我最佩服曹操，我认为他是一个文武双全的英雄。曹操兴修水利，推行'屯田制'，巩固了北方的统一。他不仅在军事上是一个统帅，在文学、音乐等方面也很有造诣。曹操的诗词也让我佩服，他的《观沧海》是何等的有气势。在做人上，我最佩服刘备，他文不能谏，武不能战，但是，他能让'五虎上将'为他肝脑涂地、忠心耿耿，让赵子龙为他大战长坂坡，让诸葛亮为他鞠躬尽瘁、死而后已。"

陈族长摇着头说："我和你的看法不一样。我最佩服孙权，孙权知人善用，他在用人上几乎没有失误，《三国演义》中最轻松的就是他了。他坐在家里运筹帷幄，从来没有出去东征西战，也能轻轻松松地打天下，不像曹操和刘备那么累。他手下那些大将，像周瑜、程普、鲁肃、诸葛瑾、陆逊等人，个个都能充分发挥自己的作用，都能独当一面。"

梅梅对他说："族长，您对孙权的评价真的很独到，我还是第一次听到有人佩服孙权的。"

大家品着浓浓的铁观音讨论着春秋战国时期不同学派的涌现，以及各流派之间争芳斗艳的局面。

在中国历史上，春秋战国是思想和文化最为辉煌灿烂、群星闪烁的时代，这一时代出现了诸子百家彼此接纳，又相互诘难的学术局面。

满腹经纶的程老师说："我最欣赏战国时期官办的高等学府稷下学宫。"

章梅梅好奇地说："程老师，你能不能给我们讲一讲这个稷下学宫？"

程老师喝了一口浓浓的铁观音，开始慢慢道来："稷下学宫又称稷下之学，它位于齐国国都，就是现在的山东省淄博市稷门附近。它是世界上第一所由官方举办、私家主持的高等学府。稷下学宫是当时百家争鸣的中心园地，它促进了天下学术争鸣的形成。在稷下学宫兴盛时期，曾容纳了当时诸子百家中的几乎所有学派,如:道、儒、法、阴阳、轻重等诸家。汇集的天下贤士多达千人,其中最著名的学者有:孟子、淳于髡、申不害、荀子等。当时,凡到稷下学宫里来的文人、学者,无论学术派别、思想观点、政治倾向,以及国别、年龄、资历如何,都可以自由发表自己的学术见解,这使稷下学宫成为当时各学派荟萃的中心。更可贵的是,它不光是一个学术机构,还是一个政治顾问团体。"

李校长接着道:"在诸子百家中,我最认同老子,他认为一切都要顺应自然,要将自身与自然融为一体。老子认为:仁、义、礼是高于法的,而法律,不过是一种治国的器物。从老子'道法自然'的思想中可以得出结论:法,需要顺应'道'与'德'的运行,这就叫顺应天道。"

另一位老干部说:"我赞赏商鞅,他的变法改变了秦国贫穷落后的面貌,使它从一个被人看不起的'戎狄'之国一跃成为兵革强盛,诸侯畏惧的强国。"

另一个人说:"我认为商鞅的执法过于严酷,给社会带来许多不应有的灾难……"

看相解签的徐先生则最爱谈麻衣相和柳氏相。他说:"与人接触要一看相,二听声,三观举止。不能走蛇步、雀步,要上身不晃动,下身迈大步,这样的人行为端正,办事牢靠。"

"我不同意你的看法。"程老师大加反驳,"有的人外表仁厚,却行为骄溢;有的人面相端正,却品行不端;有的人面相和善,却内心狡诈;有的人外貌看似柔顺,内心却刚直;有的人看似缓和,但内心急躁。人心是最难测的,要通过他的行为来观察。徐先生,像你这样能掐会算的应该发大财了?"

徐先生连连摇头说:"不对,一切都是命里注定的。我命里没有,当然也没有了。俗话说:君子不跟命争。不是我能掐会算,是我把你命中有的破译给你听。就像翻译,把英文译成中文让你听懂一样。你没有的,让我怎么译呀?"

徐先生又接着道:"人有千算,天则一算。人千算万算,都是算自己;

天只算人的德，人善人欺天不欺，人恶人怕天不怕。"

"无论你今天遇见的是谁，他都是你生命中该出现的人，绝非偶然。所以要惜缘啊，我们现在能在一起，但是不知道明年、后年我们是否还能在一起，将来我们都会分离，现在的一切都将成为回忆。我们今生所遇到的人和事，前世已注定；我们来世所遇到的人和事，今生已注定。"

小院里经常是高朋满座、热闹非凡。一壶茶可以让时光穿越，一壶茶可以打开不同的世界。他们讨论着诸子百家、政治经济，他们海阔天空、畅所欲言，谁都可以发表自己的见解，阐述各自的思想主张。

章梅梅从中汲取了不少知识，并渐渐悟出：万道纷达，有理皆通。"道"，不仅仅是哲学家研究的命题和范畴，也不仅仅是玄奥神秘的"道可道，非常道"，只要用心去体验，就会发现：有很多"道"，其实就真实而平凡地存在于日常生活中，它们像富含金矿的细砂，在岁月的河流里闪烁出哲理美的光芒。

2

口腔中心的病人越来越多，很多缺牙的病人需要镶牙。章梅梅想把镶牙业务开展起来，就要设立技工室，需要增加很多设备，还要请教授和技师。这就意味着要把挣到的钱又花出去，她犹豫了……

这天晚上，她又梦到了那个老太太。

她把梅梅带到了一个神奇的地方，那里没有树，没有花草，没有鸟，只有一片光和云。梅梅想，这可能是在天上吧？

老太太对她说："你将来前途无量，但是一定要吃眼前这些苦，你一定要发展扩大，下决心干下去，去实现自己的梦想。"她指着面前的一个水晶球对她说："你看看，这就是你的将来。"

"不用了，有您这句话我就放心了。"梅梅想，以前在梦里从来没有对老人说上一句感激的话，这次我一定要对她说。梅梅生怕这一切又消失了，于是她赶紧说："我这人无才无德，承蒙您这样厚爱，我感激不尽。"

老太太笑着摇摇手："不要这样说，不要这样说……"说完她就消失了。

一梦醒来，章梅梅感到豁然开朗，她决心把镶牙业务开展起来。

很快，成套的镶牙设备买来了，章梅梅又买来旧沙发改装了三台"牙椅"，现在的口腔医疗中心"牙椅"从四台变成了七台。梅梅又招了三个徒弟，还成立了技工室。她请了第四军医大学口腔医院一批退休的修复科专门镶牙的专家教授来一起工作和带教，有邹教授和傅教授，还有傅教授的老伴修复科护士长李丽老师，还请了技工室的巫技师，他是四医大口腔医院做"假牙"最有经验的老技师。这下子，口腔医疗中心的工作人员由几个人变成了十多个人。看着这欣欣向荣的景象，章梅梅感到由衷的欣慰。

巫技师用简易的离心铸造机，造出一颗颗高质量的"假牙"。现在，他们能做各种"假牙"了。"口腔医疗中心"的名气越来越大，前来就诊的病人也越来越多。

章梅梅和教授们都是从四医大出来的，所以工作配合默契、得心应手。他们各自干着自己专业内的事儿，梅梅则专心拔牙和做她的颌面外科手术。徒弟们能接触到这么多的专家教授，备感荣幸。

但是这个时候，他们的工作和生活环境仍然非常艰苦。碣石五天有三天停电，三天才来一次自来水，还有时间限制。一来水，他们就先灌几大桶水备用。那浑浊的自来水，白衣服洗几次就染黄了。

章梅梅已体会到了苦其心志、劳其筋骨、饿其体肤的滋味了。她每天用工作把时间填得满满的，要不就会感到很寂寞。

与此同时，陈天宇也在新疆忙碌，但他经常写信鼓励梅梅。看到天宇的来信，梅梅感到如沐春风。她喜欢看天宇的来信，也喜欢给他回信。通信成了两人之间的一大乐趣。天宇的信一直鼓舞着她。一天，她又收到了陈天宇从新疆寄来的信：

梅梅：

今天我看见一只翱翔的雄鹰，它盘旋于高空，俯瞰着大地。这里的人给我讲了一个鹰王重生的故事，这个故事使我感慨万千、浮想联翩，所以，我抑制不住自己激动的心情，立刻提笔给你写信。

梅梅，你知道吗？鹰是寿命最长的鸟类。它可以奇迹般地活到70岁，然而大部分的鹰却在40岁时就会死去。因为鹰在40岁时爪子就开始老化，无法有力地捕捉猎物；它的喙也变得又长又弯，几乎碰到了胸膛；它全身的羽毛又密又厚，翅膀也变得分外沉重，不能在高空持久飞翔。这时的老鹰只有两种选择：要么等着死去，要么去经历一个十分痛苦的重生过程。

选择重生的鹰要独自飞到悬崖高处筑巢，并在那里停留五个月无法飞翔。鹰先用头抵着粗粝的岩石，在石壁上不断地摩擦，把老化的喙一层层磨去，直到完全剥离。这时的鹰已经无法吃任何食物了，只能凭体内原有的能量来维持生命，它在痛苦的煎熬中静静等待新的喙慢慢生长出来。接着，鹰又开始了重生的第二步：它用刚生长出来的新喙，将爪子上老化的趾甲一根根地拔掉。在奄奄一息的挣扎中让它长出新的趾甲。然后，它还得熬过最后一关：用新长出来的趾甲把身上又长又厚的羽毛一根根拔掉。经受体无完肤的痛苦，待新的羽毛长出来后，鹰就完成了涅槃般的重生，为自己又争取了30年的生命。这就是"鹰王重生"。

梅梅，重生的鹰王不畏任何艰难困苦，它用强健的翅膀去抵挡风的袭击，用犀利而尖锐的眼神傲视苍穹的一切。它没有懦弱、没有屈服、没有胆怯、没有放弃，只有高傲地飞翔，向着更远、更高的方向飞翔。

梅梅，很多人想成功，却又存在着恐惧，因为不知道未来的路会是什么样子。有时候我们也会面临像40岁的鹰一样的境遇，这时候，我们就需要做出选择，选择"死亡"或者"重生"。想要获得"重生"，我们就必须遵循成功的法则，抛弃旧的习惯，挣脱旧的束缚，不断地改变自己，学习新的智慧。这样，我们才能激发潜能，创立一个崭新的未来，走向成功。

其实，我们每一个创业的人都在挫折和逆境的熔炉中修炼，我们从内向外熔炼着。燃烧掉以前的坏习惯、错误的思维模式和不良的工作作风……尽管有痛苦、有抗拒、有呐喊,但我们终将在这熊熊燃烧的火焰中涅槃重生。

梅梅,"宝剑锋从磨砺出,梅花香自苦寒来",当我们获得了重生,我们一定会迎来辉煌,我们一定会走向卓越。我们有如重生的鹰王,其羽更丰、其音更清、其神更满,搏击长空,翱翔在蓝天中。

梅梅,现代医学心理学的研究证实:当一个人的能量水平很低时,他的健康和优良性格就可能被消极的情绪所压制,就如同蓄电池用完,机器就无法正常运转一样。还有,外来压力虽不能直接导致疾病,但常常会影响、恶化一个人的情绪,从而导致疾病。怎样解决这个问题?答案只有一个:就是给你的蓄电池充电,让自己放松、运动、休息和睡眠,给自己的心灵和精神输入养料,这些养料可以从励志的书中找到。

好了,就写到这里。保重,亲爱的,现在我们两人都在修炼,我时时刻刻都在想念你,等工作告一段落,我立刻回去看你。

爱你的天宇

章梅梅一遍又一遍地看着天宇的来信,这个重生的鹰王让她热血沸腾、激情澎湃。她立刻提笔给陈天宇回信:

天宇:

刚刚收到你的来信,我看了好几遍,非常感动,我感到自己的热血在沸腾,你写的信好有气魄,我感动得流泪。我17岁就走进了军营,在部队这所大熔炉里,我学会了吃苦,学会了拼搏,学会了服从,学会了奉献,也学会了务实,并学会了忠诚与担当。在改革开放的大潮中,我从不理解到理解,又从理解到下海。天宇,在我心中一直燃烧着一团火。它激励着我超越自己。为了实现理想,我决心经历这场磨砺,像鹰王那样蜕变,重新开启自己新的生命旅程。

梅梅

陈天宇的来信给了她很大的启发，她想：为什么一想起创业的风险我就一阵阵心慌，常常半夜惊醒一身大汗？焦虑紧张的情绪使我两肋胀痛，全身不适，只能从烧香拜佛中得到安慰，以减轻心中的焦虑、恐慌和不安。以后的路还很长，如果不改变这种状态，又怎能实现自己的理想？就是实现了，人也完了。不！这不是我要的生活，我要给自己内心的"蓄电池"充电。

想到这里，她决心从内向外修正自己的行为。当一个人交战起他本身，他已经不是一个平常的人了。

章梅梅想起了本真法师叫她修行的话。她慢慢悟出了什么叫修行，修行就是修正自己的行为，环境就是修炼的道场。她要像许多年前在149师那样，那时她才17岁，正因为她学习了毛主席著作，端正了思想，才完成了一个又一个艰巨的任务，度过了那段难以忘怀的艰苦岁月。现在她也要这样，也许历史又在重演。在漫长崎岖坎坷的创业路上，她要自己激励自己。她首先要改变自己的心态，因为心态在很大程度上决定了人生的成败。她决心要用积极的心态来面对一切。因为积极的心态会导致积极的思维，积极的思维又会导致积极的行动。她相信古人所说的"相由心生，境由心转"，她要用自己独特的方式，不断鼓励自己、改造自己。

3

碣石的晚上常常停电，通常是10点以后才来电。每逢这时，章梅梅就点着蜡烛阅读陈天宇寄给她的《史记》《春秋》《大学》《中庸》《论语》《战国策》《鬼谷子》等书。这些有着几千年历史的古籍，记载着中华民族的灿烂文化和智慧。她把其中的名言警句记在笔记本上，并把它们编排好，来电后又在录音机上自读自录。

每天晚上，章梅梅听呀、写呀，小小的录音机就像一个纽带，把中国古代诸子百家的名人、圣人与她连接在一起，老子、孔子、孟子好像就在身边，她好像穿越了时空，与他们对话又聆听教诲。

每当她遇到困难想要抱怨时，孟子就告诉她：天将降大任于斯人也，必先苦其……古人的智慧滋润着她的心灵。很快，她调整好心态，愉快地将遇到的每一个困难都当作磨炼自己、提高能力的机会。

圣人告诉她：万事之基在于德，先要修身、齐家，然后才能治国、平天下，德是基础，道是德的升华。没有德的基础，为人处世、治家、治国都会失败，也没有能力得"道"。

先贤们说：为人处事不要求全责备，要豁达、容忍，要善于识别善良和不善良的人，要用人之长，避其之短；调动人的积极性，同时要用规章制度来约束他们，要根据客观环境灵活处理各种事情。

古人告诉她"胜人者力，胜己者强"，战胜别人是力者，战胜自己才是强者……

这些古圣先贤的话，包含着几千年来人类文明的智慧。章梅梅反复地听，细细地琢磨，不断地反省自己、改造自己。

她在修炼，她要克制自己一次次地冲动和坏脾气。她决心对自己的情绪进行管理，不再听之任之。她知道，只有主动地控制情绪，才能掌握自己的命运。每每想起那获得重生的鹰王，她就感觉受到了激励。

要改变自己，刚开始是件很痛苦的事。章梅梅感到自己像在一个熔炉里，一团火焰在她的五脏六腑中慢慢地燃烧着，把她从内向外熔炼着。她决心燃烧掉以前的坏脾气和错误的思维方式，尽管有痛苦、有抗拒，但是她相信自己一定会升华的。她想象着那只搏击长空重生的鹰王……

她每天晚上看啊、写啊、听啊，又不断地反躬自问：我以前对自己的要求太过放松，我很少带着勇气和诚实去回想一天的言行，以便第二天有所借鉴。关于成功以及如何获得成功的真理从来没有消失过，但因为我一直忙碌于为生存而拼搏，竟没能认出它来。我错了，从今往后，我将在每晚反省一天的行为。比如：我发现了什么弱点？抵御了什么诱惑？获得了什么感悟？哪一件应该做的事情没有完成？哪一件事情本应该做得更好？

她对自己说："我不允许任何事情逃离我的反省，为什么我要害怕批评呢？也许我在某一次的争论中措辞过于严厉；也许因为我的观点刺耳，所以不被接受；也许因为我一时不可控制的愤怒而失去了解决问题和缓解冲突的机会。"

她问自己：我是否对每一个人都和蔼可亲？我是否懂得感恩、惜缘？我是否对机会保持警惕，我是否集中精力在目标上了？我还做得很不够。进步永远来自检讨和反思，承认错误是改进的第一步。我要勇于改进自己的缺点，我不再对别人提意见的方式和细节斤斤计较了。

渐渐地，章梅梅的心情开始平静了，她感到过去的痛苦，甚至那些让她心碎的事情似乎已被遗忘，焦虑紧张的情绪明显缓解，待人处事的态度也发生了变化。那些老干部对她说："阿梅啊，你和以前大不一样了，你进步得很快啊！"

现在，她每晚迫不及待做的一件事就是，听自己制作的录音。在学习了中国古代管理思想后，她知道了古人是怎么选人、用人的。她感到自己的管理水平也在提升，知道了自己应该怎么做，从哪些方面思考问题。现在，她能静心地梳理思绪，综合分析问题并做出决策，事业也开始一步步走向坦途。小小的录音机，把梅梅的心灯擦拭得明亮明亮的。

有一天，程老师带着梅梅和教授们又来到玄武山。他指着一个毫不起眼的小屋告诉他们说："这里是红二师在碣石作战指挥部的旧址。1927年，海陆丰人民在共产党的领导下，举行了武装起义。起义胜利后的11月13日，陆丰县成立了县苏维埃政府，这是全中国成立的第一个红色苏维埃政权，在中国革命史上意义重大。当时，国民党军队和保安队聚集在碣石，准备对红色政权进行围剿。为了肃清敌患，保卫新生的苏维埃政府，工农武装配合红二师进攻碣石城。"

"这天，天刚蒙蒙亮，彭湃、董朗、张威、林铁史等率领红二师及东南各区的赤卫队员共4000多人集合待命。随着董朗一声令下，攻打碣石城的战斗打响了。红二师将士和赤卫队员枪炮齐鸣，顷刻间四处硝烟弥漫，战斗异常激烈。激战了整整三天，我军歼灭了盘踞在碣石的国民党势力，海陆丰苏维埃政权得以巩固。"

程老师又带着他们来到福星垒塔西面一个石洞前，只见上面用楷书刻着一米来高的三个大字"起龙岩"。程老师告诉他们：明朝万历年间《建碣石玄武山记》载："福星西下为石池，上有岩曰起龙。"传说古有一巨蟒在此修炼，后经佛祖点化，终于有一天，它腾空而起，化龙升天。后来，明抗倭将领侯继高根据这个传说在岩洞口题刻"起龙岩"三个字。程老师特意让章梅梅坐在"起龙岩"三个大字下照相留念。他对梅梅说："你就像那条巨蟒一样在这里修行，将来一定会有化龙腾飞的一天。"

第十三章

> 看到了吧,东北方向就是惠阳淡水和大亚湾,它们与深圳毗邻,从这里出发,一个多小时就可以到达……
>
> 他们说,80年代看深圳,90年代看惠州。

1

时光荏苒,转眼间又到了暑假。章晶晶和丈夫带着小继民又到碣石来了。晶晶看到口腔医疗中心的规模大为惊喜,她感慨道:"没想到你发展得这么快,跟我上次来完全不是一个样子了。"她对姐姐佩服极了,更感受到这一年来姐姐创业的艰辛。

正巧这一天,梅梅又收到了陈天宇的来信:

> 亲爱的梅梅,这几个月我在新疆拼命地工作,我们的雪莲种植基地已经长出了第一批雪莲。人工种植雪莲终于成功了,我心里特别高兴!
>
> 我想起你说过的,暑假带着你儿子和章晶晶一家到深圳来玩,我热烈地盼望着你们。亲爱的,我近日就回深圳,你等着我。这次见面一定把你制作的录音带复制一份给我,让我也和你一起好好修行。
>
> 爱你的天宇

章梅梅准备过几天就带着晶晶他们到深圳去，首先把借的钱还了，然后再去看陈天宇。这两天正碰到程老师嫁女儿，这里的风俗是男方摆酒席，热情的程老师把整个口腔医疗中心的工作人员都请去了，他专门为梅梅他们留了两桌丰盛的酒席，婚礼热闹非凡。

几天后，梅梅他们一行人到了深圳。梅梅先去了周莉莉家，莉莉立刻叫了葛立军和宋建国来家做客。梅梅拿出钱，连本带利还给了他们。

宋建国说："真没想到，不到一年的工夫，你就把钱全还了。"

"我非常感谢你们在关键时刻借钱帮助了我，所以我一定要尽早把钱还给你们。"

葛立军说："可以想象，你一定很辛苦。"

梅梅看看他们两人面色憔悴，说道："是的，创业嘛，哪有不辛苦的，你们肯定也很辛苦。"大家都是先后来这里创业的，各自说着自己不同的感受。

梅梅说："在武汉火车站跟我妈妈分别时，我看见妈妈眼里的泪水，就安慰她说：我是从军营走出来的，在战场上枪林弹雨都过来了，还怕什么呢？我还经过军医大学那么多年的培养，相信我吧妈妈，我不会比别人差的。其实当时我心里特别难受。列车鸣笛了，妈妈一边流着泪一边对我说：妈妈只能送你到这儿了，以后的路全靠你自己走了。"

"听了妈妈的话，我差点哭了，赶紧把脸扭到一边立刻登上火车，因为我不愿意让我妈看见我哭。车开了，我不停地向窗外挥手，一直到看不到母亲的身影，我感到自己像一只孤独的大雁往南飞，南边到底怎么样？我也不知道。"

"到了广州，在流花宾馆门口，我看见那些西服革履的商海成功人士，再看看土气的自己，感觉自己真的就像一只丑小鸭。当时我就发誓：总有一天，我一定会体面地进入这里。就在上个月我到广州采购医疗材料时，还专门到了流花宾馆，找了一个靠门最近的座位坐下。那天，我臭美地穿着漂亮的套裙，要了一杯热牛奶，美滋滋地、慢慢地一点一点地品尝着。隔着玻璃，我看着门外匆匆走过的行人，心想：啊，我终于走进来了。你们知道吗？哎呀！那种感觉真是美极了。"

宋建国笑起来："哎呀！梅梅，你可真会臭美呀。"

"是的，有时候就是要臭美一下，让自己感觉到是个成功人士，给自己增加一点信心嘛。你们知道吗，积极的行为会导致积极的思维，而积极的思维，会导致积极的心态。"

葛立军接着说："梅梅，我可没有你那么感情丰富。我告诉我老婆，让她把家看好，把孩子管好，我说这两年我没有钱寄给你们，我要创业，你自己管自己吧。"

"哇！葛立军，你就这么说吗？"梅梅吃惊地问。

"是啊，我可没有你那么有情调。"

"哇！葛立军，你也太没有人情味了吧。"周莉莉叹道。

"别信他！"宋建国戳穿他，"他的情话可多呢，我知道。"逗得大家一阵大笑。

2

陈天宇从新疆回来了，他打电话给周莉莉，请梅梅他们过去。几个月不见，天宇晒黑了也瘦了，却显得更加精神焕发。

章晶晶首先喊起来："哇，天宇哥哥，咱们好多年没见了，你还是那么英俊潇洒。"

"哎呀！晶晶，你从小就是你姐姐的小尾巴，她到哪儿你到哪儿，现在还是呀。"

这时，从梅梅的身后钻出来一个漂亮的小男孩，他睁着黑亮黑亮的大眼睛望着陈天宇亲热地喊着："叔叔，我好像在哪儿见过您。"

"是吗？"天宇一把将他抱起来，在他那稚嫩的小脸上亲了一口。

小继民用他那胖胖的柔软的小手摸着陈天宇的脸说："我记不清了，但是我好像看见过您，我好喜欢您呀！"

"我也喜欢你，孩子。"天宇看着这个天真可爱的孩子觉得特别亲近，仿佛就是自己久别重逢的孩子，一股父爱油然而生。

接下来几天，小继民天天缠着陈天宇问这问那。

"叔叔，您相信有飞碟吗？您说会不会有星球大战，外星人会不会入侵我们的地球呢？"

"不会的，这是有人编的，故意制造恐怖。"天宇告诉他。

小继民睁着明亮的大眼睛说："书上说宇宙是无限的，是美好的，小小地球不是孤立的，有千千万万外星朋友在关心我们，爱护我们，他们随时准备着来支援我们，是吗？"

"哇，我亲爱的小宝贝儿，你这些稀奇古怪的想法是从哪里来的呀？"梅梅抚摸着儿子的头问。

小继民马上从自己的小箱子里拿出几本科幻杂志放在她面前。她立刻意识到这孩子长大了，在探求知识。

陈天宇对梅梅说："这孩子对外星科学产生了兴趣，对地球现状担忧了。"

天宇蹲下身来，平视着他说："继民啊，我们人类对宇宙的认识也是不断完善的，先是认为大地是平的，直到麦哲伦航海才证明了地球是圆的。以后又认为地球是宇宙的中心，一直到17世纪伽利略发明了望远镜，才打破了'地球中心学说'。随着科学的发展，我们知道了浩瀚的宇宙是由亿亿万颗星球组成的，你想想，难道那亿亿万颗星球和星系中，就没有高智能的人类吗？孩子，用不了多少年，外星人就可能会公开露面与我们交往的。"

小继民高兴地跳起来："太好了！太好了！我要跟他们见面。"

每天，小继民都有很多新问题问他："为什么人在地球上可以跳一米，用同样的力在月亮上可以跳四米？"陈天宇告诉他，那是地心引力的作用。

天宇每天非常耐心地回答着继民提出的各种问题，连梅梅都烦了，她对儿子说："继民，你的小脑袋瓜休息一下，不要老问了，叔叔都累了。"

天宇立刻制止她："不行，孩子是在接受知识的时候，就是要多问才好，这说明他爱动脑筋。"

陈天宇带着梅梅一行人参观深圳市容，游览锦绣中华，到大梅沙游泳、品尝美食，章晶晶和她爱人对深圳发展的速度大为震撼。晚上大家坐在一起，听天宇讲故事。晶晶对他说，想听听他这次到新疆的见闻。于是天宇给他们讲天山雪莲神奇的故事，接着又讲了怎样人工种植雪莲……

几天后，陈天宇又请了周莉莉一家和葛立军、宋建国他们一起聚会。

看到这群大院子女又聚在一起，韩阿姨感慨地说："我想起你们在大院的时候。那时你们是多么顽皮又可爱啊。你们几个经常到我家蹭饭吃，这群孩子呀，见到男的叫叔叔，见了女的叫阿姨。哎呀，我真怀念那个时候。"

被韩阿姨这么一提起，气氛顿时热烈起来，大家纷纷说起了当年那些调皮捣蛋的"英雄事迹"，什么偷桃子、摘李子，在菜园子里偷个萝卜什么的，还有把报废的通信车拆出的零件组装个半导体收音机……

周莉莉指着葛立军和宋建国说："就数你们两个最坏，还拿着刀出去打群架。那时，我和梅梅都懒得搭理你们。"周莉莉把头仰得高高地说："我们这些好学生，怎么能理你们这些坏学生呢？"

宋建国装作一副语重心长的样子："周莉莉同学，你这样说就不对了，我们平常在学校都是表现不错的好学生，就是有一帮坏孩子在欺负咱们嘛。咱们还跟人家讲道理，我对他们说，你们这样做是不对的，如今是什么形势？是全国人民在夺取'文化大革命'全面胜利的关键时刻，我们年轻人应该关心国家大事，怎么能在公开场所寻衅闹事呢。毛主席教导我们要文斗，不要武斗。我不和你们打，打架斗殴是不对的。我苦口婆心地教育他们，可他们呢，实在是不可救药，竟然掏出了刀子，那你说，我该怎么办？怎么办呢？"

他那滑稽的样子逗得大家笑得前仰后合。

周莉莉哼了一声："有一次我和梅梅路过大操场，看见他们几个坏小子正站在大操场的检阅台上，披着军大衣学着首长的样子挥手检阅呢，他们看见我和梅梅走过来，就不怀好意地喊'一二一、一二一'害得我俩都不会走路了。"

大家听了又轰地笑起来。

韩阿姨看了看陈天宇说："还是天宇这孩子好，没有到处跑，在家里练武功。"

"天宇哥哥是我们大院里男孩的榜样,人家是领袖级人物嘛,莉莉和梅梅是我们男孩心中的那什么什么,对了,是心中的偶像。"

"我记得梅梅小时候脾气可犟了,她妈妈打她的时候她不哭,就会跑到我面前来哭。"韩阿姨接着说。

"是啊,那时候我的脾气可犟呢,我妈妈叫我跪下,我学着英雄那样高昂着头说,我不跪,哼,宁愿站着死,不能跪着生!"

"我妈妈更火了,她啪地在我的后腿窝踹了一脚,我膝盖一软就跪在地上了。你们说我那妈妈呀,她怎么老爱让人跪呢?我就想象着自己是江姐,我妈就是特务头子徐鹏飞。我横眉冷对地看着她,大声地学着江姐临刑时说的话:'竹签子是竹子做的,共产党员的意志,是钢、是铁!'哼!我这点痛算什么,比起江姐还差得远呢。于是,我扶着墙站了起来,接着又挨了她一脚,就这样我一次次被踢倒,又一次次地站起来。当时,我的脑海里闪现着《东方红》里面革命烈士英勇就义的场景:

　　戴镣长街行,告别众乡亲。砍头不要紧,只要主义真。杀了我一个,自有后来人。

于是,我学着革命先烈英勇就义的样子,昂首挺立着,气得我妈干瞪眼。"

章梅梅声情并茂,连说带比画,笑得大家眼泪都出来了。

待大家笑够后,她又接着说:"我爸爸看了赶紧拉住我妈说:别打了,别打了,这孩子都给你打浑了,就是打瘸了她也不肯下跪。咱们还是好好跟她谈谈吧。于是我爸把我拉到书房,倒了杯水放在我的面前,接着又拿出几块糖果、饼干哄我。"

"哎呀,这可是糖衣炮弹啊!"他们齐声说。

梅梅白了他们一眼:"什么糖衣炮弹啊,这是教育有方。"

就这样,大家七嘴八舌地说着儿时的各种趣事,从"文革"遇难到撕大字报，从打武斗到各自逃难。章梅梅还讲了在武斗逃难时，她和谢婆婆怎样发现了"宝库"，偷了一袋白糖回来的事。

他们开心地乐呀、笑呀。是父辈们的情缘把他们集结在这里，大院永远是他们心中共同的家园。大院有他们童年的欢笑、少年的懵懂，在那里，他们成长；在那里，他们放飞梦想。军旗、军号、军歌，是他们共同的向往和留恋。任岁月悠悠、人生漫漫，相同的经历、相同的基因、相同的情感，让大院子弟无论身在何方，都从未走远，不曾相忘。

3

愉快的时光总是过得那么快，不知不觉一个星期过去了。这天，章梅梅和陈天宇及周莉莉在一起谈起了口腔医疗中心的发展前景。当她谈到碣石经常停水、停电的情况时，不由自主地感叹道："碣石与深圳相比真是相差太远了。"

周莉莉对她说："梅梅，我建议你把口腔中心转到深圳来，你第一次来深圳时就对我说过，要参与到深圳的改革开放中来。可让我没有想到的是，你去了碣石。"

"我当时到碣石是刘教授介绍的。事实证明，我在碣石已经取得了一定的成功，也为将来实现梦想奠定了基础。也许，这正是冥冥之中的安排。我走过的路，经历的挫折，也许正是上天赐予我的另一种财富……"

"到深圳来开办口腔中心，这个想法很好。"陈天宇皱着眉头说，"但是，目前深圳寸土寸金，各种资源的竞争非常激烈。在这里，每个人都铆足了劲，赌上了自己所有的财力、物力向前冲。"陈天宇沉思着摇了摇头，接着又说，"而且，由于深圳发展得快，各行各业进驻得也快，尤其牙科诊所这两年可以说是遍地开花，所以现在要把口腔医疗中心转到深圳来，发展空间不大，不是很理想。"

梅梅说："我喜欢到刚刚开发的地方去，因为那里发展的空间大，机会也多。"

突然，陈天宇从沙发上站起身走到客厅前的阳台上，朝她们俩招手："你们过来。"

梅梅和莉莉来到阳台上。眼前是一片林立的高楼，远处是隐隐约约的山峦。陈天宇指着远处的山峦说："看到了吧，东北方向就是惠阳淡水和大亚湾，它们与深圳毗邻，从这里出发，一个多小时就可以到达……"

陈天宇告诉她俩："惠阳淡水和大亚湾地理位置优越，交通便利，发展前景很好，国家给了惠州很多扶持政策，尤其是毗邻深圳的惠阳淡水，更是吸引了很多投资者的目光。我想，那个地方将来会有很大的发展空间。我建议梅梅到淡水去看看，我有几个熟人在那里投资，他们说，80年代看深圳，90年代看惠州。"

天宇对梅梅说："明天，我陪你去淡水看看，正好我有一个朋友在那里，他可以给我们提供一些信息。"

第二天一大早，梅梅和天宇就租了一辆的士车前往惠阳淡水。

一路上，陈天宇对梅梅侃侃而谈惠州的人文历史。他说："惠州历史悠久，行政区划从秦代就有了，到了隋唐时期，已经成为岭南名郡，是整个东江流域的政治、经济、文化中心。这里有许多著名的景点，出过很多名人。苏东坡就被贬谪到这里几年，现在惠州西湖的苏堤，就是他当时带头捐资修筑的，据说为了捐资，他还当掉了自己的靴子。他的名句'日啖荔枝三百颗，不辞长作岭南人'就是在这里写的。"说到这里，陈天宇的脸上浮现出一种诗意。他接着又说："苏东坡还在这里留下了一段真挚的爱情佳话。"

"什么佳话？"

"这个说来就话长了。"陈天宇开始娓娓道来：

"苏轼的妻子叫王弗，不到30岁就死了。他后来续弦娶了王弗的堂妹王闰之。但是，那时候他身边还有个小妾叫王朝云，这王朝云原本是个歌女，因为聪明俊秀，12岁时被苏轼收为婢女带在身边，19岁时苏轼纳她为妾……"

"你懂得可真多。"梅梅由衷地赞叹着，"那后来呢？"

"那苏东坡一生仕途坎坷，总是不断地被迁往全国各地做官，经历了很多大起大落。当时,因为各种原因,他的众多妻妾侍女不是不能随行,就是离他而去,漫漫岁月里只有王朝云一直不离不弃地陪伴着他,跟他过着颠沛流离的生活。当他被贬谪到惠州时,饱受雨雪风霜之苦的王朝云终于病倒了。不久,她就过世了,死时才34岁。"

"唉,可惜死得太早了。"

"是的,王朝云除了能歌善舞,更是与苏轼有着内心的默契。苏轼说过,知我者,唯有朝云也。所以,对她的病逝,苏轼非常难过,发出了'枕前珠泪,万点千行'的悲号……"

梅梅叹道:"以前我读过苏东坡'十年生死两茫茫'这首词,知道他是个深情的人,没有想到他还如此重情……"

司机回过头来望了望他俩,满怀善意地笑了笑。

"梅梅,其实惠州,尤其是惠阳,在近代出了很多名人。"

"哪些名人啊?"

"惠阳三杰,你知道吗?"

"我只知道叶挺是惠阳人,这惠阳三杰还真不太清楚。"梅梅说。

"叶挺、廖仲恺、邓演达三人并称'惠阳三杰'。廖仲恺是惠阳陈江人,他和夫人何香凝在日本留学结识孙中山后,便毕生追随孙中山,协助孙中山制定了'联俄、联共、扶助农工'三大政策,积极支持工农革命运动,推动了中国国民革命发展。邓演达出生于惠阳永湖乡,他参加了辛亥革命,后来到保定军校学习,毕业后一直是国民党左派领导人。叶挺将军是惠阳秋长人,皖南事变叶挺被国民党扣押,在重庆狱中,他写下了那首光照千秋的《囚歌》。"

陈天宇一说到《囚歌》,梅梅马上脱口而出:"为人进出的门紧锁着,为狗爬出的洞敞开着。"

接着,陈天宇念出了下面两句:"一个声音在高叫着,爬出来吧,给你自由。"

于是他们一起高声朗诵起来:

我渴望着自由，

但也深知道——

人的躯体哪能由狗的洞子爬出！

我只能期待着，

那一天——

地下的烈火冲腾，

把这活棺材和我一齐烧掉，

我应该在烈火和热血中得到永生……

    的士开到淡水城内的高架桥上，桥上非常拥挤，各种车辆混杂，摩托车在车辆间不停地穿梭着。的士突然嘶的一个急刹车，他俩定神一看，哎呀！好险啊，一辆摩托车突然插入他们的车前差点相撞。司机怒气冲冲地打开车门，一把抓住摩托车司机，两人面红耳赤地大吵起来，周围的车辆停了下来，围观的人越来越多，两人撕扯在一起正要打架。

    陈天宇对梅梅说："你在车上待着，千万不要下车。"他立即下车把两人拉开，一边劝架一边把司机硬拉上了车："咱们赶快走吧，听说这里治安不好，反正你的车也没被撞到。"

    这位东北司机才骂骂咧咧地回到了车上。

    陈天宇找到了他的朋友，他是做房地产的。他兴致勃勃地告诉天宇和梅梅，淡水处于广州、惠州、深圳、大亚湾的中心，方圆百公里内有两个机场、两条铁路和两条高速公路，再加上大亚湾深水港，这里离香港只有47海里，地理位置非常好，将来肯定会很有发展。现在熊猫公司，还有内地的许多公司都来这里开厂、办公司。

    他带着梅梅和陈天宇从淡水到大亚湾霞涌，再到深港码头沿途参观。大亚湾碧波万顷，淡水城夏日炎炎，到处是一片施工的景象，与之相伴的是雨后春笋似的建材公司。全国各地很多人都涌向这里。天宇对梅梅说："看来这里确实是一片投资的热土。"

    他俩考察了一天，当天赶回了深圳。梅梅告诉天宇，这次淡水、大亚湾之行可能具有历史性的意义，因为在碣石那里五天有三天停电，全是靠发电机发电。水也是三天才来一次，确实不利于事业的发展。

陈天宇拉着梅梅的手，含情脉脉地对她说："亲爱的，看来那里对你来说确实更有发展，而且我们也能一直在一起。"

看着深爱自己的陈天宇，梅梅对他说："天宇，我想到毅民的墓地去看看，这么多年了，我一直没去看过他，一想到他一个人孤零零地在那里，我的心就痛。"她的声音哽咽了。

天宇把她紧紧地拥入怀里，柔声地对她说："好的，我陪你去。"

梅梅他们一行人满载而归地离开了深圳。临走前，梅梅把借天宇的钱连本带利悄悄地放进天宇的包里。

4

梅梅他们走后没几天，陈天宇也赶回了新疆，在那里继续完成天山雪莲的种植和研究工作。他写信给梅梅：

> 亲爱的，自从你走了后，我的心里就空荡荡的，如果能天天跟你在一起该多好，愉快的时光为什么总是过得那么快。这几个月我一定抓紧时间，争取早日陪你去云南扫墓。
>
> 你还我的钱已收到了。梅梅，我望着它想了很久，将来我的一切，包括我这个人都是你的，我盼望着那一天早日到来。我把你给我的录音带在身边，每天能听到你的声音，还有圣人说的话，我感到很愉快，收获也很大。
>
> 爱你的天宇

从那以后，章梅梅心系淡水，她经常给大家讲她考察淡水的情况。她还特意请了程老师、李校长、地理老师、徐先生、族长和几位东江纵队的老干部来一起探讨发展大计。

会上大家纷纷帮她出谋献策，他们成了她的智囊团：徐先生帮她解签；地理老师分析惠阳淡水的地理位置和与周边的毗邻关系；程老师的儿子和女儿、女婿都在深圳，所以他对深圳非常熟悉，他也认为到深圳发展的空间没有到淡水的大；陈族长主持会议并做总结。会议一致认为淡水和大亚湾的发展肯定比碣石快，是她应该去的地方，但到底是去淡水还是大亚湾还须进一步考察。

教授们也都很支持梅梅的想法，让她放心去淡水考察，这里有他们照看。

说也奇怪。一天，吴老板来向章梅梅告辞，说他的工厂要搬到惠州去发展，他说惠州那边发展环境比较好，而且政府给的政策也宽。碣石这里经常停水、停电，影响他的工厂发展。临别前，梅梅一定要请他吃饭，感谢他的帮助。吴老板只点了很少的几个菜，他说："这几个菜够了，以后把钱用于发展壮大吧。"

章梅梅告诉他，她现在也在惠阳淡水一带考察，也想找一个更大的发展天地。吴老板听了非常高兴地说："你这个想法太对了，我们是搞企业的，到了一定的时候就要谋求更大的发展空间。"他给梅梅留下了一个地址，告诉她以后有什么困难可以到惠州去找他。

吴老板把整个工厂都迁走了。章梅梅想起吴老板对自己的帮助，心里充满了感激，她突然有一个感觉：自己离开碣石的时间也快了。接下来，章梅梅一边工作，一边不断地到淡水、大亚湾考察。她孤身一人来来往往，多么希望自己有分身术，希望有个人帮帮自己，哪怕是一点点，但是没有人能替代她。从陆丰到淡水这段路上，她已记不清晕车呕吐的次数了，她感到好苦，好累。一路上她在心里不知多少遍唱着：

> 我想要有个家，一个不需要华丽的地方，
> 在我疲倦的时候，我会想到它。
> 我想要有个家，一个不需要多大的地方，
> 在我受惊吓的时候，才不会害怕。

谁不会想要家，可是就有人没有它，
脸上流着眼泪，只能自己轻轻擦。
我好羡慕她，受伤后可以回家，
而我只能孤单地，孤单地寻找我的家。
……

是的，她多想有个家，一个不需要多大的地方，只要有一间房子、一张床，还有一个冰箱就够了，她疲惫的时候能洗个澡、在床上休息一下，天热的时候能吃一块冰镇西瓜，她就满足了。

每次一到淡水，她就先到小重庆饭馆去吃一碗麻辣小面，然后经过宝丰大厦到"老干部之家"订好房间，放下行李，洗个热水澡、喝口水后，她就开始工作。她走遍了大亚湾、淡水，了解当地政策，看见一幢幢高楼奇迹般地拔地而起。

淡水是惠阳区政治、经济和文化的中心，淡水镇历史悠久，又是著名的侨乡，它的南边紧靠大亚湾，西与深圳接壤，人口又比大亚湾多，天时、地利、人和，成功三要素一个都不少，梅梅决定：棋开新局，落子淡水。

第十四章

她拼命地朝着那辆车跑去,赵会和魏家喜一边一个拽住了她。她像疯了一样朝着那团大火和浓烟大喊:"毅民!你在哪里!毅民!你在哪里!"

"梅梅,你愿意做我的女人,做我的妻子吗?"

1

章梅梅一回到碣石,就看见桌上放着陈天宇的信。徒弟们告诉她,是前两天来的。每次收到天宇的信,她的心里总是感到一阵阵的喜悦:

亲爱的梅梅:
　　昨天我已从新疆回来了。我要做的第一件事就是陪你去看毅民,我等着你来深圳。

爱你的天宇

这次从淡水回来后,章梅梅心里总是响着《我想有个家》,她不明白,为什么这首歌在她心里一遍又一遍地回旋着?

是的,从前她有个家,一个非常温馨的家,有一个疼爱她的丈夫,但是突然没有了。失去丈夫的悲伤，长期压在章梅梅的心底不能释放，使她痛苦万分。近来，她常常在梦里与毅民相见，诉说着对他的思念。毅民还是当年的样子，可当她想投入他的怀里时，他就散开了，变成了一片片云雾，飘散而去。

"毅民，毅民，你在哪里……"

她的声音在空旷的云雾中回荡。每次惊醒后，她都泪流满面。她明白，他们早已阴阳两隔、天各一方了。

她决定在接受天宇的爱之前，先到毅民的墓地去看看。于是在陈天宇的陪同下，他俩从深圳乘飞机到了昆明，然后又换汽车到了屏边苗族自治县。

汽车穿过绵延起伏的崇山峻岭，终于来到了群山环抱之中的烈士陵园。山，依然是当年的山，可原先的泥巴路现在已变成水泥大道。这陵园修缮得比以前更好、更完善。红色大理石的革命烈士纪念碑，庄严地屹立在广场中间。一排排、一座座青石砌成的烈士墓碑，正静静地肃立在郁郁葱葱的青竹翠柏之中。那些镌刻在墓碑上的红五星，并没有随着时光的流逝褪去一点点颜色，它依然那么鲜艳、肃穆、庄严。碑上刻有烈士姓名、出生年月及简要事迹。

在天宇的陪同下，章梅梅迈着沉重的步子登上了墓地的一个个台阶。她边走边向陈天宇介绍着一个个烈士：

"天宇，这位烈士是手托炸药包，炸毁敌人碉堡的董存瑞式的战斗英雄；这位烈士是在子弹打完后，只身跃入敌群，夺过敌人的机枪又击毙二十多个敌人后才壮烈牺牲的，还有这位是……"

梅梅走到曹健烈士的墓前，沉痛地说："这位烈士是我们曹团长的儿子，他主动要求一个人掩护，让大家向侧方包抄过去。当全排绕道出击后，敌人才发现阵地上只有一挺机枪在射击。他们不相信一个中国士兵，竟然能抵挡住他们几十个人的冲锋。敌人向他疯狂地射击。曹健的子弹打光了，二十多个敌人向他包围过来，就在敌人快要爬上阵地前沿时，曹健抓起一根爆破筒猛然跃出战壕，冲入敌群与敌人同归于尽了，他牺牲时才19岁。"陈天宇听后垂首致哀。

"天宇，曹团长 16 岁就参加了革命，在枪林弹雨中走遍了大半个中国，包括西藏。1962 年，中印边境自卫反击战时曹团长的大女儿因病夭折了，这次对越反击战中，曹团长又失去了大儿子。在战斗中，曹团长铮铮男子汉硬是没掉一滴眼泪，可他在儿子的墓前，却是老泪纵横。"

"真是老子英雄儿好汉，将门出虎子啊，在祖国最需要他们的时候，这些老军人显示了他们的本色。"陈天宇感叹着。

"是的，当年不仅曹团长把自己的儿子曹健送到了一线战场，还有我们军、师首长的孩子都奔赴了一线战场。"

"这样一定会极大地鼓舞士气。"

"是的，紧接着战士们纷纷写血书，掀起了争当尖刀连、争当尖刀班、争当尖刀班战士的求战高潮。"

"天宇，这位英雄是被誉为'勇于献身的共产主义战士'、荣立一等功的石勇烈士。当年，他所在的部队在重创敌军之后，开进新寨地区隐蔽待命。突然，敌人的炮火向我军阵地射击，一辆救护车被击中。在这辆车前面紧挨着的是一个弹药库，在附近的小树林里和茅草丛中，还隐蔽着指挥所和待命出击的四个连队。如果这辆车引来的炮火击中弹药库的话，后果将不堪设想。在这关键时刻，石勇挺身而出，他为了引开敌人的炮火，保护战友的安全，驾驶着正在燃烧的汽车沿着公路全速离去。他把敌人的炮火全部引向了自己，保住了指挥所和弹药库。最后，炮弹击中了石勇驾驶的汽车。"

章梅梅长长地叹了一口气，继续说："听战友们说，当他们来到石勇烈士牺牲的地方，只见一副汽车大梁躺在地上，已找不到石勇的遗体，连一个骨头块都没有。"

梅梅告诉天宇：石勇是一位英俊的云南小伙子，还在我们师医院住过院，他心灵手巧，用竹子编了好多小动物送给我们的女兵。我们医院的女兵都很喜欢他。石勇牺牲后，女兵们来到他的墓前，在他的墓地上铺满了鲜花，然后一字排开，整齐地向他敬军礼，这是女兵们对他表示的最高敬意。

陈天宇绕着石勇的墓地默默地走了一圈，他沉痛地对梅梅说："现在，我的脑海里闪现出当年那个激动人心的画面，一群年轻的女兵，在这个墓地上铺满了鲜花，然后整齐地排成一队向他敬军礼。"

"对对对，就是这样的。"梅梅连连点头说。

陈天宇仰头长叹："唉！血色浪漫，令人感动啊。"

他们来到了"小西藏"卡多的墓前，墓碑上写着：共产党员、一等功臣、战斗英雄。

章梅梅说："这位烈士是一位西藏兵，叫卡多，1976年入伍，大家都叫他'小西藏'，他是一个优秀的机枪手。部队在向高地冲锋时，遭到敌人火力的袭击，密集的火力阻挡了部队的前进。他看见敌人的火力把战友们压在山坡下，这时他已身负重伤了，但他忍着剧痛端起机枪一下子从地上站起来。他一边向敌人射击，一边对战友们大喊：'快冲啊！'他几乎把敌人的全部火力直接引向自己，用自己的血肉之躯掩护部队冲锋。于是战友们抓住'小西藏'用生命换来的宝贵时间，迅速冲上了高地。"

"哎呀，这场面真是太壮烈了，让人热血沸腾啊，这个卡多是真英雄。"陈天宇连连赞叹着。

章梅梅在一个墓前停住了脚步。她沉默了一会儿，对陈天宇说："在这个墓里埋着一位女兵，她叫梁小燕，是师医院的护士，是我们梁军长的女儿，我当兵时曾和她在一块，她是那么年轻、漂亮，她牺牲时我也在场。"

"那天的情景好像就在眼前。敌人偷袭了医院，医院一侧的山林里响起了密集的枪声。当远处传来一阵阵'越军来偷袭了'的喊声时，我和几个女兵还有梁小燕立刻抓起枪冲出了房间，只见警卫战士们端着枪冲向山林。转眼间，山林里枪声四起，很快，越军逃散了。"

"我记得那天的月亮特别亮，照得大地如同白昼一样。我们趁着月光在山林里搜索着，寻找受伤的战友。这时，传来一声惊呼：'快来呀，这里有一个伤员！'只见梁小燕飞快地向那里跑去。突然，一梭子弹射向正在飞跑的梁小燕。原来在一棵树旁有一个受伤的越南女特工，她背靠在树干上，一手捂着受伤的胸口，一手端着枪向梁小燕射击。小燕的身体扭了扭，然后重重地跌倒在地上。"

"当我们从愣神中清醒过来，立刻朝着那个越南女特工狂射，我们愤怒地把枪膛里的子弹全部打光。当我跌跌撞撞地跑到梁小燕身边时,我始终不敢相信眼前的一切:小燕胸前中弹、背后开花,鲜血从她的胸前喷涌出来,染红了军装。她的脸渐渐变得苍白,身体也瘫软下来,她闭着眼睛,就像睡着了一样。后来,是我和几个姐妹给她换上了一套崭新的军装。"

"梁小燕牺牲后,她爸爸梁军长知道吗?"陈天宇问。

"知道的,梁军长当时忍着巨大的悲痛仍然在前方指挥战斗,小燕下葬时,梁军长才来看了她。他当时对小燕说的那些话,我至今都记忆犹新。梁军长慈祥地看着女儿,非常温柔地对她说:小燕,你是好样的,你表现得非常英勇,是爸爸的好女儿,我为你骄傲。孩子,你为国捐躯是光荣的,我的小燕,你现在可以飞了,放心地飞吧!我会跟你妈妈说你飞到天上去了。小燕,你先飞吧,以后爸爸和妈妈都会去找你的。当时,听得我们潸然泪下,最后都放声大哭。"

这时,章梅梅感到她的喉咙发紧、发痛。她用不着在陈天宇面前忍着、憋着,她要把自己的悲伤情感全部宣泄出来:"天宇,我心里好难受,我想哭。"说完,她把头埋在陈天宇的怀里,放声大哭起来。

天宇轻轻抚着梅梅剧烈颤抖的身体说:"哭吧,哭吧,大声地哭出来,这样你心里会好受一些。"

梅梅在他的怀里毫无顾忌地放声大哭,泪水浸湿了陈天宇胸前的衣襟。不知哭了多久她才觉得心里好受了一些,喉咙也轻松了,情绪渐渐平复下来。

陈天宇的眼眶里也浸满了泪水,他拍着梅梅的背感慨地说:"以前,我在北大荒大战狼群时别人称我是英雄,现在想起来我真的算不上什么英雄,他们才是真正的英雄,是最勇敢的人,他们用自己的鲜血和生命谱写了自传。他们知道,如果他们退却了,那么,祖国和人民的利益就会遭受损害。他们在战斗中表现的那种英勇顽强,我是无法用语言赞美的。他们死得光荣,他们是值得我们所有人尊敬和永远铭记的。"

2

　　他俩走到了陵园最高处，整个陵园的景色尽收眼底。当年祭奠烈士的情景又浮现在梅梅的眼前。章梅梅神情肃穆地对他说："天宇，这里埋葬着一千多名烈士。当年，我们就是在这里与烈士们告别的。"

　　她指着烈士纪念碑前的广场说："就在那里，梁军长代表全体官兵致祭文，当梁军长一声令下'向为国捐躯的烈士们敬礼'时，全体指战员齐刷刷地举起右臂，向烈士们敬了军礼，那场面太震撼了。我们大家眼睛湿润了，心情激荡了，我们齐声高呼：'军魂永存！军魂永存！军魂永存！'那声音在山谷间久久回荡。"

　　"当时，梁军长声如洪钟地高喊着：向烈士们敬酒，干！于是，整个山谷都回荡着'干！干！干！'的吼声。"

　　"然后，向烈士哀悼致敬的十八响礼炮震响在天地间。人们沿着台阶而上，祭奠着各自的战友和亲人，整个陵园哭声一片。天宇，那场景时常萦绕在我的脑海里，挥之不去。"梅梅的眼里又一次浸满泪水。

　　陈天宇环视了四周那一排排烈士墓地，他的眼睛也湿润了："梅梅，听你这一番描述，我脑子里浮现出当年祭奠英烈的场面。这些英雄，他们为了维护国家的尊严，为了祖国的领土完整，献出了年轻的生命，我们要记住这些以生命赴使命，以热血铸忠魂的英烈，他们的名字将永远载入中华人民共和国的史册。"

　　望着前方不远处的一块墓碑，章梅梅沉默了一会儿，哽咽着说："天宇，你在这儿转一转，我想到毅民的墓前跟他说几句话。"

　　天宇会意地点点头："好，你去吧，我就在这儿等你。梅梅，你把自己想说的统统都说出来，想哭就痛痛快快地哭出来，不要再压抑自己好吗？"梅梅对他点点头。

　　作为医学博士的陈天宇清楚地知道，只有让梅梅把多年来压抑在心底的

第十四章

伤痛倾泻出来，才是治好她心病的唯一方法。

章梅梅来到了赵毅民的墓前，她抚摸着丈夫的墓碑悲痛地说："毅民，我来了，我来看你了。"

此时，赵毅民牺牲的场景又在她脑海里闪现：

一辆汽车疾驰在颠簸的公路上，炮弹不时地追打着它，那车的周围烟火弥漫，炮弹纷飞。汽车穿过硝烟，躲过炮火，左一拐、右一弯地向前猛冲。突然，一声巨响，火光闪亮、烈火燃烧，接着一阵阵连环的爆炸，滚滚浓烟瞬间吞没了一切……

她拼命地朝着那辆车跑去，赵会和魏家喜一边一个拽住了她。她像疯了一样朝着那团大火和浓烟大喊："毅民！你在哪里！毅民！你在哪里！"

可是，她的眼前除了熊熊的火焰什么也没有……毅民什么也没留下，她知道在这个墓里什么都没有，只有一套军装。

"毅民，当年我们一起来，没想到我却是一个人走，把你孤零零地留在了这里。毅民，这些年我一刻都没忘记你，生活中没有了你，也就没有了幸福。为了能从痛苦中解脱出来，我试着不去想你，不去提你，把你深深地藏在心底。我把爱全部投在工作和孩子身上，虽然我们的儿子这么可爱、这么懂事，但我仍然忘不掉你。毅民，我老记着我们第一次见面的情景，我们在一起学习、工作；清晨，你骑车带我去参加游泳赛前训练；在唐山抢救伤员时，你硬把我感染的脚按在药水里泡；在赴新疆医疗队前，我们度过的那甜蜜的假期，还有我们婚后的幸福日子……你那么爱我，我也那么爱你，毅民，你怎么就走了呢？"

想到这里，章梅梅再也控制不住了，她双手捂住脸失声痛哭，泪水顺着她的手指往下流。

好一会儿梅梅才平静下来，她抬起头，望着丈夫的墓碑说："毅民，每当遇到困难时，我感到身边好冷清、好孤单，就更加想念你。"她又一次把脸埋在手里，呜呜地大哭着……

此时，烈士陵园的山谷间忽然升起一团团云雾，云雾沿着山林翻涌而下，瞬间笼罩了整个陵园。章梅梅感到云雾中那丝丝的细雨，好似毅民的眼泪轻柔地洒来。她感到自己有点神情恍惚……

这时候,她感到一个声音从心底流淌出来:"梅梅,这么多年你能记着我,能为我流泪,还能不辞辛苦地从很远的地方来看我,我觉得值了。梅梅,你一定要为我幸福地活着,我不要你为我痛苦,我要你幸福。梅梅,去感受你身边的爱吧,只有爱才能使你幸福,才能使你从痛苦中解脱出来,让你的灵魂不再孤独。梅梅,我们已经是两个世界的人了,我再也不可能回来了,把我忘掉吧,去找你的幸福,幸福……"

她感到自己仿佛置身于云雾中,轻飘飘的。在朦胧中感觉有人从背后扶住了她。"是毅民吗?"哇!我终于能抓住他了。她赶紧转身紧紧地搂着他的脖子,把头深深地埋在他的怀里。她感到毅民把自己紧紧地搂着,她像孩子一样在他怀里不停地哭泣,又不停地念叨着:"毅民,是你吗?你千万不要走开,不要走开!"

梅梅紧闭双眼,生怕一睁眼毅民就消失了。她感到对方的眼泪是热的,洒在了自己的脸上;他的手扶摸着她的脸,那手也是热的。梅梅就这样在他怀里哭呀、哭呀,她要把痛苦全哭出来。

不知过了多久,在昏沉中她听到一个很遥远的声音在呼唤着自己:"梅梅、梅梅,你醒醒、你醒醒。"这声音越来越近,越来越清楚。她睁开眼睛一看,原来是陈天宇在叫她,自己正靠在他的身上。

"天宇,怎么是你呢,你什么时候来的?"

"梅梅,我一直不放心你,就悄悄地跟着你,你那撕心裂肺的痛哭让我心碎。你知不知道,你哭着哭着就晕过去了。梅梅,都怪我不好,没有照顾好你,都怪我。"

"天宇,是你一直在陪着我吗?"

"是的,梅梅。"

章梅梅立刻明白了,在恍惚中扶着自己的就是陈天宇。

"梅梅,我也想跟他说几句话。"说完,陈天宇站起身来,正了正衣襟,神情凝重地对着赵毅民的墓碑,默默地说,"毅民兄弟,虽然我们没有见过面,但我知道你是一个英雄,是个好男人、好丈夫。你让我的梅梅刻骨铭心地想着你,她为你痛苦、为你流泪。毅民,我向你保证,我一定替你照顾好她,一辈子爱她,让她幸福。"

说完,陈天宇对着赵毅民的墓碑深深地三鞠躬。然后,他转身拉着梅梅的手说:"我们走吧,梅梅,你脸色苍白,身子不停地发抖,你这样激动会把身体弄垮的。"

"咱们走吧,走吧。"梅梅不自觉地回答着。

她像孩子似的由天宇搀扶着离开了毅民的墓地,嘴里还一边喃喃自语着:"他说他满足了,说他满足了……"

快要走出墓地时,章梅梅掉转头,再一次把目光投向了她长眠在此的爱人。她的脚步变得踉跄了,牙齿咯咯作响,手指发冷,全身剧烈地颤抖着……

陈天宇紧紧地护着梅梅,轻轻地拍着她的肩部,低声安慰说:"梅梅,梅梅,一切都会好的,一切都会好的……"

3

他们来到了一个幽静美丽的温泉酒店。一进房间,陈天宇立刻把全身发抖的梅梅抱到床上,给她盖好被子。他一边把梅梅那双冰冷的手握在自己的手中不停地揉搓着,一边温柔地对她说:"好了梅梅,你的痛苦很快就会过去的。"

梅梅抽泣着:"天宇,毅民说他满足了。"

"是啊,这么多年你都没忘记他,还山长水远地来看他,要是我,也满足了。"

"天宇,你怎么说得跟毅民一样呢?他也是这么说的。"梅梅吃惊地问。

"是吗?"

"天宇,你在毅民的墓前说了什么?"

"我让他放心,我说我会替他照顾好你,一辈子保护你,爱你。"

梅梅激动地喊了一声"天宇",就偎进他的怀里。她听到天宇胸膛里的那颗心咚咚直跳，梅梅感到她的爱在天宇身上复活了。

一会儿，天宇倒了一杯热茶递给她，温情地对她说："你先喝点茶，我去准备一下，这里是温泉水，你好好泡泡温泉，去去寒，解解乏，人们到这里都是为了泡温泉的。泡完后，我再给你按摩一下。"他微笑着摸着她的脸蛋说："宝贝，一切都会好的。"

天宇在浴缸里放满了温泉水。他把梅梅搂在怀里，轻轻地为她脱去衣服，然后把她放进浴缸里。温热的水浸泡着她，她浑身放松地漂浮着，啊！好舒服，好解乏呀。她慢慢地闭上了眼睛。刚才她已经把这么多年的泪水全部流尽了，现在感到头脑昏沉，处在似睡非睡的恍惚中……

她觉得自己躺在一个人的怀里，一双大手在她全身轻轻地抚摸着。她睁开眼睛，看见天宇正一边亲吻着她，一边抚摸着她那滑嫩的肌肤，她搂住了他。他们就这样拥抱着，漂浮着……

不知过了多久，天宇起来了，他拿着一块柔软的大浴巾把梅梅包裹上，然后把她抱起来放在床上。他用浴巾擦干了她身上的水，又在她的全身按摩着。梅梅感到这个情景很熟悉，她感到赵毅民又回来了，是他托付天宇照顾自己吗？

天宇看着梅梅的眼睛，深情地对她说："梅梅，你愿意做我的女人，做我的妻子吗？"

"天宇，我愿意做你的女人，我愿意做你的妻子。"梅梅的眼眶湿润了，是的，天宇这么爱她，为她付出了这么多。她怎么能不感动呢，她怎么能不珍惜天宇对她的这份情意呢！

天宇听了，止不住热血上涌，激动地在她全身狂热地吻着……一会儿，他抬起头，双手捧着她的脸，认真地问："梅梅，如果没有毅民，当年你会嫁给我吗？"

"会的。"梅梅想都没想就脱口而出，连她自己都觉得吃惊。是的，陈天宇在她心中一直很重要，她的内心深处一直给他留着一个位置。从小，天宇就对她这么好，她伤心难过时他也难过；她高兴时他也高兴；她挨打时，是天宇护着她；她流泪时，是天宇吹着口琴安慰着她；从小天宇就容忍她刁蛮耍赖，有什么好吃的天宇也总是想着她。记得有一次，天宇从口袋里掏出一块巧克力糖，说是他爸爸到北京开会时买的，他隔着糖纸咬了一半放进了她口中，然后把另一半放进了自己的嘴里。是的，除了毅民，天宇是这个世界上最爱她的男人。以前她一直疏忽了他，疏忽了他对自己的爱。

天宇对她说："亲爱的，除了你，没有人能进入我的心了，你是唯一使我动心的女人。当你还是个小姑娘的时候，我就爱上了你。不论是在北大荒，还是在国外，我时时想着你。当我得知你与别人结婚的消息时，我痛苦极了，因为我丢失了我的爱。"

"在我结交别的女朋友时，我的心里并没有激情，我本想把对你的爱转移到另一个女人身上，但是我找不到那种爱的感觉。我这才明白：孤独的心不是用性就可以解决的。你的影子总在我眼前晃动，我知道你在我的心里是不可替代的。梅梅，你知道吗，我只有跟你在一起，才能找到那种爱的感觉。于是我告诉自己，没有你，我绝不结婚，因为我不能要那种没有感觉、没有爱情的婚姻。亲爱的，在漫长的人生中，有你与我相伴，我相信我们一定会过得幸福快乐。现在好了，我终于要有一个家了。"天宇说着说着眼睛湿润了，他紧紧地抱住梅梅："亲爱的，我终于等到了这一天。"

"天宇，我愿意嫁给你，我愿意陪伴你的一生。"

天宇是一个多么出色，多么具有吸引力的男人啊，他那健美的体魄散发着阳刚之气，他多像毅民啊，她感受到他的抚摸、亲吻、吸吮都是那么甜蜜。

沉醉在幸福中的陈天宇双眼合闭，他在梅梅的耳旁喃喃自语："亲爱的，是我的梅梅吗？我做过许多许多这样的梦，醒来后一切都是空的。亲爱的，真是你吗？我真怕又是在做梦。"

梅梅在天宇的胳膊上捏了一把，问："有感觉吗？"陈天宇"哇"地叫了起来。于是她"咯咯"地笑起来，调皮地说："有感觉就不是梦。"

陈天宇看着自己胳膊上被掐红的手印，笑着说："宝贝，你怎么还那么调皮、那么捣蛋，喜欢恶作剧呀。"

梅梅止不住大笑起来："哈哈哈！我是让你知道，这不是在做梦，这是真的。"

看着笑得满脸通红的梅梅,那双含着泪花的眼睛楚楚动人,他止不住热血上涌:"好啊,你就爱捉弄我是不是?"

她一边笑一边说:"不是,不是,我在逗你呢。"

"好,我让你逗!让你逗!"他趁势扑在她的身上,紧紧地抱住她,在她那白嫩丰满的身上狂热地吻着、吸吮着……

好一阵后他才抬起头,捧着梅梅的脸认真地对她说:"亲爱的,你从小就在我面前又撒娇又赖皮,还爱欺负我。奇怪的是,不管你对我怎么刁蛮无理,我都会原谅你。宝贝,你记住:我会爱你一辈子,宠你一辈子,我要让你快乐,因为你的快乐,就是我的快乐。"

"那你的快乐也是我的快乐。"梅梅立刻回应道,"嗯……天宇,你在国外到底交了多少个女朋友?她们……"

陈天宇立刻堵住了她的嘴:"你这个坏丫头,问这个干吗?你还想取笑我是不是?我不告诉你!"

梅梅看见他的脸一下子红了,像个羞涩的大男孩。天宇也感觉到自己脸发烫,于是他立刻关掉了灯。在黑暗中,他把梅梅紧紧地搂进自己滚热的怀抱里,他感到情欲在暴涨,发出一声低沉的叫喊:"啊,我爱你……"然后进入了她的身体,将梅梅和自己融为了一体……

4

在接下来的日子里,他们终日厮守着,依偎在一起。有时,他们一整天躺在床上,拉上窗帘,在柔和、幽暗的光线下紧紧地拥抱对方,转辗吸吮,把爱和需求吻进了灵魂和肉体的深处。梅梅抚摸着陈天宇均匀健壮的肌体,天宇感到犹如春风吹过湖面荡漾起层层涟漪,他在梅梅那柔软的手下全身都被融化了。他那结实的胸肌充满了迷人的活力,梅梅俯身留下了一个个温柔的热吻。陈天宇感到自己进入一种快乐的眩晕状态……

在幽暗朦胧的灯光下,她那美丽的面容时而清楚、时而模糊,她柔情似水，她的爱抚、亲吻和那动听的耳语，让天宇简直无法用语言来说清这种快乐的感觉。啊，她是一个极具魅力的女人，他闭上眼睛，沉浸在相互缠绵的幸福中。陈天宇有生以来第一次发现，做爱竟能达到如此境界。同为女人，竟有如此巨大的反差。他们有着相同的精神质地、和谐的灵魂底色。这种灵与肉的结合，抚慰着他的肉体和心灵，他感到无比欣慰。

他们返回昆明后，来到了石林风景区游览。一进景区，他们就被眼前的美景吸引住了。只见奇峰怪石纵横交错，绿树红花相互映衬。在一块耸立的巨石上，他们看到上面篆刻着两个红色的大字——石林。陈天宇感叹道："梅梅你看，这两个字苍劲有力、气势磅礴，正好与石林的景色遥相呼应，真是妙极了。"

石林里的石头千奇百怪、形状不一。啊！奇异的大自然景观数不胜数，令他俩目不暇接。

"瞧，天宇，"梅梅叫起来，"你看下面的石头像熊熊燃烧的烈火，上面的石头像锋利的刀剑，难怪叫作'刀山火海'。"

"梅梅你看……"天宇一把把她拉了过来，只见在一池绿水中间，一块像利剑的石头突兀而起，但尖利的剑刃被震断，掉入池中只露出一角。他们不得不叹服大自然的天工造化，鬼斧神工。

他们登上了一座亭子，从这里环视四周，整个石林尽收眼底。看着高低起伏、气势恢宏的石峰，真有那种"一览众山小"的感觉，两人心潮起伏、赞叹不已……

随后，他们来到了秀丽的小石林。站在阿诗玛的化身石前，天宇对她说："梅梅，你还记得《阿诗玛》的电影吗？"

"记得啊，当年《阿诗玛》轰动全国，那个阿诗玛好漂亮啊！"

于是他俩手牵着手，一起哼起了《阿诗玛》电影里的插曲：

马铃儿响来哟玉鸟儿唱

我陪阿诗玛（阿黑哥）回家乡

远远离开热布巴拉家

从此妈妈不忧伤，不忧伤
……

随后，两人游览了蝴蝶泉，电影《五朵金花》就是在这里拍摄的。他俩四目相对，不约而同地唱起了电影里的插曲——《蝴蝶泉边》：

哎，大理三月好风光哎，
蝴蝶泉边好梳妆，
蝴蝶飞来采花蜜哟，
阿妹梳头为哪桩？
……
哎，蝴蝶泉水清又清，
丢个石头试水深
有心摘花怕有刺，
徘徊心不定伊哟。
……

时间过得飞快，明天，就要回深圳了。

陈天宇深情地对她说："宝贝，有你在我身边，我觉得生活变得新鲜有趣，明天我们就要离开这里了，我觉得时间怎么过得这么快呀！"他俯下头吻着梅梅，然后猛然把她抱起来说："宝贝儿，咱们泡澡去。"

他俩在浴缸里漂浮着，他们相互拥抱、亲吻、吸吮着，说着甜蜜的话。沐浴后，天宇又用浴巾把梅梅包裹好，把她抱上了床，擦干身上的水，一边给她全身按摩着，一边对她说："宝贝，你的疲劳很快就会消失。"

"天宇，我没想到，在我生命中的两个男人，都是好丈夫，我感到好幸福。"

"亲爱的，你是最值得爱的女人。"于是他俩又拥抱在一起。天宇亲吻着她，然后对她说："亲爱的，我魂牵梦绕地爱着你，你不知道有多深。当你还是个小姑娘的时候,你就钻进了我的心。不论我在北大荒,还是在国外,我都想着你。你知道我想得有多痛苦吗?这几天我终于把多年对你压抑的爱释放出来了。亲爱的,你知不知道我有多快乐、多幸福?"

梅梅激动地回吻着他:"亲爱的,我也感到很幸福,你对我的情和爱让我感动。"于是她小鸟依人地偎在天宇的怀里,感受到了他炙热的身体和强健有力的心跳。沉醉在幸福中的陈天宇疯狂地吻着她全身,梅梅感到自己整个人都被他吸进去了……

一会儿,天宇对她说:"亲爱的,明天我们又要分离了,我恨不得把你整个人都吸进我的身体里带着。梅梅,我们春节就结婚吧。"她认真地对天宇点了点头。天宇把她一次次地拥进自己的身体里,她发出一阵阵幸福的呻吟。天宇把对她多年积压在心底的爱全部宣泄出来了,两人在眩晕中拥抱着、抚摸着,说着甜蜜的话,直到沉沉睡去。

第二天他们乘飞机回到了深圳。梅梅告诉天宇,她要尽快赶回碣石,那里有许多工作等着她,她还要把淡水方面的事处理好。陈天宇一直把她送到车站。车开前,天宇再次紧紧地拥抱了她。

"梅梅,你一定要学会照顾自己,春节我们就结婚。"陈天宇深情地说。

梅梅微笑着点点头:"嗯,我听你的。"汽车开了,梅梅看见天宇还在那里向她招手,一股暖流从她的心底涌起。

第十五章

因为有了爱,生命在一瞬间变得无比灿烂。她的心又一次向男人敞开,爱情这朵花终于绽放了。

"你就是那种,同时可以爱上几个女人的男人,你比毅民差远了!"说完,她猛地冲出门,消失了。

1

陈天宇一回到公司,吴媚就向他汇报说,王所长带着新疆的雪莲考察组近日要来参观雪莲贴的生产情况。

吴媚是个上海姑娘,她的美貌让许多女性都为之逊色,也俘获了许多男人的心。正是因为被众多的男人宠着、捧着,她患上了"公主病",挑呀选呀,挑花了眼,如今快30岁了还是单身。谁也不知道身为医学硕士的她,为什么没到医院当医生,而是到了天悦国际药业公司。

这个秘密当然只有她自己知道。

那是在市里举办的留学生欢迎会上,吴媚正在主席台下,边听边做记录。当身着黑色衬衣、黑色西裤,打着浅灰色领带的陈天宇气宇轩昂地健步走向主席台时,她怦然心动了。当她听到陈天宇振奋人心的演讲,看到他的举手投足,他的慷慨豪气……对,她感到这个人就是自己多年来一直在苦苦寻找的人。就从这一天起，她开始密切地关注所有与陈天宇有关的信息。当得知天悦公司招聘办公室主任时，她马上上门应聘。终于，吴媚以她出众的姿色和学历，如愿以偿。

随着工作中不断的了解，吴媚对陈天宇更加痴迷了，觉得他是个完美的男人。从此，她那双多情的眼睛，就一直追逐在陈天宇的身上。

王大海参观了雪莲贴的生产线和灵芝粉的萃取工艺，这些高新技术让他大开眼界。临行前，他提出要和陈天宇喝几杯。于是，他们在一个安静的小酒馆要了一扎生啤，边喝边聊。酒过三巡，王大海的话多起来："啊！我说董事长呀，我发现你身边美女如云，有很多双多情的眼睛在盯着你呀。尤其是你身边那个办公室主任吴媚，她的眼睛可一直在你身上瞟哟。"

"老弟，你不要把同事的关系想得那么复杂好不好？"

"我是担心你呀，我的董事长大人。我到你们这儿来过几次了，我发现吴媚看你的眼神不对，她肯定在暗恋你，我怕你老兄把持不住呀！"

陈天宇一巴掌拍在他的肩上："嘿！你老弟说话怎么这么损啊，可别乱说话啊。"

"说实话，我觉得吴媚不适合当你公司的办公室主任。"

"为什么？"

"说不上来，太过精明了吧。你发现没有，吴媚谈吐、举止都很做作，让人看了很不舒服。"

"哎呀！她可能有的地方比较做作，可她工作还是很努力的。"

"那看她对谁了，吴媚对人明显有亲疏，所以我觉得她不适合做接待工作，也不适合做办公室主任。"

"是吗？我怎么没有察觉？"

"唉！'不识庐山真面目，只缘身在此山中'嘛。天宇，她知道你和章医生的关系吗？"

"当然知道了，全公司的人都知道。"

"那你就要注意了，老弟我给你提个醒啊，你小心她插一腿。"

"你胡说八道什么！我和梅梅马上就要结婚了。"

"那你更要警惕了，小心出事啊，如果你做出对不起章医生的事，我和李连长都不会饶了你，你知道不，章医生可是我们的救命恩人啊！"

"你瞎扯什么！"陈天宇低吼着，"你把我看成什么人了！哎，我说你是不是醉了，好了好了，别喝了！咱们回去吧。"

2

自从扫墓回来后，梅梅的心结打开了，她变得活泼开朗了。

因为有了爱，生命在一瞬间变得无比灿烂，岁月突然充满了喜悦。她终于接受了陈天宇的爱，她的心又一次向男人敞开，爱情这朵花终于绽放了。

傅教授和李老师这一对老鸳鸯一眼就看出章梅梅正沉浸在爱情中，当年他们也是这样的。

李老师是位山东姑娘，原本是梅梅在四医大时的老师程教授的童养媳。程家供她上护校，准备等儿子医学院毕业后就让他们成亲。但是天有不测风云，医学院来了一位口腔实习生，就是后来的傅教授，他一眼就爱上了这个留着两条大辫子，长着一双水灵灵大眼睛的小护士。两人一见钟情，很快坠入了爱河。

傅教授很快退了家里包办的婚事。可李老师还在犹豫中，她觉得对不起程家的养育之恩，难以开口。谁知老天开眼，程家的儿子爱上了他同班的一位女同学，他也向家里提出解除婚约的要求。于是，李老师就从童养媳变成了程家的女儿，傅教授也成了程家的女婿。他们毕业后，程家父母热热闹闹地给这两对新人办了婚礼，皆大欢喜。

世事流转，机缘巧合。随着医院的不断合并，当年的两对小夫妻竟然又都在第四军医大学口腔医院工作了，两家人一直保持着密切的关系。李老师知道，章梅梅是程教授认的干女儿，所以她把梅梅也当成干女儿看待，事事都关心她、爱护她。李老师慈爱地悄悄问道："有爱人了？"梅梅羞涩地点点头，她把天宇的事情告诉了李老师。

回到碣石后,章梅梅又开始投入紧张的工作中。她召集智囊团开了第二次会议。大家认真地分析了大亚湾和淡水的情况,经过反复比较、权衡,最终确定了在淡水另奠基业。徐先生还告诉她,她抽的所有签都指向淡水。

李校长说,他有一个姓黄的老乡认识惠阳卫生局的梁局长。于是,族长决定让李校长和程老师带着梅梅到惠州找黄先生帮忙。

陆丰人向来好客,一看到老乡来了,黄先生热情地招待了他们。李校长向他说明来意并介绍了章梅梅的情况,黄先生非常乐意帮忙。第二天,梅梅就在他的引领下拜访了梁局长。

梁局长是一个身材高大魁梧的中年人,他态度和蔼,毫无架子。章梅梅拿出一大堆证书,包括军医大学的毕业证、工作简历,还有汕尾的报纸关于她的报道文章。梁局长听得很认真,当他听到章梅梅说要在淡水创办一个大型、正规的口腔门诊,以后要向口腔医院发展,并且还要请四医大口腔医院著名的专家教授来这里时,他非常高兴,连声说:"欢迎欢迎,欢迎你来淡水创业,希望你能把淡水的口腔医疗水平提高一步。"

接下来,章梅梅就开始在淡水找门面房了。当时,许多人都认为淡水将是第二个深圳,于是他们像潮水一般涌向这里,一时间淡水的房子非常难找。章梅梅打着一把伞风里来雨里去,走大街串小巷,寻找合适的店面,但是都找不到。

毫无收获的章梅梅回到了碣石,又召开了第三次智囊团会议。一位老干部说,一个在淡水的陆丰施工队的朋友告诉他,他们那里有一栋空房子。于是,族长立刻派程老师和那位老干部带着梅梅又到了淡水。三人费了九牛二虎之力终于找到了那栋房子的房主,是一位年纪六十出头的健壮老人。

房主很健谈,带着他们三人看这栋房子,不停地介绍说他的房子是风水宝地,做生意的都发财。这栋房子临街,店面宽敞,很适合开办牙科诊所。他们三人看后都很满意,章梅梅毫不犹豫地决定租下来,但房东一听是章梅梅这个外地女人要租,脸色立即变了,不肯出租。他不再多说话,直接与他们三人告别而去。

章梅梅等人丈二和尚摸不着头脑。他们迟疑了片刻,决定由程老师去问问究竟。程老师买了一些水果，来到房东家里，房东看到程老师一个人过来，也很客气地泡茶。程老师喝了两泡茶后，直接问道："我们大家谈得很好的，为什么你突然不肯租了？是不是嫌租金少了？我们可以谈嘛！"

房东说道："不是房租的事啦，你现在一个人来，我就给你说实话。"他喝了一口茶，接着道："我姓叶，按辈分排，叶挺将军是我的堂叔。我们这些人都是以叶挺为榜样，堂堂正正做人、做事，我也参加过东江纵队，是东江纵队的老战士。前段时间房子租给了几个外省人，说是开办公司，结果搞赌博。后来被公安局发现了，房子作为赌博窝点被查封了好几个月，真让我的名誉受到伤害。现在又是一个外省人租用，我真害怕再出现不好的事情。"

程老师一听，原来是这样啊！他很高兴地对房东说："叶先生，你是东江纵队的老战士，我也是东江纵队的老战士。"说着，他从包里拿出东江纵队的证件给房东看。房东也赶紧拿出他的东江纵队的证件来，两个证件一比对，两位老战士立即握手，大有相见恨晚之意。接下来，他们敞开心扉，无话不谈。

程老师向叶先生详细介绍了章梅梅的情况，讲述了她作为一个新中国的女兵，为了追求梦想，在碣石创业的艰难历程。他说，她准备在淡水办口腔门诊，是正规的行业。"我们作为老战士，应该帮助新战友。不过，你与章医生也是初次相识，不太了解。但是我可以为她担保，我来签租房合同，出了问题，你找我这个老战士问罪。"程老师拍着胸脯说。

经过程老师与房东推心置腹的交谈，章梅梅终于租下了这栋房子。

房子租下了，需要装修。章梅梅在碣石挣的钱全买了设备，装修钱不够，于是她向父母借了几万元。装修完成之后，她准备抽调碣石诊所的一半人去淡水。为了保证资金链不断裂，另一半人继续留在碣石工作。

3

淡水的门诊房子有了着落，梅梅还要给员工找住房。她好不容易找到了一套大公寓房。房东是一位30多岁，说着一口标准北京话的女人，她穿着朴实，看上去一副老实相。章梅梅交了住房的定金后，当她第二天去布置房间时，发现自己房间里坐着几个女人。章梅梅吃惊地问："不对呀，你们怎么进了我的房子？"她们分别拿出单据给她看，细问之下，才知道大家都上当了，这个假房东竟然一套房子收了几个人的定金。

"完了，我上当受骗了，这钱看样子是追不回来了。"她心里纳闷，"她是北京人，样子又是那么忠厚老实，怎么会是骗子呢？北京人怎么会骗人呢？"

淡水的铺面开始装修了。一天，梅梅到中行去取钱，她刚往柜台递进了5万元的取款单，不经意地往旁边扫了一眼，哇！一个熟悉的面孔正在她身边填单，梅梅惊呆了：她就是那个骗子，那个看似忠厚老实的女人。"我一定要抓住这个骗子！"一股怒火噌地涌了上来，章梅梅指着那女人厉声喝道："站住！你这个骗子！"这声音让在场的人都惊呆了，所有的目光都投向她俩。章梅梅抓住她的肩膀，一下子把她按在椅子上，怒声喝道："你骗了我的钱，还骗了那么多人的钱，我一定要把你送到公安局去！"那女骗子吓得面如土色、浑身战栗，嘴巴不停地颤动着，一句话也说不出来。

这时从人群中钻出一个身材高大的年轻男人，操着一口东北口音对她俩说："咋的啦，咋的啦，出啥事儿了？"

梅梅指着那女骗子说："她骗了我的钱，还骗了其他人的钱！"

"她骗了你多少钱？"

"900元。"

他笑着摇摇头说："那么少，才900元。"

"900元怎么了？900元也是我的血汗钱，来之不易，我今天一定要把她送到公安局！"梅梅按住她的肩膀，不依不饶。

"你说她骗了你的钱，你有啥证据？"那男人问。

"当然有了。"梅梅答道。

"这样吧，我替她还。"

梅梅指着他，疑惑地说："你们俩是不是一伙的？"

"大姐,你想到哪儿去了,我也有事儿找她。"

这时,银行柜台传出一个声音:"章梅梅,你的5万元,来领。"顿时所有人的眼光都射向了她。"糟了,所有人都知道我取了5万元。"章梅梅立即把取出的5万元迅速地塞进手袋里。她心里快速思索着:现在治安那么差,不要为了900元而失去5万元,我现在要马上离开这里。

她对那个女骗子大声喝道:"下次碰到你再骗人,决饶不了你!"说完,章梅梅赶紧走出银行,一招手上了一辆摩托车。谁知那男人也准备跨上来,梅梅警惕地对他说:"你坐另一辆!"

那男人笑着对她说:"大姐呀,你的警惕性很高嘛,我不是坏人。"

到了铺面,梅梅立刻把那张收据拿出来,那男人很爽快地掏出了900元递给她,并把收据放进自己的包里,临走时对她说:"大姐呀,我找她也是有事的,有笔钱只有找到她才能拿出来,我也知道这女人不咋的。"

"你跟她打交道可要注意点,她是个骗子。"

"知道啦大姐,再见。"望着他远去的背影,梅梅叹了一口气:"真没想到这丢失的钱又找了回来。真是'踏破铁鞋无觅处,得来全不费工夫'啊。"

现在,她已经在附近的小区租了一套房子。程老师的老伴做饭,程老师则帮梅梅盯着铺面装修。

4

章梅梅准备给天宇打个电话,她要告诉天宇,明天去他公司找他。最近发生了这么多事,她有好多好多话要对天宇说。她兴冲冲地拨通了天宇公司的电话,接电话的是吴媚。

"请问你是章医生吗?"

"是的,您好!"

"不好意思,我们董事长正在开会,有什么需要我帮助的吗?"

"麻烦您转告他,明天下午5点,我到公司找他。"

"好的,我一定转告他。"

"麻烦您了，谢谢！"

第二天，章梅梅坐上了开往深圳的大巴车，到了深圳汽车站又转乘公交车。

公交车上摩肩接踵地站满了人。车厢里闷极了，还有一阵阵的烟味儿和汗臭味。章梅梅浑身大汗，她低头正准备拿纸巾擦汗，突然，她惊呆了：只见站在她旁边的一个人正把手伸进前面那个中年人的衣袋里，啊，小偷！这是她有生以来第一次看见小偷。她用眼角悄悄地瞟着身边这个小偷，他年龄20岁左右，中等身材，黑黑的皮肤，高颧骨、小眼睛、塌鼻子。中年人正聚精会神地看着前方，并没有察觉。梅梅想告诉他小偷正在偷他的东西，但是她和小偷挨得很近，她没有机会告诉他。她实在不忍心在她眼皮底下，看着小偷把这人的东西偷走。怎么办？突然，她急中生智。

她用胳膊碰了一下小偷，大声问道："喂！正泰大酒店怎么走？"

那小偷惊得立刻把手收回，他惊魂未定、一脸怒气地说："不知道！"

梅梅用更大的声音说道："正泰大酒店这么有名，你怎么会不知道呢？"

那小偷更生气了："不知道就是不知道，少啰唆！"

"哎，你这人怎么这么不助人为乐呀！"她的声音立刻引起车上人的注意，他俩莫名其妙的对话更让人觉得好笑，顿时把车上的人逗乐了。那位中年男子也转过头来看着他俩。

到了天悦公司附近的车站，章梅梅下车了，她终于制止了小偷在她眼皮底下行窃，可是以后怎么样？她只能祝这个人提高警惕了。

一想到马上就要看到天宇了，她心里充满了喜悦，她要告诉天宇，她遇到了一个女骗子又怎样把钱要回来了；在车上又遇到了小偷，她又是怎么机智地制止了这场偷窃。一想起刚才与那个小偷的对话，她就忍不住独自笑起来。此时的章梅梅万万想不到，一出好戏正等着她。

5

吴媚听说陈天宇很快就要和章梅梅结婚了，她感到极度的痛苦，这种痛苦不时地撕咬着她的心。她对他付出了那么多的相思和暗恋，可等来的却是一场镜花水月！她十二万分的不甘心，她对自己说："我就是爱他，就是离不开他，我绝不能让别的女人把他抢走！"她在心里盘算着……

次日，她算计好时间走进了陈天宇的办公室。天宇抬头一看，今天的吴媚略施粉黛，弯弯的柳叶眉，大大的杏眼，那犹如羊脂玉一般吹弹可破的肌肤，使原本就迷人的她显得更加娇艳动人。她穿着一件白色连衣裙，乌黑柔亮的秀发，瀑布般披散在肩上，清纯得像不食人间烟火的仙子。

"吴媚，今天有什么好事儿，打扮得这么漂亮？"陈天宇笑着问道。

"董事长，我想调换工作。"

陈天宇吃惊地问："你不是干得很好吗？为什么要调换？"

"听说你很快就要和章医生结婚了。"

陈天宇的脸上浮现出幸福的笑容。"是的，春节就结婚。吴媚，我结婚跟你的工作有关系吗？"陈天宇不解地问。

"有，当然有啦！"吴媚突然抽泣起来，哽咽着说，"董事长，今天，我一定要大胆地把藏在心底很久的话说出来，我爱你！从我见到你的第一面开始，我就不可救药地爱上了你。这就是我留在这里工作的真正原因。知道你马上就要和别人结婚了，你知道我心里有多痛苦吗？"

她抬起头，目光灼热地望着陈天宇，眼神之中流淌着柔情蜜意，她继续说："我的家人虽然为我安排了许多相亲对象，可是，不管遇到什么样的男人，我都会不由自主地拿他们和你进行对比。不管对方多么帅、多么有钱、多么有地位，我总是认为他们不如你好。那时我才知道，在我的内心深处，已经再也容不下任何一个男人了，我的心中只有你。"

陈天宇暗暗地吃了一惊，但他依然显得十分平静，淡淡地对吴媚说："我不像你想象中的那么出色。"

吴媚粉腮微红，她声音略微降低了一些，却依然执著地说道："可我爱你！你知道吗？自从见到你以后，我就经常做梦，我常常梦见和你在一块儿……我多么希望和你一起度过人生中的每一天，甚至白头到老。天宇，我多么羡慕那些每天能见到你、能跟你说话的人。每当你出差时，我的心、我的魂就跟着你走了，我度日如年，无时无刻不盼着你回来。"

吴媚的感情像泉涌一般不可抑止。她猛地抱住陈天宇说："天宇，我不相信你没有碰过女人，我不相信你看见漂亮的女人没有感觉和想法，我不相信你以前没有谈过恋爱。"

陈天宇愣了一下，轻轻地推开吴媚，委婉地对她说："吴媚，我以前也交过女朋友，她们跟你一样出色，但是我跟她们在一起时没有恋爱的感觉，也没有结婚成家的欲望。"

"那不是爱，那只是一种发泄和娱乐！"吴媚提高了声音。

听到吴媚说出这样的话，陈天宇心里一惊，心想：这吴媚绝不像我想象的那么清纯。于是他加重了语气："吴媚，你长得这么漂亮，能让许多男人为你动心。你完全有条件找一个爱你的男人成家过日子。"

"可是我不爱他们，我爱的是你呀。"

"可是我并不爱你，我们也不合适。"

吴媚任性地说："我年轻又漂亮，你为什么不爱我？"

"吴媚，你把爱情理解错了，美貌和年轻不是爱情的唯一标准。我和梅梅从小生活在一个部队大院里，我们都经历过'文革'，父母亲被批斗，我们都是落难子女，都被称为'黑狗崽子、黑帮子女'受人欺负。那个时候，我俩相互扶持，相互鼓励，一起度过了那段痛苦的时期。我是那么喜欢她，我一直在默默地爱着她。看见她，我的心就像被泉水洗涤那样清爽。你知道吗，我只有跟她在一起才能找到爱的感觉。"

"她究竟比我好在哪里？"吴媚愤愤地问。

"她的美貌是其次的，关键是她心地善良。我爱她的勇敢坚毅、吃苦耐劳，又爱她的活泼开朗和风趣；她人品高贵，既浪漫又务实，总之我爱她的全部。假如没有她，我也许会跟别的女人结婚生子。但是有了梅梅，我的心里就再也装不下别人了。"

"我明白了，你的心已经被她占满了，再没有位置给别人了。天宇，我能在你的怀里哭一会儿吗？不要拒绝我，这样，我的心会好受一点，好吗？"

说完，她扑进了陈天宇的怀里哭起来……陈天宇感到今天的吴媚太反常了，但还没等他反应过来，门开了。

章梅梅满面春风地走了进来。顿时，她的表情僵住了，她不敢相信眼前的一切是真的，她感到大脑一片空白，一阵眩晕，陈天宇立刻扶住了她。

看着面色苍白的章梅梅，陈天宇急切地说："梅梅，这不是真的，不是真的，这是误会，是误会。"他扭过头对吴媚大声吼道："你快告诉她，这是误会，是误会……"

可是吴媚在一旁哭泣着，一声不吭。

梅梅咬着下唇，几乎要咬出血来，她用力推着陈天宇，使劲从他怀里挣脱出来。然后笔直地站在陈天宇面前，一字一句地迸出："你就是那种，同时可以爱上几个女人的男人，你比毅民差远了！"说完，她猛地冲出门，消失了。

当陈天宇反应过来时，早已不见了梅梅的踪影。

陈天宇冲下楼，不住地喊着："梅梅，你听我解释，梅梅！"但是，她就像蒸发了一样看不见踪影，天宇心里像有一千把刀子在搅动。

陈天宇回到办公室，他望着沉默不语的吴媚，气愤至极地喝道："吴媚，你明明知道这不是真的，为什么不告诉她？为什么不替我解释一下！你是在害我吗？"

"是的，我得不到的，别人也休想得到！我从没这样爱过一个人，我不能眼睁睁地失去你。"

"你简直是变态！你的爱对我来说是一种伤害，你知道吗！"

吴媚歇斯底里地喊起来："我对你钟情、相思、渴望，可等来的却是失败！我不能让别的女人把你抢走！"

陈天宇心里越发厌恶了。他想起了王大海的告诫，平复了一下心情，然后冷静地对吴媚说："我身边不能留你这样工于心计的女人，你这种心态也不适合在我们公司干了，你走吧。"

陈天宇没想到变化来得这么快，梅梅走了，把他所有的欢乐都带走了。他心里难受极了，想到自己好不容易才把梅梅找到，如今，又莫名其妙地把她弄丢了。

"不行,我一定要把她找回来。"他相信自己一定能向梅梅解释清楚的,能重新得到她的心,得到她的爱。

第二天,陈天宇打电话给翁晓明,打听梅梅是否回到碣石。他想:如果梅梅回去了,他就马上赶到碣石亲自向她解释。但是,翁晓明告诉他梅梅现在在淡水,具体在什么地方不清楚。陈天宇一下子傻了眼,淡水这么大到哪儿去找呀!不过翁晓明安慰他说,她的口腔医疗中心还在碣石,她一定会回去的,一有消息就立刻通知他。

第十六章

"你走吧,走得远远的,我再也不想见到你!"

车开出很远了,章梅梅看到送别的人们还在向她招手,她在心里呼唤着:"我爱你们,陆丰人!"

1

章梅梅飞也似的跑出了天悦公司,冲进了来来往往的人流里。她知道陈天宇肯定会来找他,但她不愿意再见到他了,更不愿意听他解释。不知走了多远,梅梅觉得双腿是那么沉重,她感到好累好累。于是,她迷迷糊糊地走进了附近的一家旅店。一进房间,她就一头扎在床上,把脸埋在被子里放声大哭起来。

她感到自己的心被冻住了,而脑子里却像一盆火在燃烧。"这到底是怎么了?一直这么爱自己的天宇,怎么一下子就移情别恋了呢?"她简直不敢相信,刚才她看见的陈天宇和以前的那个陈天宇是同一个人。

她在心里不停地自问自答:

"以前的感情是假的吗?"

"不像呀!"

"他会同时爱上几个女人吗?"

"不知道，但是毅民肯定不会。"

她怎么会栽在这里呢？这是她最柔弱的地方。自从毅民牺牲后，她从来没有再爱过别的男人，尽管她身边有很多追求者，但是，她的心是封闭的。如今，好不容易才打开了心门，没想到……泪水顺着她的脸颊往下流。

"我最近到底是怎么了？先是在银行碰到那个女骗子，然后在车上看见小偷，现在又看见自己心爱的人去拥抱别的女人。天宇他变了，再也不是以前的那个天宇哥哥，他是一个坏男人、坏男人……"

她的思绪越来越乱，不知什么时候竟沉沉睡去。

第二天醒来，外面已是朗日清风、天高云淡。她恢复了精力，感到大脑清醒了，心情也平静了。

她告诫自己：今天又是新的一天，我要怀着喜悦的心情去迎接新升的太阳。那些伤心的事就让它随风飘逝吧，陈天宇他不值得我爱，我要将他从我心里拔掉，我要把他彻彻底底地忘掉。

她一遍又一遍地对自己说："只要有决心成功，失败永远不会把我击倒！我要重新开始新的生活，我要赶回淡水去，那里正在装修。我要把精力全部放在工作上，我相信只要我认真努力，就会开花结果，可是爱情好难说。"

淡水的装修终于结束了，章梅梅看着宽敞明亮的口腔门诊部整齐地摆放着六台崭新的牙椅，心中充满了欢喜。

章梅梅就要离开碣石了，她宴请了智囊团所有的朋友和翁所长一家，但梅梅没想到翁晓明带着陈天宇来了。陈天宇微笑着对她点点头，她狠狠地瞪了他一眼。

告别宴开始了，章梅梅举着酒杯对大家说："我在碣石整整待了四年，这是我人生中难忘的一段时光。感谢在座的每一位朋友，在这四年里你们教会了我很多，给了我很多帮助，是你们让我羽翼丰满，现在我终于要飞了。我知道，如果没有你们的帮助，我不可能这么顺利地到淡水立足。所以今天我特意把大家请来，薄备酒菜向各位表示我的谢意。我再一次感谢族长，感谢大家。"说完，她端起酒杯一饮而尽。

族长对梅梅说:"我以前最瞧不起女人了,但是现在我收回以前的观点。我对章医生佩服极了,说她是女强人嘛,好像有点贬义,我给她送个名,就叫她'女能人'吧。"族长的话刚一落音,大家立刻响应起来。

"对,章医生是名副其实的女能人。在短短的时间里事业发展得这么快,她自己进步也很大。"

"她刚来的时候呀脾气可大了,我们问她叫什么名字、多大了,结婚没有,有孩子没有,她理都不理我们。我问她:'你是不是不爱说话?'她说:'你们提的这些都是别人不愿意回答的!'我告诉她,我们这儿的人不在乎问这些,没想到她吼了一句:'我在乎!'说完,端着饭碗气冲冲地走了。我们都被她吓了一大跳,心想:这是哪儿来的女人啊?怎么那么傲气,那么大脾气呀。"

"阿梅脾气可犟了,每次打完饭就端回家吃,后来还是我们主动跟她和好的,咱不能跟女人一般见识呀,是不是?我说好啦好啦,你坐下吃饭吧,我们不问了,她这才肯坐下来和我们一起吃饭。后来我们慢慢就熟了。这几年,阿梅在我们的帮助下改变得很快,可以说是飞速进步,她现在比刚来时提高了很多啊。"这位老干部边说边比画,逗得大家哈哈大笑。

章梅梅不好意思地笑道:"我有那么厉害吗?"

"我们这里有很多外地人,没有一个像章医生这样受欢迎的。我相信,你到淡水也一定会干得很出色的。"

陈族长语重心长地对她说:"阿梅呀,以后我们这些人就不在你身边了,你要学会独立地分析问题、解决问题了。遇事你千万要冷静,不要偏激,不要急躁。"

徐先生对她说:"阿梅啊,我把这些年你抽的签给你做了一个总结。"说着就递给她一个红色的纸贴,上面有用黑水笔写着的密密麻麻的字。"阿梅啊,只要能做到心境平和,你就会有神态意识,你一定会有鹏程万里的一天。此签你要好好留着,将来会有验证。还有,以后你就不用找我了。"

"为什么,徐先生?"梅梅吃惊地问。

"以后你就知道了,天机不可泄露太多。缘生缘起,缘消缘落。所以,我们一定要珍惜缘分，珍惜与身边人的缘分，与天、地、物之间的机缘，留个美好的回忆吧。"

章梅梅万万没想到，这是她最后一次见到徐先生，第二年徐先生就病逝了。

"阿梅啊，以后你如果遇到什么过不去的坎，一定要告诉我们。"程老师拍拍自己的胸脯说，"你记住，我们这些老兵还是有用的！"

章梅梅听了不禁眼眶一热。她被老人们的质朴和善良感动了，她站起来说："我非常感谢你们这么多年对我的帮助。在我创业的路上，能遇到你们，我感到好幸运。"

"阿梅啊，你客气了。我们这些退休干部能遇到你这么好的医生，能一起为老百姓干点事儿，发挥一点余热，这让我们感到自己还有用。在你那个小院里，我们谈天说地、谈古论今，非常快乐，是你给我们的退休生活增加了很多色彩，我们也很感谢你。"

2

宴会结束后，翁晓明请章梅梅到他家来一趟，她明白肯定是陈天宇要跟她解释那天的事情，碍于翁所长一家的面子，她万般不情愿地去了。

到了翁所长家，只见翁晓明和陈天宇正坐在客厅里。看见章梅梅进来了，陈天宇上前想拉她的手，被梅梅一把甩开。

"你这个人脸皮太厚了，我要是你呀，做了亏心事就自己躲得远远的。"

"我没做什么亏心事，梅梅，相信我，我们要珍惜这个缘分啊。"

"你跟吴媚去讲缘分吧！"

"梅梅，你怎么这么不讲道理呢？"

"什么？我不讲道理？你跟别人都抱在一块儿了，还说我不讲道理？"梅梅涨红了脸气愤地说。

"哎呀章医生，一个拥抱你大惊小怪什么，在国外这是很正常的事啊，他还做了其他什么吗？"翁晓明在一边打抱不平。

"梅梅，你错怪我了，你听我把那天的事儿给你解释清楚……"

章梅梅愤愤地大声吼道："我不想听，哼！你对别的女人也会付出同样的感情，你这个人可以同时爱上好几个女人！"

"不准你侮辱我！"陈天宇大声吼道。他终于发火了。

章梅梅从来没见过陈天宇发这么大的脾气。望着他那气得发青的脸，她心想：以前他不是这样的，她那熟悉的天宇哥哥从来不会对她发脾气的，不管她怎么刁蛮耍赖他都不会生气、不会发火的，她一下子感到天宇变得陌生了。

章梅梅好像一下子掉进了冰窟窿里，心想：我们还没有结婚，也许自己只是他众多女朋友中的一个，现在好多男人不都是这样吗？加上这么多年来我们生活在不同的圈子里……梅梅感到不太了解他了。于是，她的心情越发难过，沮丧的情绪不断袭来。

她哽咽着说："天宇，你不用对我发这么大的火，我也不必这么在乎你。是啊，国外不是讲什么性自由吗？你走吧，去过你的潇洒自由的日子去吧。你优秀你的，我才不稀罕呢！你走，走得远远的，我再也不想见到你！"

陈天宇的脸由青变白，声音颤抖着说："没想到我用一生爱的女人就这样不理解我。天哪，我在北大荒和国外时天天都想着你，我回国后第一个想找到的就是你，可你，你的心永远留给了赵毅民，根本就没有我的位置！"

梅梅喊道："是的，毅民比你强多了！他不会像你这样，嘴上说多么爱我，可又抱着别的女人！"

陈天宇气得浑身发抖："你，你，好吧，我走！"说罢，他摔门而去。

翁晓明见状，对着章梅梅喊道："你这人怎么说翻脸就翻脸啊，你真的不知道他有多爱你吗！"

"什么？抱着自己的女下属还说爱我，还说是正常现象，你们是一丘之貉吧！"

"行了行了，我不跟你说了！"翁晓明转身追赶陈天宇去了。

陈天宇铁青着脸坐在车上，章梅梅刚才说的话，句句像刀子一样剜着他的心。翁晓明安慰着他："哎呀，天涯何处无芳草嘛，又不是天下女人都死光了就她一个,你就多找几个女朋友给她看看!"

陈天宇狠狠地瞪了他一眼:"你就出损招吧,她就是这样看我的,那不就被她说中了?你没听到,她把我说得那么恶心!"

翁晓明长长地叹了一口气:"一个拥抱就惹出这么大的事来,这丫头死心眼儿,咱别理她。"

"她说的那句话刺痛了我。也许她就爱她那牺牲了的丈夫,从来没有爱过我,她的心好难暖过来。"

"所以说嘛,咱不爱她不就得了,还是那句话,天涯何处无芳草。"

"你给我闭嘴!你以为说爱就爱,说不爱就不爱了吗?你以为感情就那么容易培养出来吗?什么天涯何处无芳草?你以为什么人都能成为爱人吗?你知不知道我对她的爱早已经深入骨子里了。"

翁晓明看了看陈天宇,忽然哈哈大笑起来:"洁癖,爱情的洁癖!没想到我们堂堂的董事长还是个情种啊,你们北方人把死心眼的人称为'轴',我看你们俩呀,都'轴'到一块儿了!"

陈天宇苦笑了一下,没有接他的话。

"哎,我问你,你到底爱她啥呀?"

"我爱她大方爽快,活泼开朗;爱她能吃苦耐劳,有着极强的自我学习能力。她温柔又有激情,在她没有刁蛮耍赖时还是很柔情的。我最爱她骨子里透出的那种高贵和正气,和她在一起,我感到内心很安宁,不孤独。"

翁晓明拖着长音、翻着白眼对他说:"是啊,男人娶了她不会堕落,孩子有了她都会成为好孩子,是吗?哼!看看刚才她那厉害的样子,我看哪,她最适合去当压寨夫人!"

陈天宇终于被他逗得哈哈大笑起来,刚才那股怒气和怨气一下子消失得无影无踪了。真想不到这个翁晓明还这么会逗乐。

"奇怪了,既然她这么好,你又那么爱她,为什么你要扭头走了呢?你知不知道,你的冲动离去,使你失去了和解的机会。我要是你呀,就厚着脸皮,慢慢做她的工作,等她的火发够了,再慢慢地跟她解释。"

陈天宇回想起和梅梅在云南度过的那些甜蜜的日子,想起在她面前发的誓言：不管你对我怎么刁蛮无理，我都爱你，都会原谅你。我做到了没有？陈天宇开始责备自己：我刚才为什么那么冲动呢？梅梅是从军营里走出来的，她爱憎分明，有着军人刚正不阿的性格特质，我为什么不能耐心地跟她解释清楚就摔门而去呢？

陈天宇是一个优秀的男人，但他同样有着优秀男人共有的弱点：骄傲和爱面子。还从来没有哪个女人这样对待过他，他不会在女人面前低头，即便是对她，这个深爱着的女人。他的骄傲差点把他的爱断送了。

陈天宇想起以前也曾经失去过她。在大学里，他身边有太多的姑娘爱慕着他、追求着他，有的美丽动人，有的才华横溢，他在这些花丛中确实飘了起来，错过了向梅梅求爱的时机。现在，难道由于他的骄傲将再一次失去她吗？

他不停地问自己：是要面子还是要爱？说几句软话难道就那么难吗？与其说最爱梅梅，不如说是最爱自己。陈天宇第一次感到自己是一个自私的男人，"唉！我的高傲决定了自己将来不是一个好丈夫。"他感到深深的自责和心痛。

陈天宇回到公司后，没有一天不想念梅梅，也没有一天是快乐的。可他不能再去找她了，因为梅梅已经不愿再见他了，如果自己硬去找她，只会让她更加反感。

陈天宇决定找周莉莉帮忙。他拨通了周莉莉的电话，告诉莉莉他和梅梅之间的误会，请她一定帮忙向梅梅解释清楚。

"到底发生了什么事儿？"周莉莉急切地问道。

天宇把事情的经过告诉了她。

"哦，就是在电话里说话娇滴滴的那个女人吗？天宇哥哥，既然你让我帮助你，你就要诚实地回答我的问题，你跟那个女人确实没有任何关系吗？"

"哎呀莉莉，你怎么也不相信我呢？"

"好了天宇哥哥，我相信你说的话，我会尽力地帮助你，你先搞清楚梅梅在淡水的地址，然后我去找她。"

"好的，我打听到了就告诉你。"

3

梅梅宴请的智囊团的朋友，第二天他们又回请她，就这样请来请去，一连请了几天。梅梅对他们说，天下没有不散的宴席，我们到此为止吧。

就要离开碣石了，章梅梅竟有了几分不舍。她在这里创业，在这里成长，还将从这里起飞。这四年里她有两个最好的朋友：一个是寂寞，一个是劳累。寂寞使她有时间认识自己、反省自己，劳累使她离梦想越来越近。在这里，她创造了一种独特的方式给自己充电，就是把古代圣人和名人的智慧不断输进大脑，化解困惑，为将来的事业打下了很好的思想基础。

章梅梅抽调了一半人员到淡水的口腔门诊。她在心里呼唤着：再见了碣石，我永远忘不了你。

临行前，许多被她治好的病人赶来送行，桂林村的村长带着华仔一家和渔民们也来了，他担心地问："章医生，你走了后，如果我们这儿又有受伤的病人怎么办？"

"放心吧村长，你可以告诉卫生院的卢院长，他会通知我的。"

送别的队伍浩浩荡荡，人们送了一程又一程。陆丰人的热情与豪爽，深深地感动着章梅梅。她记得族长曾经对她说过的话：只要好好地为老百姓服务，他们都会记住你的。

是的，她一个普普通通的医生，能得到老百姓这样的爱戴，她感到由衷的欣慰。以前在部队也得到过不少的奖励和荣誉，但此时此刻，她得到了老百姓最难得、最珍贵的褒奖——口碑。

车开出很远了，章梅梅看到送别的人们还在向她招手，这个场景让她好感动并深深地刻印在她的心里。她在心里呼唤着："我爱你们，陆丰人！"

汽车一出碣石，天空乌云密布。顷刻间，电闪雷鸣，狂风大作。不一会儿，豆大的雨点急速地落下来，敲打着玻璃窗，迸出团团水花。章梅梅隔窗向外望去，只见天地之间灰蒙蒙的，大雨就像瀑布般向她扑来。

由于暴雨，路面打滑，加上又是混行车道，来往的车辆很多，交通事故频频发生。前面的车一个急刹车，后面的车就一辆辆地追尾。梅梅看见一辆载着钢筋的大货车，长长的钢筋伸出车厢外几米。突然一个急刹车，钢筋直插进了后面车辆的驾驶室里。大家立刻被这个可怕的场景惊呆了，人们议论纷纷，这后车的司机肯定是当场死亡。

　　一路上车祸不断，有的是汽车追尾，有的是碰车、翻车，一个个的惨景让章梅梅他们心惊肉跳。就这样，汽车在暴雨中走走停停，缓慢地向着淡水的方向行进着……

第十七章

"不要紧,没有剃光头,我们有希望!"

她想:奇怪了,我怎么长得像那么多人的初恋情人呢?

陈天宇自嘲地笑了笑:"唉,这傻丫头可比我洒脱多了,她可真是拿得起放得下呀。"

1

第二天清晨,雨过天晴,天空蔚蓝如洗,几朵淡淡的白云怡然地飘在空中。突然,车上有人兴奋地喊:"哎呀!快看哪,彩虹!"车上顿时热闹起来。梅梅循声望去,只见西北天际果真出现了一道绚丽的彩虹。她不禁想起了毛主席"赤橙黄绿青蓝紫,谁持彩练当空舞"的诗句。再看远处的山峦,连绵起伏,真可谓是"雨后复斜阳,关山阵阵苍"啊!

雨后的空气异常清新,被雨水冲洗过的路面显得格外干净,道路上的积水在阳光的折射下,闪着亮晶晶的光,就像一颗颗钻石散落在大路上。看着眼前的美景,呼吸着清新的空气,想起昨晚一路上惊心动魄的惨景,大家好像从阴曹地府回到人间,每个人都松了一口气,感觉到神清气爽。

汽车开进淡水，行驶在开城大道上，就连生长在大城市里的章梅梅和傅教授、李老师都感觉像进了大城市似的。与碣石相比，淡水的路面显得那么宽阔。被大雨洗涤过的城市美丽洁净，高高的楼房整齐地耸立着。路边的大树被雨水冲刷得郁郁葱葱，空气清新湿润，弥漫着令人心旷神怡的香气。

章梅梅的口腔门诊在东直街的一栋小楼里。一楼是诊室，二楼是技工室和小饭堂。看着宽敞明亮的工作环境里全新的牙科椅和制造"假牙"的成套设备，一种欣欣向荣的感觉从每个人的心中油然而生。最令大家欢欣鼓舞的是，淡水这里每天都有自来水，也很少停电，他们再也不用每天囤水和发电了。

现在，大家住进了花园小区里，小区里有高大的楼房，宽阔的道路，路边的花坛里种满了各种各样的鲜花，这与碣石那粗糙简陋的楼房一比，简直就像住进了天堂。在碣石是大家轮流做饭，在这里章梅梅专门设立了一个小饭堂，还找了一个阿姨专职负责做饭。一下班大家就迫不及待地忙着逛街、逛商场，每个人都处在新奇和兴奋中。

刚刚开业时病人很少，几乎没有人知道这里有个口腔门诊。有一天的营业额竟只有一元钱，还是病人补交的前一天的欠费。但章梅梅仍然满怀信心地鼓励大家说："不要紧，没有剃光头，我们有希望！"

可怎样才能打开局面呢？买设备、装修房子已经花掉了她所有的钱，她还向父母借了钱。怎么办？她想：投电视广告没钱，上报纸也没有钱，只有上街发宣传单了。

白天，章梅梅留一半人在诊所看病人，另外一半人外出发宣传单。晚上，除了年长的傅教授、李老师和巫技师外，其余的全部出动。有的人不好意思上街当众发传单，章梅梅就带头穿着白大褂，把宣传单发给过路的人。他们穿大街过小巷，在住宅小区的每个邮箱里面都投一份宣传单。章梅梅带着大家到底走了多少路，上了多少台阶也数不清了。梅梅他们每天都发到很晚，才一起坐摩托车回到宿舍。在宿舍里，她和大家围坐在一起，一边吃西瓜，一边跟他们总结一天的工作，布置第二天的任务。

日复一日的发传单，有些员工产生了怕苦怕累的情绪，不愿出去，只想待在诊室坐诊，牢骚怪话也随之而来。

　　章梅梅耐心地给大家分析了当前的形势，她对大家说："我们不能在这里坐等，要主动地出去宣传，主动地寻找病人，只有这样才能打开局面。如果我们不愿意付出自己的热情和汗水，那么最终也得不到果实。如果我们坚韧不拔、勇往直前，一定会成功。我们在碣石已经做得很成功了，我相信在淡水一定也会很出色的，我希望大家尽最大的努力行动！想尽快地让留守在碣石的工作人员搬过来，如果我们想尽快地见到邹教授他们，我们就要付出行动。"听完，大家热烈地鼓起掌来。

　　傅教授、李老师和巫技师也表态说："我们在门诊坐诊，你们年轻人对外打开市场，相信用不了多久就会打开局面的。"

　　章梅梅又对大家说："从今天开始，我们的行动、我们的态度都要是积极的，在部队，我接受的第一个观念就是服从命令，完成任务不讲任何借口。我们每一位工作人员都要全力以赴去完成任务，大家带着热情去工作吧！"

　　章梅梅的发言极大地鼓舞了每一位员工，他们的积极性又被调动起来了。他们到小学义务检查口腔疾病，又把检查的结果送到每一位学生和老师的手里；他们在一个个小区里进行口腔义务检查，宣传口腔保健知识。

　　与此同时，梅梅每个月还要回碣石指导安排工作。碣石的工作人员一见到她，就像久别的亲人似的问这问那，章梅梅给他们打气，告诉他们形势一片大好，很快就要大会师了。

2

　　梅梅奔波于碣石和淡水两地时，正好遇上修路。汽车走走停停，还时不时让大家下车在路边休息。有一次从碣石到淡水竟走了30小时。外面烈日炎炎，车厢里又没有空调，幸运的是她总能遇上好心的男士，他们把扇子借给她，下车休息时也叫上她，叫她不要坐在车里以防中暑。

　　有一次，汽车不知什么缘故停了下来。于是，大家坐在路边的荔枝树下休息。正是荔枝熟了的季节，树上挂满了红红的荔枝。一位男士摘下一串荔枝递给梅梅，然后对她说："你一上车，我心里就一惊，因为你长得特别像我以前的恋人。"于是，他滔滔不绝地给章梅梅讲起了他的那一段恋爱历史，看得出来他非常留恋过去的恋人。奇怪的是，这几次她在车上总是碰到热情的男士坐在身边，都说她长得像他初恋的情人。章梅梅听了感到实在好笑，心想：奇怪了，我怎么长得像那么多人的初恋情人呢？

她想起前段时间在淡水印宣传单时，印刷厂的李老板硬是不收她的钱。梅梅感到很奇怪，李老板对她说："你长得很像我的一位女同学，她是我的初恋情人，她叫玲玲，你叫梅梅。章医生，我明天请你喝早茶，你一定要来呀，我把她的相片给你看。"章梅梅不好推辞，当然她也想看看那位玲玲到底哪里像她。

第二天到茶楼时，李老板已经坐在那里了，还拿了两本厚厚的相册。他翻出玲玲的相片给她看，嘴里不断叨叨着："你看，像不像？像不像？"

章梅梅仔细看了看相片后，对他说："乍一看，确实有点像。仔细看看，脸的下半部不大像。"接着李老板还给梅梅看了许多他和玲玲小时候照的相片。

在整个喝早茶的时间里，李老板滔滔不绝地追忆着他和玲玲的往事，梅梅在一旁静静地听着。李老板说他和玲玲青梅竹马，从小一起长大，感情非常好。本来他俩就要结婚了，可他突然出了点事，被关进了公安局，玲玲的父母便逼她另嫁他人，以后他自己也成了家。

两年前，玲玲突然来看他，他俩抱在一起哭了很久。他万万没想到的是，这时玲玲已经得了绝症，她是来向他告别的，临别时留下了这些相片。第二年，玲玲就过世了。说到这里他的眼睛被泪水遮住了，声音也哽咽得断断续续地变了调。

"一想到她死了，我不能再见到她，永远也不会再见到她了，我的心就痛。"说完，豆大的泪珠从他脸上滚落下来。他转过头，不想让章梅梅看见。

"勇敢些。"梅梅不知对他说什么好。

"再见，章医生，我先走了。"

说完，他快步走出了餐厅。与其说他是快步走出了餐厅，不如说是逃出去的。只见他刚一出大门，就捂住脸号啕大哭起来。章梅梅感叹道：天下还有如此重情的男人。哎！不管多么坚强的人，爱情总是能触动人心里最柔软的地方，它能使无比坚强的男人为它哭泣。

她想起了陈天宇，心里一阵阵难过。想起在昆明的日日夜夜，那时他们你侬我侬、两情相悦，可如今自己却是形单影只……

3

陈天宇终于打听到了章梅梅在淡水的具体地址，他立刻打电话告诉了周莉莉。这一天，周莉莉驾车来到淡水，找到了梅梅的口腔门诊。

"哎呀梅梅，你到淡水离我们那么近了，怎么也不告诉我一声啊?!"

一看见周莉莉，梅梅就兴奋地上前抱住她："哎呀！莉莉，你怎么知道我在这儿呢？"

"切，我不会打听吗？"

"哈哈，你真是个克格勃特务啊，哪里都能被你打听出来。"

"梅梅，你为什么不告诉我，你到淡水了？"

"莉莉，我刚来还没有站住脚呢，我想等我搞好了、安定下来了再告诉你。现在我还要在淡水和碣石两边跑，忙死了。来，莉莉，参观一下我的口腔门诊。"章梅梅拉着她参观了整栋楼。

中午，章梅梅请莉莉吃了午饭，两个好朋友在一块儿说着知心话。梅梅特意嘱咐莉莉不要把她的地址告诉陈天宇，她还给莉莉讲了那天她亲眼看到的一幕，可莉莉说："我了解天宇哥哥，他绝对不是那样的人，一定是那个叫吴媚的女人搞的鬼。"接着，周莉莉拍着胸脯对她说："梅梅，我一定帮你把这件事情查个水落石出。"

"莉莉，其实我心里也不完全相信，我怎么也搞不明白，那么爱我的天宇怎么会一下子变了呢，可是我又亲眼看见他们……一想起这些，我心里就难过。"

两个好姐妹聊啊聊啊,她们感叹人生,唏嘘爱情。临走时,莉莉在通信本上记下了梅梅的门诊和住处的电话。她对梅梅说:"我会经常来看你的。"

章梅梅赶忙摇手:"别别别,别来,这三个月别来看我,我忙死了,没有时间。"

"那我给你打电话。"

"电话也少打。"

"呸!你这个没良心的!"周莉莉白了她一眼,开车走了。

周莉莉回到深圳后马上找到陈天宇,把梅梅的情况告诉了他。莉莉对天宇说:"梅梅她现在很忙,碣石和淡水两边都要跑,她说三个月以后就好了。"

"莉莉,我真是太感谢你了。"

"天宇哥哥,我真的希望你和梅梅重归于好。"

自从梅梅走了,天宇没有一天快乐过。听说梅梅还在淡水和碣石两边跑,他自嘲地笑了笑:"唉,这傻丫头可比我洒脱多了,她可真是拿得起放得下呀。"天宇拿起笔开始给她写信:

  云南的亲吻依旧,我们在那里尽情享受爱的欢乐,随着时光的流逝,我一天比一天更爱你,梅梅,我爱你此心不变……

终于有一天,陈天宇按捺不住对梅梅的思念,驾车去了淡水。一路上,他脑海里不断地浮现出那天与梅梅分手时对他说的话:"你走吧,去过你潇洒自由的日子去吧。你优秀你的,我才不稀罕呢!你走,走得远远的,我再也不想见到你!"

他想:唉!她不想见我,那我在远处悄悄地看着她就行了。

陈天宇顺利地找到了梅梅的口腔门诊。他选了一个很好的位置停好车,这个位置可以清晰地看见诊室里面的情景。他静静地坐在车上,隔着车窗玻璃终于看见了穿着白大褂的梅梅在里面忙碌着。啊,又看见她了,天宇一阵激动,心跳不已。能这样默默地守候着她,远远地看着她,他就感到满足了。

第十七章

第十八章

"记住,我们的暗号是'红蝴蝶'。"

梅梅大声喝道:"不准动!还无法无天了,想打谁就打谁呀?还邪了呢……我看谁敢动!"

同在军旗下,永远是战友。

1

章梅梅咬紧牙关一步又一步地实施着计划。第一个月亏损,第二个月持平,第三个月,口腔门诊的病人明显增多了,有了利润。他们终于以真诚、优质的服务取得了人们的信任。这时候,为了进一步扩大宣传力度,他们结束了发宣传单的方式,改为登报宣传,先是在最便宜的《大亚湾报》上,接着,又登上了影响力更大的《惠阳报》。

他们终于坚持到了在淡水站稳脚跟的这一天。章梅梅把留守在碣石的人员全部迁到了淡水,最后一批人员撤离的时间是1993年7月1日。说也奇怪,离开碣石的日期也正是她刚到碣石开业的日子——7月1日,而他们走的那天也是瓢泼大雨。

大家见面高兴极了,互相拥抱,欢呼雀跃,真有点像当年红军胜利会师一样。现在所有的人力和物力都集中在淡水了，发电机也搬来了。为了防止治疗中突然断电，还专门安装了一个发电房。所有业务在淡水全面铺开，总算熬过来了，梅梅心里别提多欣慰了。

这个时候，惠阳及大亚湾区正处于第一波开发潮。"80年代看深圳，90年代看惠州"已成为当时的流行语，大批外商纷纷前来投资。因惠阳、大亚湾毗邻香港，20世纪70年代这里发生过一波又一波的逃港潮，现在这些逃港的人又从香港回故乡投资。同时，刚成立的大亚湾区政府和惠阳县政府为了适应改革开放的需要，大面积征地建厂房，很多被征地的农民一夜暴富，他们揣着鼓鼓的钱包开始流连于酒店和赌场。

一时间，政府造势，投资商撒钱，腰包鼓鼓的当地人高调消费，所有这一切造成了整个惠阳及大亚湾地区一派经济繁荣的景象。

随着大批外来人口和资金的涌入，作为惠阳、大亚湾商业中心的淡水，各种黑恶势力如"河南帮""四川帮""新疆帮""忍字帮""东北虎"等也纷至沓来，甚嚣尘上。尤其随着香港回归的临近，香港14K、水房、洪门、新义安、过江猛龙等黑社会组织也纷纷在惠阳和大亚湾招兵买马开设分支。一时间，整个淡水黑势力横行，枪支泛滥，治安极端混乱。街上经常上演黑帮厮杀的大战，随处可见"烂仔"为了收"保护费"寻衅生事，到处是骑着摩托车抢包、抢项链的"飞车贼"，就连外国人的包也抢。淡水一时间成了全国治安最混乱的地方。

章梅梅就亲眼看到这一幕：光天化日之下，一伙人从小车里钻出来，个个拿着一尺多长的西瓜刀上门公开抢劫。她还听人说，10个黑社会"老大"相约在淡水一家酒店用餐，桌上竟然摆出11条枪。还有位病人告诉她，前几天他正在一家酒店吃着饭，突然两边黑帮就发生了枪战。那情景就像香港影视剧里的黑社会枪战片在淡水真实上演一样。

更惊心动魄的是：有一天章梅梅路过一家酒店，她看见一个中年男人正从酒店出来。突然，一辆白色的小轿车停在酒店门口，从轿车里钻出一个身材高大，面色冷峻、年约30岁的男子。只见他闪电般拔出手枪，对着那个刚走出来的中年男人"当当当"连开三枪，那人立刻倒在血泊中。这个三十岁左右的男子手法娴熟老到,瞬间就完成了一连串的杀人动作,一看就是训练有素的职业杀手。然后,他飞快地跳上白色的小车,小车飞也似的开走了。酒店里顿时尖叫声一片,大家吓得四处逃散。章梅梅目睹了这一切,就算经历过枪林弹雨的她,也不禁心惊肉跳。

混乱的治安环境给老百姓带来了极大的恐慌,大家被吓得不敢戴项链和拿着手袋外出,只好拿塑料袋。人们对政府相关部门大为不满,迫切要求整治治安。当地的人大代表、政协委员等也纷纷提出意见,甚至当面严厉指责治安部门的负责人。

为保证即将召开的惠阳"93 经济贸易洽谈会"的安全,县公安局决定在县城开展一次清查打击犯罪活动的统一行动,并开始统一清查出租屋、旅店、发廊、工棚等。

就在此时,淡水出现了一位轰动全国的英雄,他就是淡水派出所民警彭宝林。他曾数十次参与打击严重刑事犯罪分子的行动,破获多个持枪抢劫团伙和轮奸、贩卖妇女以及流氓犯罪团伙。

1993 年 5 月 14 日凌晨,淡水派出所副所长、副指导员率领彭宝林等 12 名干警和治安队队员清查出租屋。在清查塘边村 11 号出租屋时,发现屋内有炸药。于是,公安干警与顽匪展开了激战。香港黑社会头目区耀煌持枪挟持了治安队队员,并疯狂叫嚣让公安干警放下枪,不然就拉响炸药,炸掉半条街。危急时刻,彭宝林不顾一切向他扑去,区耀煌开枪了,子弹击中了彭宝林的腹部。彭宝林在中弹倒地时,忍痛挣扎着向歹徒连开四枪,当场将区耀煌击毙,成为第一个击毙香港黑社会头目的内地警察。不幸的是,彭宝林因肾脏破裂造成大出血,最终抢救无效壮烈殉职。中华人民共和国公安部追授彭宝林"全国公安战线一级英雄模范"称号。

就在彭宝林牺牲五天后,惠阳经济技术合作洽谈会胜利召开,盛况空前,招商引资共引来了 10 亿美元和 38 亿人民币。

彭宝林的壮烈牺牲极大地震撼了淡水人民,他们被彭宝林舍身为民的精神深深感动了,通过各种各样的方式表达对英雄的敬仰和爱慕。彭宝林的追悼会在惠州市殡仪馆隆重举行,参加追悼会的除了省、市、县有关部门领导,彭宝林家属和生前好友外,许多素不相识的群众也自发前去吊唁,捐资抚慰英雄家属。

一时间,在淡水的街头巷尾,彭宝林成了人们谈论的焦点,人们都渴望能有更多的彭宝林式的英雄站出来维护社会的安宁。惠阳县各单位纷纷掀起了学习彭宝林的热潮,许多民营企业家还主动捐钱给治安部门,让他们增加警力、改善装备。

2

淡水的社会治安经过连续不断地打击和清理整顿,虽然有所好转,但形势依然十分严峻,特别是持枪抢劫案件频发。为了防止歹徒上门抢劫,章梅梅买了一批软管和木棍发给每个员工,让他们放在诊所不同的角落。在前台还放了一盆生石灰,并准备好了绳索。

章梅梅召集大家开会,她对大家说:"如果有人来抢劫,大家看我的脸色行事,我说声暗号'红蝴蝶',前台的人就抓一把生石灰朝他脸上撒去,我再说第二声'红蝴蝶',大家就一块上来把他按倒,捆绑起来送公安局。如果歹徒人多,我们就拿出备好的棍棒一起上。每个人都要上啊,不能退缩,谁要是临阵退缩,我就要追究他的责任!"于是,每个人都面对大家表态绝不退缩。

最后,章梅梅还不忘叮嘱一句:"记住,我们的暗号是'红蝴蝶'。"

李老师听了顿时哈哈大笑起来:"这章梅梅还真有意思,像拍电影似的,逗死我了。"

教授们也对她说:"看不出来呀,在口腔医院时我们还没发现你有这个本事啊。"

她笑着说:"那不是被逼得嘛,防患于未然嘛。"

章梅梅带着大家认真操练了三天。

3

一天,口腔门诊来了一位30岁开外的健壮男人,他穿着一身黑色衣服,脚上穿着一双尖头皮鞋。半卷着的衣袖里露出扎眼的文身,左臂文着一条青龙,右臂文着一只白虎。一看上去,就让人感到来者不善。进门后,他东张西望好像在寻找什么似的,然后用一口东北话问章梅梅:"你们这儿好像没有保安?"

梅梅一看到他那身装扮立刻警惕起来,她镇静地说:"为了不惊扰来看病的人,我们这儿的保安都是便衣,而且个个都是武林高手,身怀绝技。"

"那我怎么看不见呢,我看见的怎么都是女的呢?"

"当然不能让你看见啦,否则我们不就成扰民了嘛。"

那人又环视了一下四周,说:"哦,我知道了。"

章梅梅又问:"先生,你是来看病的吗?"

"是的。"

"那请你坐下,我给你检查一下。"

"不用了,今天我还有点事儿,过两天再来。"说完他就走了。

他走后,章梅梅立刻提醒大家:"一定要注意这个文身的家伙,他一进来就贼眉鼠眼地四处张望,不像个好人。"

三天后,一位医生急慌慌来找章梅梅,说有位病人正在诊室里大吵大闹,说要见负责人。她赶过去一看,正是三天前来过的那个有文身的人。

他恶狠狠地对章梅梅说:"你们这儿服务态度太差了,我进来就没人搭理我,医生还用眼睛瞪我,我本来心脏就不好,一生气心脏病就犯了,你看咋办吧!"

章梅梅听了立刻安抚他,并让他坐在牙科椅上,然后摸了摸他的脉搏,跳得很好,又给他量了血压,也正常。那位医生小声地对梅梅说:"看他那样子怪吓人的,我一直非常谨慎地对待他,怎敢态度不好呢?"

那人立马指着医生吼道:"就是你态度不好,我的病就是你气得!"

说完，他立刻拿起手机打了一个电话。很快就来了三个也文了身的小青年。他们一进门就大声嚷嚷："程钢大哥，是谁把你整成这样了，他妈的，老子揍他！"

"是他，就是他。"那位叫程钢的人用手指着那个医生吼道。

章梅梅愤怒地把桌子一拍，指着那几个人大声喝道："不准动！还无法无天了，想打谁就打谁呀？还邪了呢，这毕竟是个法治社会，我看谁敢动！"

三个小混混被镇住了，没敢动手。程钢却还躺在牙椅上，他捂着胸口说："我现在胸闷难受，你们赶快把我送到医院去，如果我出事了，你们吃不了兜着走！"

听到这里，章梅梅马上叫人打了120电话。一会儿急救车来了，把程钢送到医院急诊室。时值中午，正好碰到一位年轻的值班医师。这位年轻医师给程钢检查时，他故意憋住气。医生一看病人没呼吸了，立刻对他采取按压急救。他刚在程钢胸部按压了一下，就听见程钢"啊"的一声大叫，然后，他像弹簧一样从床上弹起来，瞪着一双恐惧的眼睛喊道："干啥？干啥？谁也不许动我，动一下试试！"

他的这一连串动作把医生也吓坏了。于是，他被收进急诊病房观察。他对医生说，除了给他打营养针什么药都不能用。

第二天上午，章梅梅到病房看他，她一走进病房，正好碰到程钢与他的主治医生在吵架。

原来，这位主治医生说他没有病，劝他不要再到口腔门诊去闹了。谁知这一下子就激怒了程钢，他立刻拔掉输液管，把输液瓶摔在地上，然后一脚踢倒输液架，又把自己的手机和劳力士手表也摔到地上。接着，他恶狠狠地扑上去，抓住主治医生的领口，凶神恶煞地说："你他妈的活腻了，敢管老子？操你妈的！老子愿到哪儿就到哪儿，你管得着吗？你再说一句，信不信老子弄死你！"

章梅梅目睹了这一切，她顿时明白了，原来这个程钢就是个地痞无赖，他一点病都没有，全是装出来的。于是，她不再给程钢付住院费了。

果然，因为没有钱，医院让他出院了。

没想到出院后，程钢又跑到口腔门诊来了。他阴阳怪气地对梅梅说："章医生啊！请你把我的手表还有我的手机修一下。"

章梅梅鄙夷地望着他说："你的表和手机是你自己摔的，我为什么要给你修？"

程钢嘿嘿地坏笑着说："好，不修可以，那么，祝你生意兴隆。"

"你这话是什么意思？"

"没有啥意思呀，就是祝你生意兴隆！"

从那以后，程钢每天都到口腔门诊来骚扰。不过兵来将挡、水来土掩，只要他一来，章梅梅就报警，他对章梅梅喊道："我又没有打人，又没砸东西，你报啥警？"

梅梅镇定地对他说："因为我觉得我的人身安全受到了威胁，所以我要报警！"

就这样，程钢每来一次，梅梅就报一次警。慢慢地，派出所的人也认识章梅梅了。这里的派出所、公安局和刑警大队里有很多当过兵的人，还有人参加过对越自卫反击战。他们一听说章梅梅当过兵，还参加过越战，顿时，什么外省人、当地人的地域隔膜一下子没有了。相同的经历把他们的心一下子连在了一起，他们说当兵的就是要帮助当兵的。很快，程钢被绳之以法，口腔门诊终于平静了。

这件事让章梅梅切身感到，是鲜红的八一军旗把战友们的心连在了一起。无论走到哪里，无论来自哪一支部队，同在军旗下，永远是战友。

第十九章

"梅梅,我发现你瘦了,不对呀,你的眼珠怎么发黄啊?"

"如果她有个三长两短,我一辈子都不会安心的。不行,我要放下一切去救她。"

"是你给了我第二次生命,我要用一生的爱来回报你。"

1

近来,章梅梅总是感到浑身乏力,胃口不好,每天晚上还发低烧,浑身出大汗。刚开始,她以为自己是患了感冒,可是一个多星期了天天如此,她也不知道自己是怎么了,但她仍然每天拖着无力的身体上班。终于有一天,细心的李老师发现了她的问题。

"梅梅,我发现你瘦了,不对呀,你的眼珠怎么发黄啊?"

"是啊,李老师,我最近浑身无力,不想吃东西,而且每晚发低烧。"

"不行啊梅梅,你一定要到医院检查一下,走,我陪你去。"李老师立即放下了手上的工作,拉着梅梅去了医院。

到了医院一查血，章梅梅的转氨酶竟高出正常值的十几倍！经过多方检查后确诊为急性甲型肝炎。于是，她住进了传染科。住院第二天，李老师来看望她时发现她全身皮肤和眼球全变黄了。

李老师关切地问："梅梅，要不要通知家里？"

"不用不用，父母亲年纪都大了，我不想让他们担心挂念我。"

"那你现在病得这么重，身边一定要有一个人照顾啊。"

"放心吧李老师，我的病很快就会好的，这里有医生和护士，不用人照顾。"

自从章梅梅住院后，李老师心里一直七上八下的，心想，"梅梅病得这么重，不告诉她父母亲行吗？万一有个三长两短可怎么办呢？"正当她犹豫不决时，刚好周莉莉来了，李老师马上把梅梅的病情告诉了她，并把她带到了医院。当周莉莉看见病床上浑身蜡黄的章梅梅，她立刻哭了。"梅梅你这是怎么啦？怎么一下子变成了这个样子！"

"莉莉，你别担心，我不会死的。"梅梅的声音已经变得很微弱了。

"梅梅，你病得这么重，你告诉你爸爸妈妈了吗？"

"他们这么大岁数了，我不想让他们担心。"

"天宇知道吗？"

梅梅摇摇头："你千万不要告诉他。"

"可我听说你们都快结婚了。"

"我没有那个福分，留给别人吧。"她的嘴角抽动了一下，露出了一丝伤感。

"梅梅，你别太伤心难过，我也得过这个病，现在不也好了嘛，现在你就是需要人照顾。梅梅，我来照顾你。"

"莉莉，我这个病有传染性。"

"不怕，我得过甲肝，已经有免疫力了。梅梅，我先赶回深圳把家里安排一下，明天我就过来。"

"莉莉，你不用来……"

可是，莉莉还没等她说完，就已经转身离开了。

周莉莉回去后,立刻把梅梅病重的消息告诉了陈天宇。听到这个消息,天宇有如五雷轰顶,整个人惊呆了:"几天前还悄悄看过她,那时她还好好的,怎么就会病了呢?还病得那么重?"

身为医学博士的陈天宇知道,急性甲肝如果处理不当,很容易危及生命。他叹道:"如果她有个三长两短,我一辈子都不会安心的。不行,我要放下一切去救她。"

他果断地对莉莉说:"明天我跟你一起去,我要去照顾她,守在她身边。"

"你的工作怎么办?"

"这些都不重要了。"

2

第二天一上班,陈天宇立即召开了董事会。他在会上说:"我爱人病重,我要去照顾她。她是我一生的最爱,我无论如何不能失去她。我想辞去董事长的职务,大家讨论一下,看看由谁代替我。"会议讨论的结果,谁也没有陈天宇更适合董事长的职位,于是根据情况,董事长的工作先由总经理代理。

就这样陈天宇把工作交待好,便和周莉莉立即赶到了淡水。他先到医院了解梅梅的病情,医生告诉他,章梅梅的病很严重,目前并无好转。天宇看了梅梅的治疗方案和用药,又看了看嘈杂、简陋的住院环境,他决定让梅梅立刻出院,在家里给她用中西医结合治疗。

陈天宇跟医生商量,开一周的药在家里治疗,每周来复诊一次。医生同意了。

周莉莉把陈天宇带进病房,只见昏睡中的梅梅已瘦得脱了相,皮肤像黄草纸一般。天宇感到一阵阵心痛,他轻轻抓起梅梅的手,把脸贴在她的手心里。

梅梅从昏睡中醒来,睁开眼睛发现陈天宇正坐在自己的身边,他的眼眶里满是泪水。是天宇吗?他怎么来了?准是莉莉告诉他的。梅梅刚想说话,天宇制止了她:"梅梅,什么都不要说了,不要说了,治病要紧。"

周莉莉在一边对她说:"梅梅,天宇哥给你制订了一个新的治疗方案,第一是出院在家里治疗;第二是采用中西医结合的方法,这样你的病很快就会好的。"梅梅无力地点点头。

天宇和莉莉带着她回到了家中。这是她在小区里刚刚租下的一套三室一厅的公寓,还带有厨房、阳台、卫生间、浴室,里面有浴缸和淋浴设施。

天宇和莉莉麻利地收拾好房间,周莉莉感慨地说:"还是在家里好啊,天宇哥哥说得对,护理和治病同样重要。梅梅,你现在好好休息,我和天宇哥哥上街去买些东西,你想吃什么就说。"

很快,他俩就买了一大堆东西回来了,有中药罐、冲肠器、导尿管、生理盐水和注射器等,还买了很多吃的东西。陈天宇告诉梅梅,他联系了一位深圳专门看肝病的中医,还有一位治疗肝病的专家,他俩在全国肝病治疗方面都非常有名,冲肠器和导尿管就是他们建议买的。梅梅点点头,她已经虚弱得无力说话了。

收拾好东西后,陈天宇对莉莉说:"莉莉,你现在可以回深圳了,这里不用你照顾,我一个人就行了。明天一大早你就把两个专家接来,这是他俩的电话,我已经联系好了。莉莉,为了治好梅梅的病,你一定要听我的指挥,赶快走吧。"

"你一个人行吗?"

"可以的,你放心,有什么紧急情况我会打电话的。"

"梅梅,明天我就带医生来给你看病,你好好休息啊,你的病很快就会好的,放心啊!"周莉莉千叮咛万嘱咐地走了。

莉莉走后,陈天宇一边给梅梅喂着白粥一边对她说:"梅梅,你把我当成一个医生好吗?现在你一定要保持愉快的心情,这是非常重要的。还有,你也要服从我的指挥。"

梅梅用微弱的声音对他说:"我的病会传染的。"

"放心吧,我打了甲肝疫苗,不会被传染的。还有,你要少说话,你现在身体很虚弱,说话会耗气的。"梅梅顺从地点点头。

夜晚,章梅梅发烧后一身大汗,天宇用干毛巾轻轻给她擦身,又帮她把汗湿的衣服换掉,然后倒了一大杯温盐水让她喝下。梅梅这时候才告诉他,不知怎么回事,膀胱疼痛得让她整晚整晚睡不着觉。

"梅梅,你为什么不早告诉我呢?是不好意思吗?"

她点点头。

"以后,你一定要把你的症状及时告诉我。现在,为了消炎,我要给你进行膀胱冲洗。"

陈天宇将导尿管消毒后,从她的尿道插入膀胱,引流出深黄色的尿液,然后用生理盐水替她反复冲洗膀胱,又引流出很多黄白色的絮状物。陈天宇叹道:"有这么多毒素在膀胱里,怎能不痛呢。梅梅,以后我每天都给你冲洗膀胱,再加消炎药进去,把它彻底治好。"

经过膀胱冲洗后,梅梅的疼痛一下子减轻了很多,她很快就入睡了,这是她患病以来第一次睡得这么香。

第二天醒来,她一睁眼就看见天宇正对她微笑。"梅梅,你今天的精神比昨天好多了。"天宇给她递上一杯水让她喝下,然后对她说:"梅梅,我先给你灌肠,把肠道里的毒素冲干净,然后你泡个热水澡,再喝点稀粥,一会儿医生就来了。"

经过大肠冲洗,梅梅排出来很多又臭又脏的污便。天宇告诉她,有许多毒素是从肠道通过血液进入肝脏的,所以要冲洗肠道。经过肠道冲洗后,她果然感到肚子轻松多了。陈天宇在浴缸里放好热水对她说:"来,把一身浊气洗掉。"

泡完澡后,梅梅果然觉得比昨天好多了,她不得不相信陈天宇说的,护理和治疗一样重要。

这时,响起了一阵敲门声。陈天宇对她说:"医生来了,我去招呼一下,你先休息休息。"于是他轻轻地把卧室门带上。

周莉莉带着两位医生来了,他们都是60多岁的年纪。在客厅寒暄了几句后,他们很快就言归正传。天宇对他俩说:"我爱人病重,这里的医院确诊为甲型肝炎。我知道两位是治疗肝病的专家，特意把两位请来，路途遥远，让你们二位受累了。"

"陈博士，我们都是朋友了，不用客气。"

接下来，两位专家仔细地询问了梅梅的病史，看了各项化验和检查单，又给梅梅仔细检查了身体。老中医把了脉又看了她的舌苔后，开了一个药方，他对陈天宇说："我对这个病还是比较有经验的，先让你爱人吃一周我开的中药，还有，把这几种草药煎水让她当茶喝。一周后你再把情况告诉我，我们随时保持电话联系。"

陈天宇立刻把药方交给了莉莉，让她马上到中药店抓药。

另一位肝病专家告诉天宇："根据各种检查结果来看，你爱人得的确实是甲型肝炎。她现在处于急性期，胃口也不好，光靠食物补充营养是不够的，还要输液补充营养和水分。"陈天宇给他看了看医院开的处方。

"这些处方还行，就这样。你每天都要给她做大肠冲洗，这很重要。"

"好的好的，她的膀胱也发炎，昨晚我给她冲洗出许多絮状物。"

听说章梅梅的膀胱发炎，他又另外开了个处方，交给陈天宇说："每天用这个药水给她冲洗膀胱。"

中午，陈天宇要请两位专家到附近的酒店吃饭，两位专家说："陈博士，不用客气，等你爱人病好了再请我们，你现在赶快照顾你爱人去吧！"

陈天宇塞了些钱给周莉莉，嘱咐她到深圳后好好招待两位专家。送走他们后，陈天宇马上开始熬中药。接着，他联系了一个可以上门打针的诊所。不一会儿，一位胖胖的中年男医生带着一位护士来了。医生看了看医院开的处方，就安排这位护士每天过来给梅梅打吊针。

就这样，陈天宇每天陀螺似的转个不停，给梅梅熬中药，守护着她打吊针、灌肠、冲洗膀胱、洗澡、做饭。几天下来，天宇整个人都瘦了一圈。

梅梅心疼不已，她拉着天宇的手用微弱的声音对他说："你那么好的身体也被我拖得像生了一场大病似的，这次如果没有你，可能我就过不去了。"

"梅梅，能在你身边天天看见你，就是再苦再累我也心甘情愿。"

病中的章梅梅又黄又瘦，肚子也鼓鼓的。为了不让爱美的梅梅看见自己现在的样子，陈天宇偷偷地收起了所有的镜子。章梅梅看到了自己原本洁白的皮肤变得像黄草纸一样，原本像葱一般白嫩修长的双腿现在却皱巴巴的，又枯又瘦。

"天宇，我现在是不是很丑？"

"不，你很美。"

"天宇，你把镜子拿来让我看看。"

"不用看了，梅梅，等你好了还会像以前一样的。来，我们现在活动一下。"

陈天宇轻轻地把她扶下了床，从后面揽住她的腰。梅梅整个身体都靠在他的身上，双腿一步一步艰难地挪动着。

每周，陈天宇都会通过电话向两位专家汇报梅梅的病情，然后两位专家根据天宇的汇报及时调整治疗方案和药方，再交给周莉莉拿到淡水。就这样，莉莉每周来一次淡水，看见梅梅的病情在好转，她高兴地说："哎呀，梅梅，我每次来你都不一样，一次比一次好，我真是太高兴了！"

"这都是你和天宇的功劳。"梅梅说。

"是爱情的力量吧？"周莉莉调皮地说。她告诉梅梅："自从上次你们吵架分手后，天宇哥哥一直处于痛苦中，他找到了我，问我要了你的地址。后来我发现他经常到淡水来，其实就是在远处默默地看着你。他告诉我，他还有一个梅花计划。"

陈天宇立刻打断了她："哎，莉莉，你的话太多了，梅梅尚未痊愈，同志你仍须努力！少说话，多干活！"

天宇那幽默的话语顿时把她俩逗笑了。

经过两位专家的治疗和陈天宇的精心照料，章梅梅的病渐渐地好转起来。她每次到医院复查时，医生都非常吃惊，没想到她恢复得这么快。她开始有了食欲，膨胀的肚子消下去了，皮肤的黄染也退了，眼睛开始变得清澈明亮了。她的话多了，声音也有力了，但她仍然感到很虚弱、很疲倦。就连在小区的花园里散散步，她中途都要休息好几次，上楼梯时都想睡觉。

陈天宇知道，梅梅现在正处于恢复期，需要休息和营养。于是他每天榨新鲜的葡萄汁给她喝，说葡萄汁对肝脏有好处，还经常煮猪肝汤，说是中医理论"以形补形"，吃什么补什么。只要梅梅想吃的水果，他就立刻去买，不论多远、多贵、多晚。梅梅心想：天宇真是个充满爱心，肯付出有担当的男人，被他爱着，真是很幸福。

她想起周莉莉多次对她说过的话："天宇哥是个绝世好男人，你要珍惜，千万不要错过。"是的，天宇给了她第二次生命，她发誓要用一生的爱来回报他。

葛立军和宋建国得知章梅梅生病了，都打电话说要过来看她，天宇告诉他俩等梅梅彻底恢复了再来，并反复提醒他俩赶紧打甲肝疫苗，不要像梅梅这样得病。

一天，天宇正在熬中药，公司打来了电话，说王大海所长明天要带人来深圳参观雪莲药贴的生产流水线，点名要他陪同。陈天宇眉头紧蹙，心神不定，他实在放心不下梅梅。

梅梅安慰他说："我现在好多了，你去吧，我可以照顾自己。"

"我让莉莉来陪你两天好吗？"

"不用了，她还有孩子要照顾。"

"梅梅，那我过两天就回来。我走后，你一定要记得每天冲洗大肠啊。这两天的中药我给你熬好放在冰箱里，到时候你放在微波炉里热热就能喝了。我跟下面饭店的老板交代好，叫他们这两天按时给你煲好营养粥送上来，你一定要多吃些啊！"

临走前天宇把一切都安排好了。他亲了又亲梅梅，温柔地说："亲爱的，我每天都会给你打电话的。"

3

陈天宇一回到公司，大家纷纷围上来关心地询问梅梅的病情。

"董事长，这段时间您瘦了好多，不知您爱人现在怎么样了？"

他高兴地对大家说:"我爱人的危险期已过,现在正在恢复中,谢谢大家对她的关心和祝福。"

第二天,王大海带着考察组来到了深圳。陈天宇热情地接待了他们,陪同他们参观了雪莲药贴生产线,并告诉他们:"我们生产的雪莲药贴不仅在全国畅销,现在还在美国、加拿大、俄罗斯、韩国等 20 多个国家和地区打开了市场,销售前景可观。"

"王所长,你可要确保我们原材料的供应哦。"陈天宇笑着对王大海说。

王大海告诉天宇,人工种植的雪莲经过芽苞嫁接后,现在每年都能开花,目前长势良好,而且研究所正在扩大种植面积,完全能够满足公司原材料的需求。他还对天宇说,这次他特意带了几束新鲜的雪莲花来,准备送给梅梅。陈天宇这才把梅梅前段时间得重病的消息告诉了他。

"她现在病情如何?"王大海焦急地问。

"现在已经脱离了危险,正在恢复。"

"那我一定要去看她,李连长他们还让我代问她好呢。"

"不行,等她完全好了再去,这病还有传染性,你打了甲肝疫苗没有?"

王所长摇摇头。

"你回去马上打甲肝疫苗。"

过了一会儿,王大海疑惑地问:"哎,我这次怎么没看见吴媚呢?"

"她被炒了。"陈天宇把吴媚的事儿告诉了他。

"我早就提醒过你,结果还是发生了,我说过,老弟我的眼睛可厉害呢。"

天宇叹了一口气说:"前段时间我真是痛苦极了,只有天天晚上听梅梅的录音,好像她就在我身边。"

"她录的那个积极的心理暗示我也爱听。"王大海兴奋地说。

陈天宇白了他一眼:"那我们听的心情能一样吗?"

王大海一下明白了陈天宇的意思,他哈哈一笑赶忙说:"不一样,肯定不一样啰。"

"老王啊,那时我还真想你。"

"想我？想我干啥？又不是我造成的。"

"哎，我说你这个人情商咋这么低呀！我是想跟你倾诉一下我的痛苦，倒倒我心里的苦水。后来我想你老弟工作也很忙，就算了。"

"那现在呢？"

"我们又和好了。"

"真为你们高兴啊！你小子好福气，能找到一个深爱着的女人为终生伴侣，真是人生中一大幸运，连皇帝都求不到。你看看皇帝后宫里有那么多嫔妃，有几个跟他是知己？有几个跟他是一条心的？一个人若是找不到知音，就永远不会找到内心的归属感。如果找到了，那是多么美好的一件事啊。两个相知相爱的人在一起，老去时还能对身边人说：醒来觉得甚是爱你。"

陈天宇拍拍王大海的肩膀，诙谐地说："哎呀我说王老弟呀，这人生的真谛怎么就被你说出来了。"

两人一阵大笑……

第二十章

"天宇,是我不对,我不应该说那些话让你伤心,你能原谅我吗?"

"好吧,为了圆你的梦,这个山庄就叫'梅花山庄'。"

1

自从陈天宇走后,梅梅真真切切地感到了寂寞。她遵照天宇的嘱咐,按时喝中药、吃饭、冲洗大肠。没有天宇在身边帮助,每次洗完澡后她都感觉累得不行,连洗衣服的力气都没有,只好把内衣、内裤撒点儿洗衣粉用脚踩踩,然后用水冲一冲就顺手挂上。

她好想睡觉,无时无刻都想睡觉。从前的她是那么健康,那么朝气蓬勃,怎么也没想到现在会虚弱到如此地步。她懊丧地扶着墙慢慢走进卧室,然后就倒在床上睡着了,进入了梦乡……

章梅梅梦见天宇单膝跪地向她求婚:"如果你愿意嫁给我,我会加倍珍惜你,疼爱你。如果你不愿意,我也不怪你,我会默默地离开。"他最后留下一句话:"我会永远把你埋在心底,不会再来打扰你。"然后他的声音和身影渐渐远去,直到消失。她想喊:"天宇,天宇,你不要走!"可是怎么也喊不出声来。

一会儿,她听到一个很遥远的声音在叫她:"梅梅,你怎么了?怎么了?"这个声音越来越近,越来越清楚。

梦醒了,她发现自己泪湿双颊,陈天宇正坐在床边握着她的手焦急地看着她。哦,幸好是在做梦,可是那种害怕失去一个人的恐惧感却是那么真切。她一下子抱住了天宇:"天宇,你不要走,不要走。"她在他怀里嘤嘤地哭了起来。

"怎么了梅梅?怎么了?这可不像你的性格哦。"天宇紧紧地搂着她。

"没有什么,我只是做了一个噩梦,现在还没有从梦境中出来。"就在此时此刻,章梅梅一下子意识到了陈天宇在自己心中的分量。

天宇带来了雪莲药贴和灵芝粉,还有王大海送给她的雪莲花。他告诉梅梅,雪莲药贴对她的膀胱炎很有疗效,灵芝孢子粉对她的肝脏恢复大有作用。他还特意买了一台远红外线烤灯,让梅梅天天照肝区,可以使肝脏恢复得更快。

陈天宇每天给她榨新鲜的果汁、煲汤、做着可口的饭菜,带她在小区里散步,梅梅感到体力在慢慢地恢复。

李老师和傅教授两口子也经常来看望她,梅梅告诉他俩让门诊的工作人员全部打甲肝疫苗。

陈天宇回来了,家里又恢复了温暖。梅梅看着天宇在自己身边忙碌的身影,她幸福地想:这样真好,无论我在哪里,天宇和我,都只是一个转身的距离。

2

一天,章梅梅收到一封来信,她打开后发现是吴媚的来信:

章医生,你好!我从周莉莉那里知道你生病了,不知现在情况怎么样?现在,我在一家医疗保健品公司上班。离开天悦公司,到了一个新的单位,我特别怀念以前的公司,怀念董事长,怀念以前公司的那种团结氛围和理念。周莉莉给我讲了,董事长为了你暂时辞去了董事长的职务,放下了所有的工作去照顾你。他对你的这份真情,真的让人感动。

我对你又羡慕又嫉妒。我承认,我一直对董事长仰慕、暗恋、渴望……他英俊潇洒,才华横溢,在我的眼里,他是一个绝世的好男人。虽然我觉得爱一个人并没有过错,但是我的爱却伤害了你们两个人,对不起。那天我故意演了一出戏给你们看,就是不想让你们结婚,但是,我想错了,我被董事长开除了。后来我才彻底明白了,即便没有你,他也不会爱我的。

我告诉你真相,并不是请你原谅,而是希望你不要为这件事对他心存疑虑,他真的很爱你。

好了,就写到这里吧,我真心祝你早日康复,祝你们快乐、幸福。

吴媚

梅梅把信递给了天宇,转身走进房间趴在床上哭了。一会儿天宇进来,他坐在床边轻轻地拍着她的背,梅梅翻身抱住了他。

"天宇,是我不对,我不应该说那些话让你伤心,你能原谅我吗?"

"梅梅,不管什么事我都能原谅你。那天都怪我不好,我不应该走,我应该耐心向你解释清楚。"

梅梅睁着一双泪汪汪的眼问:"天宇,你真的一点也不生我的气吗?"

"傻丫头,那天我在车上就不生你的气了,我恨自己为什么不向你解释清楚。回去后,我就立刻打电话给莉莉请她帮忙,后来她找到了你,又把你的情况告诉我。前段时间,我来了好几次淡水想跟你好好谈谈,可又怕你拒绝我,所以每次我都坐在车里默默地看着你。"

"天宇,这次生病如果没有你的关心体贴、细心照料,也许我早没了。天宇,是你给了我第二次生命,我要用一生的爱来回报你。"她又一次紧紧地抱住天宇。

天宇一边抚摸着她的头发一边说:"离开你的日子里我痛苦极了,可我发现你倒是很洒脱呀。"

"那时,我天天对自己说,"梅梅仰起头像念诗般诵道,"今天,又是新的一天,我要怀着喜悦的心情去迎接新升的太阳。昨天那些伤心的事就让它随风飘逝吧。我要把那个陈天宇忘掉,他不值得我爱,我要把他从我心里彻彻底底地拔掉!他是一个坏男人!坏男人!"

陈天宇听了禁不住哈哈大笑起来:"哎呀,梅梅,你就这样给自己的心灵灌鸡汤吗?"

"是的,我每天就想着你很坏很坏,这样我就可以忘掉你了。"

他哈哈大笑起来:"哎呀梅梅,你真逗,笑死我了。宝贝儿,你怎么这么可爱呀!"

梅梅做着鬼脸,嗲嗲地喊着:"她为什么这么可爱呀,她太可爱了!"

天宇刮了刮她的鼻头说:"你这个坏丫头,这个捣蛋鬼,从小就爱恶作剧。"

又到了周末,周莉莉带着宋建国、葛立军来了。两人看到她都很吃惊,因为在他们的想象中梅梅应该浑身皮肤发黄、形销骨立,一阵风都能吹倒。可眼前的她却是白白胖胖的,一点也不像生病的人。

葛立军立刻喊起来:"哎呀梅梅,你哪像在生病啊,你的气色比我们还好。"

宋建国也接着说:"听莉莉说你病得有多重多重,搞得我们天天挂念你,生怕你牺牲了,没想到你活得这么滋润。不行不行,你要赔我们精神损失费,你吓死我们多少脑细胞呀!"

"就是就是,要赔我们精神损失费,你把我俩折腾得每天茶饭不思、泪水洗面。"

周莉莉瞪了他俩一眼:"有那么严重吗?被你们说得跟真的似的。我怎么没看见你俩茶饭不思、泪水洗面呢?"

大家被两人逗得哈哈大笑起来。

章梅梅告诉他们:"刚开始我的病确实很重,就像他们说的那样,多亏陈天宇和周莉莉的照顾才恢复。"

为了表达自己的感激之心，章梅梅宴请了大家。陈天宇选了一个安静的包间。大家聚在一块儿，有谈不完的话，聊不完的事儿，从开始创业谈到怎么站住脚再到事业有了起色。梅梅给大家讲了陈天宇在病中怎样照顾她，莉莉又是怎么不辞劳苦两地奔波……

她感叹道："这次如果没有天宇和莉莉，我可能就真的牺牲了。"

"这主要是天宇的功劳，我只是听他的指挥跑跑外勤罢了。"周莉莉说。

就这样说呀、聊呀、笑呀，不知不觉中竟聊到了黄昏，为了不耽误梅梅休息，他们启程告别了。

临走时天宇告诉他们，淡水以后就是他的家了，将来他一定要给大家创建一个聚会的好地方，到时候给他们一个惊喜。

夜晚，在幽暗朦胧的灯光下，梅梅和天宇相互依偎在一起，享受着温馨……

天宇对梅梅说："梅梅，我们现在就结婚吧。自从你生病后，我们天天在一起快三个月了。我也习惯了这样的生活，天天和你在一起多幸福啊。亲爱的，我们要建立一个家，等你身体完全康复后我们还要有孩子。"

"我也离不开你，天宇，我听你的。"

"梅梅，考虑到你的健康，我们结婚后哪儿也不去，你就在家里继续调养。我呢，一边照顾你，一边抽时间到周边考察一下。"

陈天宇告诉梅梅，几个月前他常来淡水看她，晚上就住在淡水的一位朋友家。有一天，那位朋友把他带到一个风景非常优美的深山里，在那与世隔绝的地方，居然还有一个宋代的庙宇，他一下子被那里的风景迷住了。他决定等梅梅的体力恢复后，就带她一起去看看。

3

时光匆匆，半个月过去了，章梅梅的体力基本恢复了。

一天清早，天宇的那位朋友带着他俩进了山。他们先到了附近的一个湖，登上了渡船，梅梅和天宇并肩坐在船头。清晨的湖面上飘动着一层薄薄的白雾，好像是铺了一层薄纱，使周围的景物变得朦胧了。船在云雾中缓缓前行，他俩也悠悠然像飘进了仙境中……

梅梅拉着天宇惊叹道："啊！我感到云雾扑面而来，好像进入了仙境一样。天宇，这种在雾中飘的感觉，我还是第一次体会到。"

"梅梅，你真有福气，我来过几次也没有碰到这样的景色。来，我给你照相。"

"不用照，咱们还是好好享受这种在云雾中漂游的感觉吧。"

天宇的朋友拿过照相机对他俩说："我来拍照。"

一会儿，太阳缓缓地升起来了。弥漫的薄雾慢慢消散，湖水清澈碧绿，在阳光的照耀下熠熠生辉。湖四周被高低起伏的群山环绕着，湖面平滑如镜。在不远处有几只黄绒绒的小鸭子向他们游来，水面上泛起一层微微涟漪，顿时给湖面注入了生机。三人立刻兴奋得欢呼起来：

"哎呀，快看快看，一群小鸭子！"

"啊，好可爱呀。黄绒绒的小鸭子……"

船在山间穿梭着，就像进入了小三峡。抬眼望向两岸，山上种满了郁郁葱葱的荔枝树。

陈天宇兴奋地说："这里的景色近在眼前，这草、这树随时可以伸手摸到，让人感到非常亲切，比游三峡更有趣。"

船终于停了下来，他们沿着土路漫步在郁郁葱葱的山林之中，呼吸着山里新鲜的空气，和煦的微风迎面拂来，潺潺的流水清脆悦耳。山间小路将他们带进了一个深山里的小村庄，只见一座座用夯土和石头砌的房子依山而建。房屋的墙上还留有"文革"时期刷的"祝毛主席万寿无疆""将文化大革命进行到底"的标语，字体虽已模糊，但仍依稀可辨。

这个村庄三面环溪，溪水清澈蜿蜒在山野农田间，真是美极了，但就是见不到人。他们发现很多房子的门都是锁着的。

梅梅一路走着，觉得神清气爽，她奇怪地问："天宇，为什么我一路走来，一点也不觉得累呢？"

"这是因为空气中含有大量的氧气和负离子,所以你不累。"

他们来到山上的一个庙宇,守庙人告诉他们,这是一个宋代的庙宇,香火一直很旺。很多港商、台商以及深圳人经常来这里烧香朝拜。

从这里俯瞰山下,只见一片片茂密的森林就在脚下,那条山间土路盘山蜿蜒,像一条蛇弯弯曲曲伸向山外。

晌午时分,山中渐渐燥热起来,放眼远眺,漫山遍野蜂飞蝶舞、鸟语蝉鸣,别有一番乡野之趣。

天宇的朋友把他俩带到一个村民家里吃饭。这位村民年纪约40岁,黑黑的脸膛上被岁月的艰辛留下了深深的印记。他用柴火为他们煮了一锅鸡汤,三人一边喝鸡汤,一边赞不绝口。

"天宇,这鸡汤真是太好喝了,和外面的完全不一样。"梅梅说。

"这才是我们小时候喝的鸡汤的味道。"天宇咂咂嘴说。

"当然不一样了,我们这都是走地鸡,而且是用山泉水煲的。"村民接过话头说。

梅梅感叹道:"我真想在这里住几天,每天都能喝上这样的鸡汤多好啊。"

天宇凑近她的耳边,悄声说:"宝贝,快了。"

陈天宇向这位村民打听后才知道,因为这里交通不便,经济也搞不上去,村里的青壮年都外出打工去了,只留下一些老人留守。陈天宇心想怪不得走那么长时间也碰不到一个人呢。他看着外面一片片搁荒的农田,沉思了一会儿,对那个村民说:"我给你们找几个项目进来。"

那村民一听高兴极了:"好啊好啊!那我们这里就能搞活了,改天我约村干部来谈。"

陈天宇握住那位村民的手说:"那我们就是朋友了,我们经常会来这里聚会,喝你煮的鸡汤。"然后他拍了拍村民的肩说:"你放心,我们会付你钱的。"

那村民憨厚地笑了,他拿出了自己炒的茶叶,用山泉水泡给他们品尝。哇,茶汤碧绿清亮,余香回甘,果然是好茶。

他说："我们这里的茶以前是非常有名的，这里有100多年的茶园甚至还有300多年的茶园。在那边海拔700多米终年云雾缭绕的山顶上，还有一个500多年的茶园。唉……可惜了，村里的人几乎走光了，很多茶园都已经荒废了。"

陈天宇看了看周围的环境说："你们这里山美水美，经纬度很适合种茶。好好规划一下，一定能靠山致富的。"

"太好了，我叫李强，这是我的名片，有时我也在淡水打短工。"叫李强的村民高兴地说。

临别时，李强一直把他们送到了码头。船开了，李强还站在岸边向他们招手，直到看不见他的影子。陈天宇感叹道："这里山美、水美，人也美，山里人老实厚道啊，我一定想办法让他们富起来。"

船家也告诉他们，这里民风淳朴，没有流氓、小偷什么的。他的摩托车放在路边一个星期都没有人偷，也从来没有听说过丢东西的事情。他说，这里曾是革命老区，东江抗日游击队当年就在这一带活动，有很多伤员在村里养伤。乡亲们为游击队放哨、送信、照顾伤员，就像当年沙家浜一样。说说笑笑之间，船很快就到了对岸。

4

晚上，梅梅和天宇依偎在一起，谈着那湖、那山、那水和那个村庄。天宇告诉她，他去那里几次了，一次比一次更留恋那里，一次比一次更有想法，他说："梅梅，我们在那里建一个山庄，你看叫什么名字好？"

"嗯，就叫梅花山庄吧。天宇，我在四医大的时候，有一次学校大礼堂放映电影《蝴蝶梦》，我和我的好朋友吴雪聪一起去看的，当时，我俩就被影片中的故事情节打动，被那美丽的庄园迷住了，我们一连看了两场。我对雪聪说，将来我要是有一个山庄该多好啊！雪聪说那就叫'梅花山庄'好了。到时候，她要带她的爱人到山庄来做客哦。我说好啊，那时我就和我的爱人在大门口欢迎你们。看来，这个梦想真的要实现了。"

"好！为了圆你的梦，这个山庄就叫'梅花山庄'。"陈天宇果断地说。

他对梅梅继续说着他的规划："我要在山庄里建一个生态园，种上各种稀有名贵的中药。我要帮助当地村民把茶园重新打理好，利用我们现成的销售网络，帮他们把茶叶销出去，形成产销一条龙。另外，我会建议公司在这里建一个水厂，这里的水质太好了。"

接着，他俩谈到了婚事。

"亲爱的，咱们尽快把婚事办了。你大病初愈，现在还在恢复期，不能外出旅行结婚，我们就在深圳办婚礼。因为你目前的身体状况，不适合应付太多人的场面，咱们也先不请各自的父母来，等你完全调养好身体，我们再一起回去看望双方的老人。这段时间，我继续为你调养身体，顺便在山里考察茶园和水源，你呢，要好好休息，为婚礼做好准备。我一定要把我们的婚事办得风风光光的。"

梅梅赶紧说："不用不用！天宇，把钱留着建山庄吧。咱们都是部队大院出来的，从小父母就言传身教，要艰苦朴素，婚礼搞得太铺张，他们会不高兴的。"

"梅梅，能娶到你是我一生的愿望，也是我最大的幸福，怎么能不好好操办一下呢？"

"天宇，婚后的生活是否幸福，跟婚礼的排场一点关系都没有。亲爱的，我这次重病全靠你照顾才脱险，是你给了我第二次生命，我要用全部的爱来回报你。"

天宇紧紧地把梅梅拥进怀里："好的，就按你的意见，搞一个简单的婚礼。"

第二十一章

> 随着《婚礼进行曲》缓缓响起，陈天宇和章梅梅款款步入礼堂……

> 我们与其寻找理想的伴侣，不如让自己先成为一个理想的伴侣。

1

按照天宇的安排，婚礼在深圳举行，只邀请了天悦公司的董事和骨干参加，还有少数的朋友以及周莉莉、宋建国、葛立军这几位大院的发小。梅梅这边就是那几位四医大的教授。

这一天，随着《婚礼进行曲》缓缓响起，陈天宇和章梅梅款款步入礼堂，人们迫不及待地把目光投向他俩。只见陈天宇身穿黑色西服，内衬白色衬衣，领口打着黑色的蝴蝶结，胸前别着一朵醒目的小红花，显得庄重儒雅。章梅梅穿着白色的礼服，头戴金色的皇冠，披着洁白的头纱，飘逸的裙摆由一对童男童女拉着，显得亭亭玉立、美丽非凡。

他俩紧紧地挽着对方的手臂，带着微笑穿过红地毯缓缓地走向主席台。瞬间，所有的来宾都报以热烈的掌声。宣读完誓言，相互许下承诺后，他俩含情脉脉地看着对方，互戴戒指。天宇低声对她说："我终于娶到你了。"

梅梅看见他的眼里闪动着晶莹的泪花。接着，就听见主持人郑重地宣布："现在，我宣布你们二人正式结为夫妻，朋友们，让我们用掌声祝福他们！"在一片热烈的掌声中，他俩紧紧地拥抱在一起。

婚宴开始了，周莉莉、宋建国和葛立军帮着招呼客人。陈天宇和梅梅各换了一套中式礼服，一桌一桌地敬酒。天宇满脸洋溢着幸福，他体贴地对梅梅说："你不能喝酒，你的病还没有完全好。"于是，他倒了一杯饮料给她。

翁晓明端着一杯酒迎上来："董事长啊，您终于结婚了，真是太不容易了，我祝贺你们！"他端起酒一饮而尽。

"对不起晓明，那天我对你说了一些不应该说的话，你一定要原谅我啊！"梅梅带着歉意说。

"没有什么，我这个人最大的优点就是抗打击能力强。"翁晓明耸耸肩，做出一副无奈的样子。

"不过，你们结婚后可不能把我忘了。"他狡黠地看了看陈天宇又说，"我可是为你又跑腿又收集情报啊！"

天宇拍着他的肩膀，心领神会道："咱们是一辈子的朋友。"

公司的董事们也纷纷上来敬酒，大家七嘴八舌说着：

"祝董事长大婚，祝你们百年好合、早生贵子。"

"董事长，今天你好帅呀，新娘子更漂亮。"

"祝贺你终于结束了王老五的日子，人生版本成功升级。"

李老师对梅梅说："梅梅，你终于有归宿了，我为你高兴，傅教授也为你高兴，天宇这个小伙子真不错。"

2

婚后，天宇一如既往地悉心照顾着梅梅，用各种方法调养她的身体，同时抽时间到山里继续考察。他每次回来都带来新的消息，同时还带来了山里的农家鸡和一桶桶山泉水。

这天，天宇一进屋就开始煲汤。晚饭时，一锅香喷喷的鸡汤端上桌，梅梅夹了一个鸡腿放在天宇碗里，感激地对他说："宝贝，你辛苦了，多吃点。"

"亲爱的，在外面再苦再累，一想到回家就能见到你，我就开心得很，心里满满的幸福感。梅梅，我觉得喝着鲜美的鸡汤，怀里搂着你，真的好幸福。"

"天宇，我也是这样，每次都是你给我洗澡，给我按摩，还从这么远买鸡，带山泉水给我煲汤。我真的好感动、好幸福啊，你真是个好丈夫。"

他们就这样，每天都有说不完的话，诉不完的情，卿卿我我，情意绵绵……

陈天宇带着公司的主要负责人和董事们到山里考察。他们勘察水源、化验水质，化验结果让他们非常满意。于是，李强把村干部请来与他们认识，村干部又把他们引荐到了镇政府。

陈天宇与书记和镇长谈了怎样把山里经济搞活，怎样让山民富起来的计划。他建议：

第一，这里的水资源丰富，且已经达到了饮用水的标准，所以，可以在这里建个水厂，专门生产矿泉水。

第二，山里的气候、土壤，非常适合种茶，所以要帮助农民把茶园搞起来。听说你们山里自古就有种茶的历史，有100年、300年的茶园，甚至还有500年的茶园。可惜现在都已经荒废了。这些都是宝贵的生态资源，要好好利用。我们公司可以用现有的销售网络，帮山民把茶叶销售出去，这样就形成了产销一条龙。

第三，山里风景优美，空气清新，可以建一个山庄和生态园，种上名贵的中草药，城里人节假日来山庄可以品尝这里的山泉水泡的茶，我们可以向他们展示茶叶从采摘到成茶的每一道工序和独特的民间制茶工艺，甚至可以让游客亲身参与。老乡们为游客提供农家菜，收入肯定大大提高，奔小康绝对不成问题。

当书记和镇长得知，陈天宇就是那个建议新疆政府建立雪莲生物研究所和雪莲人工种植基地的人时，立刻兴奋起来，他们也对天山雪莲感兴趣。陈天宇告诉他们，人工种植的雪莲经过芽孢嫁接后，现在每年都能开花，目前长势良好，正在扩大生产。

他们对天宇打开了话匣子：原来这之前镇政府也一直在对外招商，但是因山里交通不便，谁也不愿意进来投资。有几个投资商在山里转了几天后，临走时丢下一句话："这里的村子就像鬼子扫荡过一样，空无一人，拍'鬼子进村'的电影倒是一个好外景地。"镇长知道后气得半天没缓过神来。

这几年山里青壮年陆续都外出打工了，就连一些村干部也走了。村里大片的田地、茶园、果园都抛荒了，村子里除了零星的鸡鸣狗吠，几无人声。现在政府正发愁找不到合适的投资公司和投资项目呢，看到陈天宇和天悦公司，他们觉得有了希望。

镇政府经过讨论，同意了天悦公司的投资意向书，欢迎天悦公司进山投资。

意向书签订后，天宇就隔三岔五地带着梅梅进山考察，李强就带着他们给山庄和种植基地选址。

一天，他们来到山脚下一块开阔的小平原。平原四周是成片的梅林，出现在他们眼前的是一片花开烂漫的盛景，有红的、粉的、白的，姹紫嫣红美极了。

天宇禁不住说："我喜欢梅花，它是能给人力量的花。"他看了看梅梅又说："我更喜欢那些生活中的'梅花'。人的一生免不了风霜雨雪，梅花给人精神和力量。"

李强告诉他俩，这里非常适合建山庄和种植园。他俩看了看地形，又跟着李强在半人高的草丛中往前走。

天宇点点头说："这里四面环山、三面环溪，水源丰富，是个种植的好地方。"

梅梅若有所思地说："天宇，我一看到这里，就感觉很亲切，好像曾经来过。"

他们回到了李强家，一边喝茶一边讨论着发展前景。天宇告诉李强，政府已经批准了他的计划，等双方合同签下来就开始动工。

3

梅花山庄要动工了。当地的村民们告诉陈天宇，动土是一件非同小可的事情，需要一个隆重的动土仪式，拜土地神和四方神仙，请求神灵协助兴工顺利，并驱逐煞神与秽气。动土日期和方位也必须由风水先生看过才能定下来。陈天宇听从了他们的建议。

终于等到动土这一天，工地上放着五样水果：香蕉为金条，代表财源滚滚；红枣代表红红火火；桂圆代表圆满成功；葡萄代表客源多；苹果代表平平安安。另外还有用金纸、银纸折成的元宝等。

陈天宇手持一炷香虔诚地祷告："四方各路神仙，今日吉日良辰在此动工，恐有冒渎神灵，特备上香灯花果、金银财宝，请众神开恩赦罪，慈悲成全，在工程竣兴期间保佑一切平安顺利，万事大吉。"

轮到章梅梅举香祭拜四方神仙了，她闭目口中祷告："各路神仙，各方神圣，我们在这里修建山庄和种植基地，是为了造福一方百姓。动土的时候如果惊动了四方神仙，请多多原谅，保佑我们在施工过程中平安顺利。"

接着，李强杀了一只大红公鸡，他一边用鸡血洒在地上，一边口中念念有词。施工队也一一祷告，祈求施工平安圆满。动土仪式的最后是放鞭炮祭拜土地、烧金银元宝答谢土地神。

之后，他们各自拿着一把系有红绸的新锹动土。

不久，山泉水厂也要动工了，公司的董事们和高层负责人问陈天宇，动工仪式要不要也像山庄那样繁琐？陈天宇毫不迟疑地说，既然来到这里，就要入乡随俗，该怎么搞就怎么搞，许多冥冥之中的事很难说清楚。如果不信，就当作心理安慰也行。

4

章梅梅又重新回到了口腔门诊。教授和员工们看见她康复，莫不欣悦。

李老师拉着她的手问长问短，说没想到她恢复得这么快、这么好。梅梅告诉她："这三个多月，多亏天宇的照顾。"她对李老师讲了她治病的经过和感受……

"梅梅，天宇真是个难得的好丈夫，我为你高兴啊。"李老师赞道。

"李老师，以前我就听说过，咱们口腔医院有好几对让人羡慕的老鸳鸯，您和傅教授就是其中的一对。这次与你们接触后，我发现你俩之间互相欣赏，相互谦让，让我亲身体会到了什么叫恩爱夫妻。"

"梅梅，恩爱夫妻并不是两人都没有缺点，人吃五谷杂粮，一样米养百样人，谁能没有缺点呢？夫妻相处之道，就是相互欣赏对方的优点，包容对方的缺点。其实我是个很粗心的人，并不善于理家，可每次我不小心摔坏了东西，老伴从来不埋怨我，反而说：'好啊，旧的不去新的不来嘛。'不像有的家庭，为一点小事就争吵不休。"

梅梅对她眨眨眼睛笑着说："只要有了爱，就会包容一切，是吧，我的李老师？"

"梅梅呀，多少人是相爱容易相处难，因为相爱是一种本能、一种吸引，而相处却要真诚、奉献、理解、容忍和谦让。可现在，没爱难相处，有爱也不一定能相处。我说的好丈夫，就是懂得爱、懂得感恩、有包容之心、心胸宽广的人。如果是一个斤斤计较、不大气的人，将来他也不会包容你的缺点，因为每个人都不可能是完美的。由于心胸狭窄，就会经常为生活中的琐事争吵，这样的家庭会幸福快乐吗？你傅教授在家是个孝子，他尊重父母，爱护弟妹，承担家庭的责任，这样的人在单位也会同样尊重上司。你看那些与领导大吵大闹、不服从管理、常常犯上的人，可能在家里也是一样。常常把自己凌驾于父母之上的人，也会把自己凌驾于他的领导之上，你想想，他的前途会好吗？如果做兄长的不能对弟妹友爱，那么，他又怎么会对同事谦让友善呢？如果一个人连父母都不感恩，还会感恩你吗？如果在家里不承担责任，那么在工作中，又如何肯担当呢？"

"哎呀，李老师，你说得太透彻、太深刻了，怪不得当年傅教授一眼就爱上了你，你确实跟一般女人不一样哎，好有深度，好有内涵，我要是个男的话，说不定也会爱上你。"梅梅又恢复了以往的开朗与俏皮。

"梅梅，我和你傅教授恩爱了一辈子，从来没有红过脸、吵过架。所以说，恩爱夫妻并不是双方都没有缺点和短处，而是双方都能理解和包容对方，也包括他们的家人。我体会到，其实家庭是否幸福，不在于婚礼举行得多么隆重、恋爱进行得如何烈火烹油，甚至也不取决于外表多么貌美如花，要不那些漂亮的明星都应该个个幸福，不会离婚了。我认为主要还是取决于双方内在的素质，这才是家庭幸福的源泉。"

李老师的一席话，让沉浸在新婚幸福中的梅梅陷入沉思：我们与其寻找理想的伴侣，不如让自己先成为一个理想的伴侣。

第二十二章

"白天鹅"这个名字终于出现了。丑小鸭终于脱胎换骨了。

这时候她看见几位佩戴着上校或大校肩章的军人向她走来,他们兴奋地喊道:"章老师,你还记得我们吗?"

1

时光如白驹过隙,一晃一年过去了。章梅梅的口腔门诊终于在淡水站住了脚。由于病人越来越多,六张牙科椅位显然已经远远不够了。于是,梅梅又租了栋大楼,牙科椅位也增加到十几张。章梅梅还经常请第四军医大学口腔医院的名教授、名技师来这里指导工作。她的口腔门诊也升级为"白天鹅口腔门诊部"了。

啊!经过多年的努力,"白天鹅"这个名字终于出现了。丑小鸭终于脱胎换骨,变身白天鹅了。

同时,梅花山庄和种植园的建设也已接近尾声,山泉水厂还在建设中。陈天宇还请了种茶专家帮助李强他们一边修剪整理老茶园,一边开垦新茶园,山里一片欣欣向荣的景象。

镇长和书记经常来参观,天宇告诉他们,梅花山庄和种植园还有两个月就完工了，山泉水厂半年后也可以完工，经过验收后马上就可以投入生产。

陈天宇每天都在忙碌中，但他仍然没有放松对梅梅的健康护理。他一从工地回来，就忙着给她按摩，让梅梅实在过意不去。

"天宇，你已经很累了，早点休息吧，不要管我。"

"不行，你要赶快恢复身体，为怀孩子做准备。亲爱的，等山庄建好了，咱们去那里休息一段时间。"

"天宇，你放心，我一定会照顾好自己的，我们以后还有这么多路要走，有这么多事要干，没有健康是不行的。"

"梅梅，你按我的计划，每天冲大肠，定期肝胆排毒，疏通全身经络，还要用我给你的雪莲药贴保持生殖系统的健康。"

"嗯，天宇，我一定给你一个幸福的家。"

说完梅梅就在他脸上啪、啪、啪地留下一个个鸡啄米式的亲吻，逗得天宇哈哈大笑："宝贝，这哪像亲吻哪，这是在我脸上啄米呀。"

他把梅梅轻轻地抱上床，紧紧地抱着她辗转吸吮，把爱和需求吻进了她的灵魂深处。

2

白天鹅口腔门诊部正在一步步向着口腔专科医院这个目标迈进。章梅梅定期对工作人员进行全方位的培训和考核，严把质量关。临床分科越来越细，从诊断到治疗都要经过层层把关、层层检查。与此同时，章梅梅还非常重视医务人员的内在素质和外在形象，墙上也贴上了"请不要给医务人员送小费、红包"的警示牌。

一次，有人举报一位医生收了红包，章梅梅经过调查核实后，果断地对这位医生进行了严厉的处罚。这位医生扬言要到劳动部门去告状，梅梅冷静地对他说："你到哪儿去告都可以，但你要告诉他们，你是因为收小费红包被罚的！你还可以到新闻媒体去投诉，但你要说明你被罚的原因是私下收钱。"那位医生红着脸走了。

通过这件事，她告诫医院的所有员工：规章制度是必须严格遵守的，作为一个医生要有仁心仁术，收小费红包是可耻的行为。通过此举，端正了医务人员的心态，规范了他们的行为。从此，门诊部再没出现收小费、红包的现象了。

随着门诊部不断地扩大，医务人员渐渐多起来，员工内部开始出现一帮一伙的小圈子，人心涣散、斤斤计较，相互之间常常为一点小事闹矛盾。梅梅对此很烦恼，回到家忍不住就把这些讲给丈夫听。

陈天宇认真听完梅梅的讲述，认为这种现象的出现是因为企业文化做得还不到位，导致员工没有大局观，没有责任感。他建议用企业文化建设来加强员工的凝聚力。

他说："毛主席在三湾改编时就提出了支部建在连队上，这就说明了做思想工作的重要性。你在陆丰碣石不是也在自我修炼吗？我看你制作的录音就很好，可以把它好好整理一下，结合医院的实际情况，让所有的员工学习。"

章梅梅听了如醍醐灌顶，豁然开朗，她决定要打造白天鹅的企业文化，给员工创造一个不断学习和成长的环境。章梅梅召集全体员工开会，她说："从现在起，我希望每一位员工都牢记我们白天鹅的使命，为建立一所面向全国、面向未来的现代化口腔医院而奋斗。在人才方面，我们会更加重视有格局、有素质，做事严谨、认真高效，并且能团结同事的人，这种人将会得到提拔。"

接下来，章梅梅开始了对工作人员进行系统化的教育和培训，并规定每周上一次业务培训课和一次素质教育课。

她安排教授们轮流给大家上业务培训课，从解剖到临床、从临床到操作，使所有医务人员在业务上更快地成长起来。

素质教育课由她亲自讲课。她给每一位员工都发了《弟子规》《三字经》和《论语》。她一边讲这些书，一边和大家一起讨论读后感。她说，这些都是我们老祖宗传给我们的宝贝，是我们中华民族的精血。一个民族，可以一城一池失掉它的领土，因为领土可失而复得，但文化不能失传，只要文化能传承下去,民族就是活的,否则民族就亡了。

当时全国还没有掀起学习国学的热潮。后来,《弟子规》进了小学课堂并在中央电视台热播,某地还组织了"三千弟子诵读《论语》"的活动。从那时起,全国掀起了学习国学的热潮。

很快,章梅梅买到了这些书的光碟,就改为给大家放碟子学习。她没想到的是员工们都非常喜欢上素质教育课,每个人都渴望提升自己的素质,都感觉很需要精神养料。

素质教育很有成效,员工们的思想都集中在工作和学习上,门诊部一派团结的气氛。病人一到医院,就感受到了工作人员的热情服务和积极高效的工作状态。

在不断地提高所有员工思想素质和业务能力的同时,章梅梅也在不断地充实和提升着自己。这时候,她编著的《走向成功》系列励志书和录音带在全国发行,引起了良好的社会反响,她也一次次被请上了演讲台。

章梅梅在演讲中说:

> 朋友,人们都知道丑小鸭变成白天鹅的故事。我也曾是一只粗笨的丑小鸭,但是又一直向往着将来能变成一只美丽的白天鹅,向往着要创办一所现代化的口腔医院,它的名字就叫"白天鹅"。
>
> 在蜕变的过程中,我曾怀疑过自己,也曾感到前途迷茫和暗淡。可当我决心走出低谷时,谁能指点我,帮助我呢?我知道,只有通过学习。于是,我学会了在生活中自己给自己伴奏,自己点化自己。
>
> 我研究中国历史,拜读了很多古今中外的经典书籍,并把书中的精华组编好、录好音。通过录音机,使我能和古今中外的名人、圣人交朋友,好像孔子、孟子、老子、卡耐基、希尔博士就在身边。每当我碰到困难而感到气馁时,孟子的话就响在耳边:天将降大任于斯人也……
>
> 于是,我迅速调整心态,将遇到的每一个困难都当作锻炼自己、提升能力的机会。通过性格分析,使我能认识自己、理解别人,而不要求每个人都跟自己一样。感谢卡耐基和希尔博士,使我找到了成功的

秘诀。

> 他们的话我慢慢地听、细细地品，不断地反省自己、改造自己。我悟出来：万事之基在于德，并体会出古人所讲的修心、齐家、治国、平天下的含义。在短短的几年里，我能让自己的事业走向辉煌，不断地实现自己一个又一个的梦想，我首先要感谢我的这些朋友。现在，我想把我编排的《走向成功》系列录音献给每一位朋友，衷心地希望对您有所借鉴和帮助，最后让我们共同走向成功。

她的演讲结束后，如潮的掌声经久不息。人们久久不愿离开，许多人感动得哭了。

接下来，章梅梅开始着手把现代化、正规化的管理模式引入门诊部。她觉得职业经理人要出现在医院管理队伍中。这就要求自己首先成为一个真正的职业经理人。于是，她专修了"医学心理学""工商管理"等课程。通过学习，她开阔了眼界、提升了自己。然后，她把所学到的知识应用到管理中，利用心理测试，筛选和淘汰在人格上有明显缺陷的医护人员，纯洁了医疗队伍，减少了管理成本和医疗事故的发生，为管理未来的口腔医院打下了良好的基础。

3

这年秋天，章梅梅被"全军口腔医学学术会"邀请为特邀嘉宾，并应邀在大会做专题发言。她演讲的题目是《医学心理学教育在医院管理中的作用》。

站在学术大会的讲台上，望着台下许多熟悉的面孔，章梅梅的内心翻滚起伏。她激动地说："尊敬的各位首长、各位老师、各位来宾，大家好。我感谢大会给了我这次登台演讲的机会。这里不仅是一个学术交流的大会，也是一个文化的聚会、思想的聚会和情感的聚会。我感谢大会给了我一个公开表达感激之情的平台，在此，我对我的首长、我的恩师、我的同学以及我从前的学生,表示深深的感谢。"说完,她对大家深深鞠了一躬。台下顿时响起了一阵热烈的掌声。

"我常对自己说,是部队造就了我,是军医大学培养了我,我将永远无愧于他。"接着,她进入演讲主题:

"我们面临的是一场革命,时代的变化向我们过去的医院管理模式提出了挑战。时代要求我们以新的医学模式——'生物—心理—社会'来取代传统的医学模式。

"这是一个变革的时代。高新科技的发展给人们带来了无限的希望,让我们进入了物质相对富足的阶段,同时也造成了负面效应——'价值观'的问题。科学精神和医疗技术是科学发展的两个车轮,缺一不可。科学精神只有通过医疗技术才能最大限度地体现其意义和价值;医疗技术也只有植根在科学精神的土壤里才能枝繁叶茂。如果科学只强调技术手段的利用,忽视了最终为人民服务的宗旨,那么科学就失去了其真善美的要素,从而导致自身的扭曲。"

在演讲中她还谈道,医院要有意识地建立清晰而正确的经营理念,使它成为全体员工自觉的行为准则。这是打造医院核心竞争力的源泉和根基。

接下来,她介绍了"白天鹅"是怎样把医学心理学教育融入医院管理中的:在每周的素质教育课上,将《走向成功》录音后反复向员工播放,让企业文化渗透在每个角落。这些潜移默化的教育使医务人员朝着积极的方向转变,引导医务人员建立了以济世救人为己任、对工作认真负责、对病人热忱周到、对技术精益求精的职业操守……

她还介绍了怎样利用医学心理学缓解焦虑紧张的情绪,防止"耗尽综合征"的发生;讲了怎样利用心理测试,筛选和淘汰在人格上有明显缺陷的医护人员,纯洁了医疗队伍,减少了管理成本和医疗事故的发生;讲了为给员工提供一个松弛身心、补充能量的环境,她正在那个风景优美的大山深处兴建梅花山庄……

最后她说道:"知常明辨者赢,守正创新者进。我将带领白天鹅在新起点上,满怀光荣与梦想,肩负使命与责任,意气风发,矢志前行。"

章梅梅的演讲得到大会的一致好评。

会后，她与吴雪聪、魏家喜和赵会这几位当年四医大的好朋友又聚在了一起。吴雪聪的爱人现在是口腔医院的政委，她自己也是部门的领导。魏家喜也已是医院医教部主任了。

吴雪聪拉着梅梅的手说："你离开四医大后我一直很想念你，我真为现在的你感到高兴。"

魏家喜说："梅梅，没想到你做出这么大的成绩，真是太不简单了，你一定吃了不少苦吧？"

赵会也说："虽然我们分开这么多年，但是我总也忘不了我们一起去唐山抢救灾民、参加中越自卫反击战救治伤员的情景。"

梅梅叹道："是的，我们共同度过了那段最生动、最有血气的日子，我们是一辈子最好最好的朋友。希望你们有空了带着家人到梅花山庄来做客，我一定盛情接待。"

在大会的告别宴会上，章梅梅见到了她当年颌面外科的周主任。周老已经是一头白发，他拉着梅梅坐在他的身边，问这问那……她邀请周老和他的夫人去梅花山庄度假。周老欣然答应："我们一定去。"

这时候她看见有几位军人向她走来，他们兴奋地喊道："章老师，你还记得我们吗？"

章梅梅定睛一看，哇！原来是她第一次搞教学时带的那几个调皮捣蛋的男学生。

如今的他们，个个肩上佩戴着上校或大校的肩章，很是英武。章梅梅上下打量道："看不出来呀，当年你们这几个调皮的家伙还进步得很快嘛。"

他们啪地给章梅梅来了个立正，齐声说："多谢老师栽培！"看来，他们仍然未改当年调皮捣蛋的样子。

章梅梅满意地点点头："嗯，这还差不多，像个学生的样子。好啦，稍息吧。"

于是他们纷纷凑上来七嘴八舌道："章老师，我们毕业后一直在打听你的消息。"

"打听我干吗?"

"你给我们留下了很深的印象,你让我们看见了一个教师所具备的优良品质,我们发现你身上有很多闪光点。你在我们的心中就是那个什么什么'女神'。"

"章老师,我告诉你一个秘密吧,他们这几个当年都在暗恋着你。"

"章老师,你还是那么风华正茂,美丽动人,我们都比不上。"

"我们的年龄比章老师大,当年的工农兵学员就是这样。"

"所以那时你们都不服我管呗。"梅梅说。

"可是后来我们对你佩服极了,你还记得开门办学、巡回医疗时的情景吗?我们帮你背行李、抬药箱,就是想为你减轻负担啊!"

"那我要谢谢你们喽。"

他们立刻大笑起来。

第二十三章

"我要进山。我要到那里去充电,手机要充电,人也是一样。"

"天宇,我喜欢既有儿女情长,又有英雄气概的男人。"

"好啦,亲爱的,这不被你找到了嘛。"他俩一阵会意的欢笑。

1

梅花山庄终于完工了。它依山傍溪,坐落在连绵起伏的群山怀抱之中,以一排"山"字形三层的朱红缀顶、红瓦白墙建筑为主体,宛如一座美丽的城堡。大楼的一侧有一个圆弧形游泳池,清泉汩汩流入池中。微风起时,波光粼粼,涟漪荡漾,就像一块碧绿的翡翠镶嵌在山林之中。大楼前是一片种植园,种着各种中草药,散发着沁人心脾的阵阵清香。

山庄开业当天,陈天宇请了很多深圳的朋友来,还请来了报社记者现场采访。周莉莉、宋建国、葛立军还有翁晓明等朋友也赶来祝贺。李强和村民们架起一个个炒茶的锅,让来宾们观看从采茶到茶叶制成的整个过程,然后请他们坐在山庄的茶社里品尝着用山泉水泡出的新茶。新茶汤碧绿清亮，茶香扑鼻，很受大家的欢迎，都道是老酒新茶，李强他们当天就卖出了很多茶叶。

山庄的开业庆典终于结束了。这天，天宇对梅梅说："亲爱的，我感到很累，心累，身体也累，这几年来，我的能量耗得太多太多了，我对工作已经没有了激情，我现在开始厌烦了别人跟我谈工作，甚至不想见那么多人了，我知道自己患了疲劳综合征。"

"什么？疲劳综合征？天宇，我觉得你很健康呀！"

"梅梅你知道吗？我每天都处在抉择中：要做这个或不做这个；要买这个或不买这个；要上这个项目或不上这个项目，还要面对这么多的合同，各种的人际关系、人情往来。一个人长期像绷紧了的弦就容易生病。康德说过：所谓自由，不是你想做什么就做什么，而是你不想做什么就不做什么。所以我想进山，让我的心在那里安静下来。因为改善了环境，也就改善了心情。身体要休息，精神也要养精蓄锐，心灵还要喝鸡汤。我要到那里去充电，手机要充电，人也是一样。"

"天宇，这些年，我也感到很累，看样子我也要去充电了。"

"梅梅，我们要让自己的一切慢下来，慢的节奏、慢的生活、慢的思维，让紧张的神经全部舒缓下来。宝贝，我们可以睡到自然醒，可以静心聆听心灵的呼唤。想起床就起床，想散步就散步，想唱歌就唱歌，想跳舞就跳舞，一切凭感觉，好吗？"

"好啊！天宇，听你的安排。"

"让我们过几天随兴所至的日子吧，放下一切工作和应酬。"接着，陈天宇充满诗意地吟诵道：

  这一天的太阳为我而升起；
  这一天的音乐为我而奏响；
  这一天的熏风为我而吹拂；
  这一天的鲜花为我而开放；

这一天我是我自己的君王。

念完了诗，他感叹道："世上有这么多美好的东西，如美食、咖啡、芭蕾、音乐、书籍、美术、大自然等，难道不是上苍赐予我们去享受的吗？如果我们步履匆匆，视而不见，那无疑是辜负了上苍的一片美意。停下脚步，看一看周围的风景，感受一下微风拂面的惬意，生活本来就应该如此。宝贝，你说是吗？"

梅梅对他点点头，心想：这些年，他的精力耗得太多太多了，看样子是应该停下来充充电了。

他又说："亲爱的，山里的一切都非常安静，没有任何嘈杂的声音。在这种宁静的环境里，我焦虑的心会渐渐平静下来。梅梅，你知道什么是灵感吗？"

"灵感嘛，就是来自心灵的感觉。"

"近来我的心底总是有一个声音冒出来：我要进山。我决心听从心灵的召唤。梅梅，你知道什么叫闭关吗？"

"闭关就是关闭自己的感官系统，走进自己的内心，静心聆听心灵深处的声音，对吧？"

"是的，这种来自心灵深处的声音，能使人大彻大悟，让人找到真我，让人知道自己当下要做什么。灵感的获取绝不是迷信和巫术，它是在平和的心境中，在寂静状态下，通过体悟和思维闪现出来的。所以我们要在寂静中体会灵感，它可以帮助我们解决难题。"

"那我们什么时候出山？"梅梅问。

"等心不焦虑了、不浮躁了，等思绪清晰了，知道要做什么的时候，就出山。"

"好啊，天宇，我们就当在里面度婚假，过真正属于我们的二人世界，不谈工作。"

2

第二天,他俩安排好各自的工作,就住进了山庄。站在顶楼宽阔的阳台上,看着山间的云雾沿着山峦慢慢地升起,尔后向四处弥漫,他俩仿佛置身于仙境之中。看着群山的轮廓宛如睡佛一般,陈天宇感叹道:"梅梅啊,我们像进入了仙境,成了神仙啦。"

"明天,我们终于可以睡到自然醒啦。"章梅梅搂着天宇感慨地说,"好多年我都没有这样放松过了。"

这时候,天边突然出现一道彩虹,横跨在山谷间。

"梅梅,你看,彩虹!它像欢迎咱俩来到似的……"

就这样,他俩天天睡到自然醒,然后手牵手沿着山间小路,漫步在郁郁葱葱的山林之中。路上阵阵的微风吹拂着清新的空气,让他们感到神清气爽、心旷神怡。

有时他们登上山顶俯瞰山下,亲身感受到"会当凌绝顶,一览众山小"的磅礴气势。他俩还常常到那个宋代的庙宇上香。他们各自点燃一炷香,梅梅口中默默地祈祷着:"请菩萨保佑我事业有成,并能为民造福,保佑来山里的所有人平安……"

午休后他们就去泳池游泳。梅梅看着这一池水清波荡漾、波光粼粼的,便突发奇想,说道:"天宇,这里多像天池啊。"

他俩在泳池里打闹嬉笑着。陈天宇让梅梅踩在他的肩上,然后把她托出水面,梅梅来个优美的跳跃,像一条鲤鱼跃入水中。

陈天宇大声喝彩:"好啊,真棒!再来一个!"于是,他一次次地把她托出水面,梅梅又一次次地跃入水中。一会儿她站在游泳池边,给天宇展示着各式跳水动作,什么"跳冰棍儿""反跳""鲤鱼跳龙门"等,逗得天宇哈哈大笑。

"宝贝儿,不要太累了,过来!"

于是天宇抱着她,她搂住天宇的脖子,两人在水里翻滚着,像两只海豚在水里嬉戏，泳池里不时地回荡着他俩的笑声。

晚上，他们在多功能厅的大荧幕上看早年的好莱坞大片，有《音乐之声》《蝴蝶梦》《基督山伯爵》《简·爱》《铁面人》《冷酷的心》等。看完电影后，他俩就坐在阳台上看着星星和月亮，一边品茶一边交流着对影片的感受。

"天宇，那时候在军医大学的大礼堂经常放这些电影，姑娘们都喜欢《音乐之声》里的上校，他是那么英俊帅气、气质迷人。天宇，我喜欢既有儿女情长，又有英雄气概的男人。"

"好啦，亲爱的，这不被你找到了嘛。"他俩一阵会意的欢笑。

"梅梅，《音乐之声》这部电影也是一直感动我的一部影片。不管看过多少次，它都深深地吸引着我。"

"天宇，我还很喜欢《蝴蝶梦》。"

"我也是啊。影片中那扑朔迷离的情感纠葛，曲折诡异而又合情合理的迷局以及受惊小鹿般的女主人都让人感到凄美而诡秘，不愧是好莱坞经典影片。"

"天宇，当年我被《蝴蝶梦》迷住了，一连看了两场。当时，我的脑子冒出一个奇怪的想法：我要是有个山庄该多好啊。"

"这不是实现了吗？"

他们聊了很久很久，一直到有了睡意，才进屋睡觉。

清晨，窗外婉转清脆的鸟鸣，唤醒了梅梅的酣梦。她睡眼惺忪地伸手摸摸天宇，发现他早已不在了。梅梅起身走到阳台上，看见天宇身穿黑色练功服，手持长剑，正舞得风生水起。

只见他时而如金鸡独立，时而如青龙出水，一把长剑在空中舞出朵朵剑花。剑花时疾时徐，疾时如暴风骤雨，飒飒作响；徐时如林间幽泉，寂寂无声。忽然，天宇一个腾空，跃上他平时练功的双杠，上身前倾，单脚独立，剑尖向前挽出一朵剑花，又瞬间收回，一个轻跃落在地上，再挽出一朵剑花，接着便运剑如雨，朵朵剑花仿如流星。飒飒风起处，他整个人都在剑花之中了。

看着天宇舞剑的英姿，梅梅顿时呆了。等她缓过神来时，天宇已经收剑来到她跟前了。

此时的陈天宇，脸上透着红润，眉宇间沁出微微的汗珠，原本英俊的面庞更显得丰神俊朗、英姿勃发。

"宝贝，你这么早就起来了，不多睡会儿吗？"天宇柔声地问。

"哇！天宇，真没有想到这么多年你的剑法还是这么精彩娴熟……"

天宇一手搂着她说："走，宝贝儿，咱们再小睡一会儿。"

"人家都睡醒了。"

"陪我再睡会儿，好吗？"他把梅梅抱上了床，然后冲凉去了。

一会儿他来到梅梅的身边，把她搂进怀里。梅梅抚摸着他那结实的胸脯说："亲爱的，可以想象，当年你在大学时肯定有好多女同学爱上你。天宇，你那舞剑的身姿好英武啊，我想，没有哪个女人不被你吸引，你真的是一个很出色的男人。"

天宇抚摸着梅梅滑嫩如雪的肌肤，一边回想一边说："是的，那时我身边总是围着很多女同学，但任凭弱水三千，我也只取你这一瓢饮，这是我多年的愿望。但是我不得不承认，面对她们的追求我确实飘了起来，我错过了向你表白的时间。得知你结婚的消息后，我感到一阵阵心痛，才真正体会到了失去你的痛苦。后来我交了几个女朋友，但是我找不出那种和她共度一生的决然和激情。我的心告诉我，只有你才是我的真爱。如今，我的心带着我终于找到了你，梅梅，我现在感到好幸福。"他紧紧地搂着她一阵亲吻。

"谢谢你，天宇，谢谢你的爱！"梅梅梦呓般对陈天宇说。

天宇一只手搂着梅梅，一只手轻轻地理着她的秀发："梅梅，有一件事让我一直挂念，我中学时有一位同学叫岳小芳，是我们学校的校花。她父亲在解放战争中牺牲了，她作为烈士子女本来是可以参军的，但是因为我要到北大荒，她也选择了同行。在北大荒，虽然我心知肚明她对我的爱恋，但是我从来没有接受过她的爱，因为我心里只有你。后来，当岳小芳听到我大战狼群的事后，她哭了。再后来，她和我们一起扑山火，由于她的出色表现，受到了兵团的嘉奖，部队文工团破格录取了她。临别前她拉着我的手，含着眼泪对我说：'天宇，我的心永远为你开放，希望有一天能等到你的答复。'就这样，我们分开了，一别就是许多年。梅梅，自从分别后我一直没有跟她联系过，但我也很挂念她，不知道她现在怎样了。"

梅梅想象着岳小芳的样子，想着她为了追随天宇，竟然放弃当兵的机会，这点连自己也做不到，真是了不起。她被岳小芳真挚的感情感动了。她真诚地对天宇说："岳小芳是个好姑娘，如果将来你能遇到她，一定代我向她问好，还要让她来家里做客，我一定热情招待她。天宇，我不是那种心胸狭窄的人，我知道那个时代的友情是非常珍贵、非常让人怀念的，天宇，我能理解。"

"梅梅，我会一辈子爱你，让你幸福快乐。"

"天宇，我也是。"两人拥抱着、缠绵着，说着甜蜜的话渐渐睡着了。

有时，他俩在多功能厅放着他们喜欢的老歌，回想着当年的情景。陈天宇用他那浑厚的声音高歌，章梅梅即兴伴舞，他俩相互鼓掌，互送花束。这花是他们从山里采来的野花，沾满露水，花香阵阵。

山中的夜晚不时传来一阵阵蛙鼓声、蝉鸣声、蛐蛐闹叫声，此起彼伏，遥相呼应，仿佛多声部合唱。梅梅瞪大眼睛一脸神秘地对天宇说："天宇，如果半夜三更对着大山唱歌，像不像夜半歌声？"

天宇笑起来，说："当然了，在漆黑的夜里，山谷间突然响起一阵歌声，肯定很吓人，亏你想得出来。"

章梅梅听完马上恶作剧似的对着群山"啊……啊……"大喊了几声，她仿佛听见了回音。接着，她孩子气地扯着嗓子大声唱起来：

夜半三更哟，盼天明。
寒冬腊月哟，盼春风。
若要盼得哟，红军来。
岭上开遍了，映山红。
岭上开遍了，映山红

……

3

这天,夕阳西下,天边忽然出现了一片金黄色的凤凰云,"凤凰"头上有着三根羽毛,还拖着三条长长的"凤尾"。它的"翅膀"是张开的,整片云彩酷似一只正在展翅飞翔的凤凰。

"天宇,你快来看啊,天上出现了一只凤凰。"

陈天宇闻声从屋里出来,举目望去:"哇!真是一只凤凰啊!"接着他们惊奇地发现,很多鸟一行行、一队队都朝着那个方向飞去。

"梅梅,人们说'百鸟朝凤',看来一点也不假。"

"天宇,这个场景我还是第一次看见。太壮观了,大自然真是太神奇了!"

神奇的凤凰云一直持续了十几分钟才慢慢地消失。夕阳快落下山冈,金色的余晖映满山峦,使得那连绵起伏的群山更加如诗如画、气象万千。

玻璃圆桌上摆放着一盘剥开了的蜜柚和两个新鲜诱人的石榴,还有一壶用薄荷叶、菊花、金银花泡的茶,这些都是章梅梅在种植园采摘的。她喝了一口,真是提神醒脑,清香爽口。"天宇,你尝尝我泡的这个茶,我认为几千块钱一斤的茶都赶不上这个味道。"

陈天宇喝了一口,仿佛有一股清气从鼻腔直冲百会穴,顿感神清气爽。他对梅梅说:"我现在感觉心踏实了,不浮躁了。经过这些天的休息,我感觉这么多年的疲劳一扫而光。看样子,人确实要充电,需要休息。"

天宇告诉她:"我们正处在一个改革开放的时代,这必然使得社会生活的节奏明显加快,各种竞争日益激烈,如果不能很好地进行自我调节,很容易诱发各种心理疾病。"

章梅梅应道:"是的,天宇,心理的疾病一般看不出来,它不像身体疾病一看就知道了,它只能通过行为和自己的内心感受,才能看出来。在医疗卫生系统中,特别是急诊室、急救中心、手术科室及口腔科,由于工作紧张和繁忙,以及在手术治疗中耗去大量的体力和精力,再加上为了防止医疗事故的发生，医护人员的精神长期处于高度紧张状态。这导致他们沉重的身心压力及心理不平衡，削弱了他们的积极性，使他们对工作失去热情、对病人冷漠，也影响了医疗水平的发挥。"

"梅梅，现在是个快节奏的信息时代，而我们接受信息的速度跟社会的发展极不匹配，现在各种文件、信息、文书越来越多，很多部门文件堆积如山，就是拼命工作、拼命加班也干不完，所以才会感觉身心疲劳、焦虑和紧张。"

陈天宇喝了几口茶，又说："为了跟上时代的发展，我们需要提高接受信息的速度，这样才能提高工作效率，减轻学习和工作负担。所以需要采用一种特殊的科学方法，设立快速听、读、写、记的人才培训课程，如果这样的话，工作效率将会比以前提高五到十倍。在同样的时间里，知识积累将是以前的几倍、十几倍，我们的工作、生活会变得简单、轻松、愉快，也减少了身心疲惫、焦虑紧张的情绪。梅梅，我这几天正在看一本关于'四快'的书，我要好好地琢磨琢磨，用书上的方法对公司的员工进行培训。"

"天宇，到时候也对我们医院的员工进行'四快'的培训吧，我这次回去就安排员工每年一次旅游，也可以来梅花山庄度假，让他们在舒适的环境里舒缓情绪，补充能量。"

这天，他俩一直谈到很晚，还谈到了电脑及数字化管理……

就这样，在这个草长莺飞的深山里，天宇和梅梅尽情享受着大自然赐予的一切美好。他俩每天睡到自然醒，吃着小餐厅做的可口的饭菜，喝着用山泉水煲的土鸡汤，品着用山泉水泡的绿茶。白天他们登山、游泳、散步，欣赏着优美的风景、呼吸着新鲜的空气。晚上他们唱歌、跳舞、看电影。在欢声笑语中不知不觉十几天就过去了。梅梅觉得天宇确实恢复了，因为他越来越喜欢谈工作了。他们准备这两天就结束假期。

第二十四章

"去他的,我都快死了,哪还管得了这么多,我要在幸福中死去,我要死得毫无遗憾!"

面对一个即将离世的人,章梅梅感到自己的心门突然被岳小芳打开了,她的心一下子变得宽广而敞亮了,她对爱的理解瞬间升华了。

1

此时,千里迢迢之外的岳小芳正躺在医院的病床上。

她已经是癌症晚期。经过手术和化疗,目前她的身体非常虚弱。在即将离世之前,她只有一个愿望:见一见自己一生一世爱着的陈天宇。趁她还能走动,她想和她的心上人重返一次北大荒。这种想法随着时间的流逝越来越强烈。她不再顾及那些世俗的眼光,一个濒死的人已将万事看开了,她要听从心的召唤。她对自己说:"去他的,我都快死了,哪还管得了这么多,我要在幸福中死去,我要死得毫无遗憾!"

当年的岳小芳姿色出众,她个子高挑,鹅蛋形的脸上有两弯柳叶似的黛眉,唇红齿白外,还有一双水灵灵的大眼睛。追求她的人很多,但她总是拿他们跟陈天宇相比,一直不肯接受别人对她的感情。当年离开北大荒后,她曾给陈天宇写了好几封信,但都如石沉大海。

后来,她打听到陈天宇也离开北大荒回北京上了大学。她知道,像陈天宇这样出色的小伙子在大学里肯定有众多的女同学追求,于是她失望了,不再给他写信。再后来她在母亲的催促下结了婚,并生了一个男孩。他们的夫妻生活很平淡,后来她爱人下海了,再以后两人心平气和地分了手。没想到离婚没几年,她就查出了乳腺癌。

她淡然接受了这个现实,慢慢地安排自己的后事。面对无常的命运,她只好把孩子的抚养权交给了前夫。幸好她还有一个兄弟,母亲的晚年还不至于没有人照顾。

在她卧室的墙上,挂着的都是当年在北大荒时的老照片,她时常处于对往事的回忆中,并开始四处打听陈天宇的消息。终于,在同学武援朝那里她得到了陈天宇的地址和电话。同时,也知道了陈天宇已经结婚的消息。当她准备拨通陈天宇的电话时,她犹豫了。她想,天宇已经成家了,为什么还要去打扰别人平静的生活呢?可她又心有不甘。她的内心深深地纠结着……

岳小芳看着自己一天天瘦下去的身体,看着生命在一天天地渐行渐远,她终于下定了决心:"我一定要见到陈天宇,我才不管那么多,我要在幸福中死去。"

2

她拨通了陈天宇的电话。

"喂,你好!"

当电话里传来陈天宇那熟悉的声音,她哭了。

"天宇,又听到你的声音了,我真是太高兴了,你猜猜我是谁?"

听到对方直呼自己的名字,陈天宇愣了一下,他觉得这个声音熟悉又陌生。终于,他想起来了,是岳小芳!不错,是她!

"你是岳小芳吧?"

"是的,你还没有忘记我。"

陈天宇一下子高兴地喊起来:"哎呀,小芳,前两天我还跟我爱人说起你啦,今天怎么就接到你的电话,真是太巧了!小芳,你还好吗?"

"天宇,我,我……"岳小芳的声音忽然哽咽了,然后就泣不成声。

"小芳,你怎么了?发生了什么事……"

"天宇,我得了癌症,现在已经是晚期了。"说完,岳小芳在电话里大哭起来。

"什么?你得了癌症?"陈天宇简直不敢相信自己的耳朵,可他听得明明白白的,他接着问道,"你怎么会得癌症呢?不会是弄错了吧?"

"天宇,已经确诊了。"岳小芳一边哭一边说。

"小芳,你一定会好起来的,我和我爱人还盼着你到我们家做客呢。"

"天宇,在我临死前,我想让你帮我完成一个心愿,行吗?"

听到这里,陈天宇明白岳小芳是真的要走到生命的尽头了:"什么心愿,小芳?我一定帮你完成。"

"天宇,在我临死前我想让你陪我重返北大荒看看。天宇,我知道你已经结婚了,这个要求我提得有点过分,但是我快死了,快死了,我顾不得这些了。"她又一次号啕大哭起来。

"小芳,我和我爱人商量一下,她是一个心地善良的人,她会同意的。"

"就是当年你笔记本里那张相片里的小女兵吗?"

"是的,就是她。小芳,把你的地址告诉我。"陈天宇在电话里急切地说。

放下电话,陈天宇的情绪一下子就低落了,他坐在沙发上一声不吭。梅梅从阳台浇完花回来,看见他神色不对,就问他:"亲爱的,怎么啦?"

"刚刚岳小芳打电话来了,她得了乳腺癌,已经到了晚期。"

"怎么会这样?!咱们前两天还说起她呢。"梅梅吃惊地问,"那她现在怎么样了?"

"她说,她想,她想……"陈天宇深深地垂下头。

"她想什么?你赶快说啊。"

"梅梅,你叫我怎么说呢?岳小芳想让我陪着她再去一次北大荒。"

"天宇，你心里是怎么打算的？"

"亲爱的，我很为难，我怕你生气，怕你瞎想。"

"天宇，如果你不去的话，你将来会愧疚一辈子的，这个心结会一直埋在你心里。还有，如果你不去，小芳会怀着无限的失望离开这个世界，我不希望这样。天宇，你去吧，好好地陪陪她，满足她的愿望。我不会生气的，不会的。"

面对一个即将离世的人，章梅梅感到自己的心门突然被岳小芳打开了，她的心一下子变得宽广而敞亮了，她对爱的理解瞬间升华了。

"梅梅，要不我们俩一块儿去，你也看看北大荒。"

"你傻呀，岳小芳只是想让你陪着她去北大荒，她肯定有很多话想对你说。"

陈天宇捧着她的脸，深情地看着她说："梅梅，我跟你说过，你的快乐就是我的快乐，我走了，你快乐吗？"

"反正我不痛苦。天宇，你不用考虑我的感受，我只问你一句话，如果没有我，你心里想去吗？"

陈天宇点点头。

"那就听心的。"梅梅说。

"梅梅，我跟你说一下我心里的话。我对岳小芳充满了感激，但那不是爱。如果爱她，我早就跟她结婚了。那天你骂我，说我可以同时爱上好几个人，你说的不对。真正爱一个人，心里就再也装不下别人了。爱只能是对一个人，喜欢可以很多。我从国外回来，心里想找的只有你一个。你要知道，我只爱你一个人，你要相信我。"

听到这里，梅梅果断地打断了他的话："亲爱的，不要说了，我相信你，你去吧，见到小芳，代我向她问好。"

"亲爱的，你真是我的好妻子，和你结婚是我一生中最智慧的决定。梅梅，比尔·盖茨说过：'人生中找到合适的人结婚，才是他最智慧的决定。'还有'股神'巴菲特也曾经说过：'我一生中最重要的决定是选择跟谁结婚，而不是任何一笔投资。'选择伴侣不仅仅是选择了一个人，而是选择了一生的生活方式。"

天宇接着又说:"梅梅,我之所以深爱着你,除了上天赐予你的美丽的外表之外,你那正向进取、对生活充满热爱和自信的个性魅力,才是更加吸引我的地方。"

3

岳小芳自从与陈天宇通过电话后,她天天都盼望着陈天宇到来。这天,门铃突然响了。小芳的妈妈开了门。

"请问这里是不是岳小芳的家?"

"是的,请问,你是?"

"阿姨,您好!我是小芳的同学,我叫陈天宇。"

房间里的岳小芳激动得叫起来:"天宇,是你吗?快进来,快进来。"说完,她顾不上戴假发,就从房间冲了出来。

自从离开了北大荒,悠悠岁月十几年,她曾无数次想象着与陈天宇重逢的场景,可她从来没有想到过,他们是在这样的情景下重逢。当陈天宇出现在她面前时,她甚至来不及看清他的脸,只激动地叫了声"天宇",就扑在他的怀里痛哭起来。

岳小芳的眼泪滂沱而下,很快就浸湿了陈天宇的衣襟。她拼尽全力却又无力地捶打着陈天宇结实的胸膛,放声号啕:"天宇,这些年你到哪儿去了?为什么不给我回封信?你知道我有多想你吗?"

陈天宇抱着她,眼睛湿润了。

眼前的岳小芳被疾病折磨得已经完全变了样。她原本一米七的个子,身材丰腴,可现在她是那么瘦弱、憔悴,好像一阵风都能把她吹倒。往日那丰满的双颊陷进去了,原先那润泽的双唇干瘪了,因为化疗,她那一头瀑布般的头发也掉光了,只有眼睛里还闪动着灼热的光。

抚摸着岳小芳那双全是针眼的淤青的手,陈天宇的眼泪不由自主地流了下来。

陈天宇的到来，让岳小芳精神好多了。久别重逢，陈天宇和岳小芳有说不完的话。他们讲着学生时代的趣事，北大荒岁月的点点滴滴，以及各自离开北大荒后的学习、工作和生活等。岳小芳不时发出开心的笑声。小芳的妈妈悄悄告诉天宇，小芳很久没有像现在这么快乐过了。

"天宇，你爱人怎么会同意你来的呢？"岳小芳想不明白，因为爱情都是自私的、排他的。

"小芳，我爱人是个通情达理的人，她听我讲了你的情况后，说她能理解我们的友谊，她说那个年代的感情是最纯真的，是最值得留恋的。她让我代问你好，还说她的心门被你打开了，她对爱的理解升华了。"

听到这里，岳小芳的眼睛湿润了，她说："天宇，她不是一般的女人，我现在明白了你为什么那么爱她。天宇，请你告诉她，说我谢谢她。"

"好的，我一定会转告她。小芳，你的身体到北大荒行不行？"天宇关切地问。

"重返北大荒是我最后的一个心愿，你一定要帮我实现，好吗？"

"好的小芳，这几天你好好吃饭，好好休息，等养好精神咱们就走。"

几天后，陈天宇带着岳小芳乘飞机到了哈尔滨，然后又雇了辆专车，一路照顾着岳小芳前往北大荒。

陈天宇把车子后座垫平，铺上柔软的褥子和枕头，让岳小芳躺着休息。他自己则一刻也不合眼地在一旁守护着，给她递水，帮她翻身，还不时帮小芳按摩手脚。司机看了大为感动，对岳小芳说：

"你爱人对你太好了，难得见到一个大老爷们这么细心的。"

陈天宇听了，笑道："师傅，你说错了。我们不是夫妻，我们是同学，以前都是北大荒的知青。"

司机一听就呆了："什么？你们是同学？"

陈天宇告诉他："是的，我们从中学就在一块儿，后来又一起到了北大荒。"

司机更感兴趣了，他脱口问道："那，那你们中间一定有故事。在一起这么久，怎么没有成夫妻呢？"

"师傅，他根本没有看上我。他喜欢他那个'小女兵'。"岳小芳插话了。

"什么小女兵？"司机问。

"师傅，我爱人和我是一个部队大院的，我们从小一块儿长大，后来我到了北大荒，她当了兵，还参加过唐山大地震的抢救和对越自卫反击战。"

"哎呀，咱们怎么越说越近了，我也当过兵，我也参加过对越自卫反击战，当年我是汽车兵。"

"师傅，看来我们真是有缘人啊，我爱人带我去过屏边烈士陵园，那里埋葬着一千多名烈士。他们的事迹被刻在石碑上，我看了好感动。"

"师傅，你看出来了吧，他一说起他那个小女兵两眼就放光，嘴角就上翘，处处都流露着爱，藏都藏不住啊！你现在明白了吧，他爱的就是他那个小女兵，不是我。"

"那你爱他吗？"司机脱口问道。

幸好此时的岳小芳已经释怀了，她开朗地微笑着说："当然了，可有什么用呢？他又不爱我。"

"小芳，你不要这么贪心好不好，你看我对你多好啊，丢下老婆，丢下工作来陪你到北大荒，你可不能没良心呀。"

"那就谢谢你了。"

岳小芳此时明白了，在陈天宇的心中一直居住着一个如此美好的女神，这个女神在他心中，是任何人都不可能撼动的。想到这里，她更加感到陈天宇是个有情有义顶天立地的男子汉。自己爱他是没有错的，只是他们之间没有缘分罢了。

就这样一路说说笑笑，竟也不觉得旅途漫漫，他们很快就到了北大荒。

4

站在北大荒的黑土地上，陈天宇和岳小芳感慨万千，终于来到了这么多年来魂牵梦绕的第二故乡。

当年，岳小芳和陈天宇等大部分知青先后离开了北大荒。但还有些知青一直没有离开，他们在这里结婚生子，开枝散叶，成了真正的北大荒人。他们的同学武援朝就在当地娶了妻，生了孩子，落地生根。当他听说陈天宇和岳小芳要来北大荒后，马上在家里为他们收拾好房间，盼望着他们的到来。

当陈天宇扶着岳小芳出现在武援朝面前时，他伸开双手紧紧地拥抱了陈天宇和岳小芳。他们做梦也不会想到，分别十几年后，还能在这块洒下了青春汗水的土地上重逢。

泪眼蒙眬中，武援朝的头上已经可见零星的白发。陈天宇虽然气宇轩昂，可这一路照顾岳小芳，几天几夜没睡好觉，眼窝明显地陷下去，显出丝丝倦怠。而岳小芳呢，这个当年人见人爱的美人如今形销骨立，摇摇欲坠。

武援朝松开陈天宇，再一次紧紧地拥抱了岳小芳，两颗巨大的泪滴顺着他那刚毅的脸庞滚了下来。他哽咽着叫了一声"小芳"，就再也说不出话来。

老同学相见，他们都激动万分，不停地诉说着各自的经历和故事。当年他们一起住地窝子、开荒种地、扑灭山火的种种场景又回来了。

附近村庄的李文彬听到陈天宇来了，立刻开车赶了过来。他拉住陈天宇的手告诉他，他的父亲、以前的老支书已经过世了，他现在是这个村的党支部书记。

李文彬开车接他们前往自己村里看看。一路上，陈天宇他们发现村级公路很宽阔，道路两边绿树成荫，村子里盖起了一栋栋的楼房，完全就是一个面貌一新的新农村。

"不错啊，文彬书记，你把村子治理得这么好。"陈天宇由衷地夸赞着这个自己当年在狼群中救出来的小伙子。

"哪里哪里，都是国家的政策好，都是改革开放的功劳。"李文彬憨厚地说道。

到了李文彬家，乡亲们听说昔日大战狼群的英雄陈天宇来了，纷纷跑来看望。大家你一言我一语地回忆起当年的惊险场面。沉睡的历史在人们的述说中复活了。乡亲们杀鸡宰羊招待他们，他们觉得又回到了激情燃烧的青春岁月。

武援朝特地为岳小芳准备了轮椅。陈天宇和他一左一右推着小芳来到了昔日的军垦农场。旧地重游，曾经的马厩和磨坊，还有那绿草原、黑土地以及望不到头的大长垄，此刻依然静静地留在原地，一一清晰地展现在他们的眼前。那些吃窝头、嚼大葱、喝小米大馇子粥的日子，那些顶着烈日干活，点着马灯夜话，冒着严寒摇磨的岁月，依稀恍如昨天。

他们来到二道河林场时，天正下着蒙蒙细雨。陈天宇推着岳小芳，武援朝为他们俩撑着伞，身后跟着一同前来的老乡们，一行人默默地向当年为救林场大火而英勇牺牲的兵团战友们的墓地走去。

来到墓地前，他们抚摸着长眠在此的李红旗、任云鹏、廖婉婷等人的墓碑，眼睛又一次湿润了。沉睡的历史在他们脑海中复活了，他们仿佛又看到了烈火中奋不顾身的战友们，看到了被烟熏得满脸乌黑的李红旗，在不停地扑打着山火，那根烧断的树枝轰然向他砸去……

"红旗，云鹏，婉婷，我和小芳、援朝来看你们了……"陈天宇流着泪哽咽地说。他接过小芳递过来的鲜花，轻轻地摆放在他们的墓前。

他想，如果没有那场大火，此刻他们应该和自己一起共同回忆着曾经的青葱岁月。看着牺牲的战友，看着坐在轮椅上的小芳，陈天宇的胸腔难受得一阵阵发堵。

接下来，陈天宇找到了他的爱犬"黑豹"的墓碑。那是当年"黑豹"大战狼群牺牲后，陈天宇特地为它立的一块碑。他深情地抚摸着碑上的"黑豹"两个字，默默地对它说："黑豹，你在那场大战狼群的战斗中是那么勇敢，我永远怀念你、感激你。"

他转身对武援朝说："援朝，谢谢你，这么多年一直替我照看着黑豹的墓。"

他把目光投向远处，想找到当年埋葬枣红马的地方。可那个地方如今已经新修了一条公路，看来，枣红马永远地魂归天国了。

5

  武援朝的媳妇是个贤惠的女人,她每天忙里忙外,给陈天宇他们做当地特色的饭菜,还想着法儿为岳小芳煲汤补养身体。

  三位老同学则围坐在炕上,一起回忆着当年他们是怎样激情万丈、热血沸腾地来到北大荒,来到想象中的"棒打狍子瓢舀鱼,野鸡飞到饭锅里"的富饶之地的,可当他们看见"百里无人断炊烟,荒野一望杳无边",到处都是一眼望不见尽头的湿地沼泽时,又是怎样的目瞪口呆、心灰意冷……

  那时候,军垦农场连个像样的房屋都没有,在地面往下掏个洞,打上干垄土就叫"地窝子",往里面一钻就是睡觉的地方。地窝子潮湿不通风,冬天冷,没有人不冻烂手脚的;夏天热,蚊子多还特别毒,咬得人浑身都是疙瘩。那时他们彷徨过、失落过。但是最后,他们凭着一腔青春血性都坚持下来了。他们在北大荒干了四个年头,和所有的兵团战士一起治理了大片沼泽地,开垦出了几十万亩肥沃的黑土地,种出了一眼望不到边的小麦和大豆。是北大荒让他们成长,让他们坚强,让他们面对生活的苦难勇敢无畏。

  在北大荒重聚的日子里,每天都有很多当年的知青来探望他们,一些热心人还为岳小芳带来了各种偏方、秘方。那些贴心的话语,那些真诚的祝福,一次次地把岳小芳感动得泪流满面……

  陈天宇和岳小芳就要离开北大荒了。武援朝在饭店包好房间,订好酒宴,很多当年的兵团战友都赶来为他们送行。

  包间里,吊顶上硕大的水晶灯慢慢地旋转着。荧幕上滚动播放着流行歌曲。桌上摆满了当地的特色菜肴。明晃晃的高脚杯里,玛瑙色的红酒发出诱人的香味。

  他们举起杯来,每个人都心潮翻滚,却又不知如何表达。命运真是无常,他们从激情燃烧的青春岁月,一下子就走到了沉稳厚重的中年。没有想到这么多年后大家还能聚到一起,更没有想到风华正茂的小芳即将走到生命的终点。他们克制着心中的悲伤,频频举杯互相祝福,祈愿小芳早日恢复健康。

岳小芳知道自己来日不多了,她眼眶里饱含泪花,当着所有的人深情地说:"感谢天宇陪我来北大荒旧梦重温,让我见到了从前的战友,见到了我青春的足迹。谢谢你天宇,谢谢大家,今生今世,我已经很满足了。"

看着虚弱得不成样子的岳小芳,陈天宇心痛极了。他轻轻地推着岳小芳来到大屏幕前,点了一首歌送给小芳。当伤感而深情的旋律响起时,陈天宇轻轻地唱起来:

> 村里有个姑娘叫小芳,长得好看又善良,
> 一双美丽的大眼睛,辫子粗又长。
> 在回城之前的那个晚上,你和我来到小河旁,
> 从没流过的泪水,随着小河淌。
> 谢谢你给我的爱,今生今世我不忘怀。
> 谢谢你给我的温柔,伴我度过那个年代。
> 多少次我回回头看看走过的路,
> 衷心祝福你善良的姑娘。
> 多少次我回回头看看走过的路……

唱着唱着,泪水顺着陈天宇的脸颊流了下来,所有的人都泣不成声。他们默默地走到陈天宇和岳小芳身旁,一起唱起来:

> 谢谢你给我的爱,
> 今生今世我不忘怀。
> 谢谢你给我的温柔,
> 伴我度过那个年代……

离开北大荒那天,武援朝依依不舍地为他们准备好了路上吃的东西,当年的兵团领导也赶来为他俩送行。车子发动时,一位老人挥着手用浓厚的东

北口音冲着他们喊道:"记得,常回家看看!"

岳小芳哭了,陈天宇流泪了,顿时大家唏嘘一片。他们知道今生已无此可能了。

陈天宇终于帮岳小芳完成了心愿,平安地把她送回了家。临别那天,小芳拥抱着陈天宇哭了好长时间,她知道这一次分别就是生离死别,就是天人两隔。

"天宇,我真的很感谢你陪我到北大荒,了却了我多年的心愿。在我生命最后的日子里有你的陪伴,我感到很幸福,很满足。天宇,即使我到了另外一个世界,也会祝福你们全家平安幸福的。告诉你那个小女兵,就说我谢谢她了,我会在一个很遥远的地方祝福你们。"

第二十五章

梅梅高兴地说:"天宇,我怀孕了,我们要有自己的孩子了。"

"我什么时候不听你的指挥了?人家从小就听你的指挥!"

1

陈天宇回到家,一看见梅梅,就兴奋地抱起她转了一圈,然后又把她轻轻地放在沙发上说:"哎呀宝贝,我太想你了!"

梅梅高兴地说:"天宇,我告诉你一个好消息。"

"什么好消息?"

"我怀孕了,我们要有自己的孩子了。"

"是真的吗?这确定吗?"

"最近,我一直感到浑身没劲儿,没有胃口,到医院一检查,发现怀孕了。你看看,这是化验结果。"

陈天宇看了化验单后,像孩子一样高兴地跳起来,大声喊道:"啊哈,我们终于有孩子了,我要做爸爸了!"他把梅梅抱上床郑重地对她说:"亲爱的,从现在开始,你好好地待着,什么家务都不许干,注意养胎。"

"哎呀天宇，我可没有那么娇气，我怀小继民的时候还经历过战争呢，你看不是好好的吗？"

"不行，那时你还年轻，现在你算是高龄产妇了。梅梅，明天我去请一个打扫卫生、做饭的阿姨来，另外，我在你办公室里放一个长沙发，你累了可以随时躺下休息。宝贝，你要听我的话，要听我的指挥，好吗？"

"我什么时候不听你的指挥了？人家从小就听你的指挥！"

天宇刮了一下她的鼻子说："嗯，平常还不错，就是发起倔脾气来挺吓人。"

梅梅嗲嗲地对他说："人家又敏感又脆弱，又爱瞎想，你不要刺激我哟。"

陈天宇被她逗得哈哈大笑起来："什么？你还敏感？脆弱？那我也敏感、脆弱了。"

说完，他俩幸福地哈哈大笑了。

两人拥抱着躺在床上，诉说着离别后的种种相思。

"梅梅，我走了以后，你想我吗？"

"当然想啦，我天天都想你，你呢？"

"宝贝，我时时刻刻都在想着你。"陈天宇想了想又问，"你没有不快乐吧？"

"没有，岳小芳怎么样了？"

"唉，她被癌症折磨得骨瘦如柴。我带她到了北大荒，了却了她的心愿，她说谢谢你。临走时她对我说，她真的很满足，即使到了另外一个世界，她也会一直祝福我们家庭幸福美满。"

梅梅听了后感到喉咙发紧，她一下子抱住天宇哭了。

"宝贝，你怎么了？怎么了？"

"她说的这句话让我好难过。"

"梅梅，你现在怀孕了，要注意情绪，小心别伤了胎气。另外，我想咱们要租一套大点的房子，以后有了孩子、请了阿姨，那样好住。还有继民每年暑假都来，现在他已经长大了，要给他准备一个房间住。"

"好的,听你的。"

2

没过几天,陈天宇就买了一个长沙发放在了梅梅的办公室里。另外,他很快租了一套大房子,房子宽敞明亮,整个房间布置得整洁舒适,有两个大阳台,还有宽大的浴室和厨房。陈天宇还找了一个阿姨来照顾梅梅。

章梅梅感慨地对天宇说:"当年我刚到碣石时住在毛坯房里,怎么也没想到现在能住上这么好的房子。"

这天,陈天宇告诉她:"公司打了好几个电话来,说新疆雪莲基地现在发展得非常好,王大海一定要我过去看看,他还想进一步开发新的项目。梅梅,我想去新疆一趟,我很快就会回来的。现在水厂的建设已经接近尾声,以后我就把工作重心放在水厂,让公司在淡水成立分公司,这样我就能回家好好照顾你。"

天宇去了新疆后,章梅梅又开始工作了。她仔细巡查了各个科室,对自己离开这段时间大家兢兢业业地工作表示感谢,同时对存在的问题也着手解决。为了医院今后更好地发展,梅梅按照她在山庄时的计划,开始着手对全体员工进行新一轮的培训。

与此同时,梅梅又像在碣石那样组建了智囊团。她经常把教授们请到家里,一边喝茶,一边讨论工作上的事情和改进的方法,他们给梅梅提了很多建议,她都一一记在心上。

傅教授说:"我建议,我们要在口腔内科、口腔修复科、口腔外科的基础上成立一个新的科室——口腔正畸科,现在需要矫正牙齿的孩子非常多。"

智囊团其他的教授也认为,成立口腔正畸科已迫在眉睫。

章梅梅翻阅了许多正畸的书,查阅了很多相关资料。她发现有一种新型的正畸方法——直丝弓矫正技术,它矫正效果好,病人也不会很痛苦。这种技术在国内刚刚起步。

章梅梅对大家说:"既然上新项目,就要引进最先进的技术。我们不能老是跟在别人后面按部就班亦步亦趋,我们一开始就要学习最先进的技术,只有这样才能跻身到国内先进的正畸队伍里去。"

恰在此时,她获悉了一个信息:北京一位口腔医院的正畸专家近日要到广州办一个有关直丝弓矫正技术的学习班。于是,她带着身孕亲自赶到广州上了这个学习班。通过学习,章梅梅掌握了直丝弓的理论和操作技术。回来后她马上成立了正畸科。

接着,章梅梅亲自带领正畸科的工作人员学习直丝弓的理论知识和操作方法。为了让大家尽快地掌握操作的全部过程,她写好了整个操作流程,让他们在模型上反复练习。她要求他们把每位病人错位的牙复制在蜡模上,然后让他们把蜡模放在温水里面,观察矫正的移动过程。她还请来了专家进行指导,使大家很快就掌握了这项先进的新技术。

很快,白天鹅口腔门诊部一个新的科室——口腔正畸科诞生了,并且很快开展起工作,受到了病人的欢迎。

陈天宇风尘仆仆地从新疆回来了,他给梅梅带来了许多新疆的特产,有葡萄干、哈密瓜干和雪莲花等。他关切地问:"宝贝,我走了以后你注意休息了吗?"

"我休息得很好,阿姨做的饭菜也很可口。"但她没有说到广州参加学习班的事情。

天宇一回来,家里顿时充满了欢声笑语。白天他们各自上班,下班回来一起吃晚饭、一起散步,晚上天宇给她做保健按摩,两人说着各自的见闻。

3

由于白天鹅口腔门诊部名声越来越大,病人也越来越多,加上成立了新的科室,原有的十几张牙科椅已经不够用了。于是,章梅梅租了一座新大楼,由以前的十几张牙科椅扩展到了30张。各科室分工更加明细,规章制度更加健全,前台也开始使用电脑收费系统。为了防止知识老化,她一方面把骨干送出去学习，另一方面从外面请专家来讲课，同时也加强了自身培训人才的力度。

她对员工们说："21世纪将是一个信息的时代，我们不能做信息盲。随着计算机、互联网的快速发展，我们好像从一条偏远的山区小路进入了高速公路，我们要加快脚步，就必须跳跃性地前进，不能跟在别人后面按部就班地走。能够快速学习的人将成为我院最珍贵的人才，为此，我们将努力创造一个让员工不断学习成长的环境，而你们也应该以热爱学习的态度终生学习，我们要向着现代化的口腔医院迈进……"

就像在碣石一样，一架老式的录音机和录音磁带仍然是她的知心伙伴，那里面古人的至理名言和中外名人的谆谆教诲，给了她战胜困难和摆脱困惑的智慧和力量。

在工作实践中，章梅梅意识到：人的素质是国家、集体乃至个人在发展竞争中的基石。

她在工商管理硕士班的作业中写道：

> 在高科技迅速发展的现代化社会，尤其是快要迈向21世纪的今天，诚然高学历、高新技术是重要的，但光凭这些是远远不够的。
>
> 市场经济体制的建立和现代化的实现，最后归结于国民素质的提高和人才的培养。先进的科学技术可以从国外引进，而国民素质却无法从国外引进。人，尤其是普通人的素质不提高，那么失败的结局和畸形发展的悲剧是不可避免的。因为，再完善的现代化制度和管理，再先进的技术工艺，在低素质的人手上也会变成废纸一堆。所以只有当国民成为高素质的人才，国民从心理和行为上都转变为高尚的人时，那么这个国家才能真正称为现代化的国家，否则高速稳定的经济发展和先进的管理都不会得以实现。
>
> 人的素质是国家、集体乃至个人在发展竞争中能否获得持久优势的关键。所以，提高国民素质应该喻为现代化的基石——只有坚固的基

石，才能托得起高耸的大厦。而人们往往只观看那大厦的雄姿，而忽视了埋在地下的基石。

所以，致力于提高国民素质，就可以使现代化"基石"变得更加深厚、坚固，就可以使我们的现代化大厦巍然屹立于世界。

在陈天宇的建议下，章梅梅整理编辑了以《醒悟》为标题的录音光盘碟，并请了惠州市广播电台最好的两位男女播音员录制。《醒悟》是她这些年来的学习感悟，她要把这些分享给大家，给大家输入积极上进的思想，给大家充电，保持心理上和精神上的健康和活力。

她在《醒悟》中说："我们怎样对待生活，生活就怎样回报我们。我们做任何事情刚开始的心态，决定了最后有多大的成功，这比任何因素都重要。我们的环境、心理、感情、精神，完全由我们自己的态度来决定。消极心态在关键时刻会散布愁云，使希望泯灭；要心存奉献精神，尽量满足他人的需要。一个人不管从事什么行业，积极的心态是成功的一半，永远不要消极地认为什么事是不可能的，要始终保持一种乐观进取的精神。"

"谁不愿意修正自身的不足呢？因为这种修正会使人走向成熟。谁不向往崇高，寻求自我净化和人格的升华呢？"

4

梅梅怀孕五个月了。一天，陈天宇看着梅梅的肚子说："奇怪了，人家五个月才出怀，你五个月肚子怎么这么大呀？不行，明天我陪你去医院看看。"

第二天，天宇陪着她到医院做了B超。医生高兴地对他说："恭喜你呀，你爱人怀了双胞胎。"

陈天宇听了简直乐晕了，他对梅梅说："亲爱的，我太感谢你了，我40多岁一下得了两个孩子，我要马上告诉爸妈，省得他们老是催我，说：'你妹妹都有孩子了，你还没有。'现在我要告诉他们，我也有孩子了，而且是两个，比我妹妹还多一个呢！"

陈天宇按捺不住兴奋的心情，一回到家，就立刻打电话给父母亲汇报："爸爸、妈妈，你们的好儿子、好儿媳给您俩报喜了，梅梅怀了双胞胎。妈妈，我就说让您二老放心吧，您看看，我虽然要孩子晚，可还比我妹妹多一个呀！"

电话里立刻传来一阵阵欢笑声。梅梅的婆婆、公公争着跟她通电话。公公叫着她的小名："哎呀，小梅梅，感谢你给我们添了两个孙子，谢谢你啊。"婆婆抢过电话："梅梅，让天宇好好地照顾你，你想吃酸的还是甜的，我给你寄去。"

"妈妈，不用了，我没有任何反应，能吃能睡的。"

接着陈天宇又给梅梅家打电话报喜。李香凝一听到这个消息，就高兴地冲着老伴喊起来："老章啊，梅梅怀了双胞胎，我们又添了两个外孙了。"

香凝在电话里一遍又一遍地嘱咐女儿不能劳累，要好好地养胎。她又反复交代陈天宇照顾好她这个宝贝女儿。

李香凝刚放下电话，电话又响了，原来是亲家从北京打来的。

"喂，亲家母，你好。"

"你好，陈政委。"

"哎呀，什么政委不政委的，叫老陈！我刚刚接到天宇打来的电话，说梅梅怀了双胞胎。我们高兴啊！我想跟老章说几句话。"

"行！我叫他去。"

章志豪从书房走出来，两位老战友在电话里寒暄起来。

"哎呀老章啊，我刚刚得知小梅梅怀了双胞胎，我心里那个高兴啊。我想起咱们从1940年就在一块了，我们在一起参加了那么多战役，后来我到了西藏平叛，你去了朝鲜，以后咱俩又调在一块工作，又一起经历'文革'。老章啊，没想到现在咱们又成了亲家。你说这叫不叫缘分呀？现在梅梅又怀了双胞胎，你看看，咱们两家的血脉都连在一起了。"

"是啊，老陈啊，我们在一起风风雨雨半个多世纪啦，真不容易啊。咱们要健健康康的，等梅梅生了孩子，咱们一起去看看那两个小家伙，顺便到南方去转转。"

就这样,日子一天天过去,梅梅的肚子越来越大,怀两个确实跟一个不一样,她感到行动越来越吃力。陈天宇把橄榄油抹在梅梅的肚皮上,一边按摩一边对她说:"宝贝,这种方法可以防止产后妊娠纹的出现,在国外是很注重产前和产后的护理的。"

"那我生第一个孩子也没有妊娠纹啊!"

"那是因为你的皮肤弹性好,现在你怀两个孩子,不一样的。亲爱的,我给你做了一整套产前和产后的护理计划,我保证两年内你就可以完全恢复得像以前一样,但是我对你有一个要求。"

"什么要求?"

"你要听我的,按照我的计划实施,咱们要科学保养。"

"好!听你的。"

陈天宇收集了国内外产前和产后的护理资料,仔细查阅了养育孩子的书籍,还从家政服务中心联系了经过专业训练的月嫂和育婴师。

十月怀胎,一朝分娩。章梅梅顺利地生下一男一女两个宝宝。陈天宇和章梅梅,这对历经百转千回才结合在一起的夫妻,终于有了生命的传承。看着两个胖呼呼的孩子,他们十指相扣,幸福满满。

在陈天宇的细心安排下,月嫂和育婴师负责照顾梅梅和孩子,陈天宇给她配好食谱让阿姨做。除了按时间给两个小宝宝喂奶之外,陈天宇不让梅梅做任何事情。而且他不让梅梅与孩子睡在一块儿,晚上也不喂奶。他说,晚上的连续睡眠对孩子的发育很重要,对产妇的身体恢复也很重要。

月嫂还教她如何保护乳头。喂完奶后,又用吸奶器把剩余的奶吸干净放在奶瓶里,留着再喂小宝宝。天宇还要求育婴师抱起孩子时不要摇晃,因为孩子的大脑在婴儿时期还是软软的果冻状,很容易受伤。育婴师每天给宝宝洗澡、按摩、做婴儿操时,两个小宝宝都一边蹬腿,一边挥动着手臂,样子可爱极了。

月子里,陈天宇每天亲自给梅梅洗澡,用他们公司制造的雪莲花粉煮水给她清洗和熏蒸下身。他告诉梅梅这样做她会恢复得很快,因为天山雪莲有暖宫散寒、除湿杀菌、活血化瘀、通经活络、促进子宫收缩等功效。

　　章梅梅在丈夫的精心照料下恢复得很快。两个小宝宝也一天天长大。满一个月时，他们就会抬头了，见到人就会露出甜甜的笑容。满一百天时，两个宝宝长得白白胖胖的，那粉白粉嫩的小脸蛋、红红的小嘴唇、胖胖的小手、厚厚的小脚丫，真是可爱极了。他们在大床上翻身、抓东西，用黑亮的眼睛看着镜子里的自己。

　　天宇对儿子说："小宝宝，你先出生，你就是哥哥，你叫陈麒任好吗？"他又对女儿说："小宝宝，你后出生，你是妹妹，就叫陈麒美好吗？"

　　两个宝宝听了他的话，突然"咯咯"地笑起来，笑得全身抖动。

　　陈天宇和梅梅躺在床上时，两个小宝宝就在他俩的身上爬来爬去，小嘴在他们的脸上啃着，他们感到痒痒的、湿湿的，逗得他们乐不可支。

　　每天天宇一回家，两个小宝宝就张着小嘴笑。再以后宝宝们会奶声奶气地叫爸爸、妈妈了。看着这两个可爱的宝贝，他们感到极大的幸福。

　　梅梅又开始上班了，但她每天定时回家给两个宝宝喂奶。她给宝宝喂了一年的奶。这一年里天宇每天给梅梅做乳房保养按摩。天宇还把家里安排得井井有条，并在卫生间装了一个大大的浴缸，让两个小宝宝在里面游泳，让他们锻炼身体。

　　他对梅梅说："你看我把工作和家安排得如何？"

　　梅梅感叹道："你真是个好丈夫、好父亲。"

　　"所以说嘛你要听我指挥。"

　　"我肯定是听你指挥喽，你看我这几个月表现得怎样？"

　　"嗯……还可以。梅梅，我一看到这两个小宝宝，我的那个心呀，高兴啊。谢谢你为我生了这两个宝宝。"

　　"我也是一样。看见小宝宝我就心花怒放。"

　　一天，章梅梅正在给宝宝喂奶，突然想起了岳小芳，于是，她向陈天宇询问起小芳的情况。天宇告诉她，就在他到新疆出差时，有一天接到小芳妈妈的电话，说小芳在那天凌晨过世了，她说小芳临终前不痛苦。天宇怕梅梅的情绪激动，所以一直没告诉她。

第二十六章

"我可以给你拔掉这颗牙,而且不需要全麻,让你见识一下'中国功夫'。"

自从与世界接轨,你们的竞争对手已经不再是自己土壤上的"土大款",而是来自世界各地的竞争强手!

李强低头看看自己光溜溜的胸脯说:"那我这样就不像男人啦?"

1

2002年11月,伴随着喧天的锣鼓声,大亚湾再次吸引了世界的目光——中海壳牌石化项目在大亚湾正式破土动工。这是我国当时投资最大的中外合作项目。

壳牌项目的引进,吸引了英国、美国、意大利、日本、荷兰等国家和地区的许多专家来到大亚湾工作和生活。

一天,章梅梅认识了一位壳牌石油的英文翻译,她叫史丽丽,还有一个很好听的英文名字叫珍妮。史丽丽是个热情、活泼、开朗的姑娘,她告诉梅梅,她是天津人,今年28岁,还未结婚,就是想趁着现在还没有拖累,到处走走。听说大亚湾壳牌石油招聘翻译，她就来了。梅梅告诉她，自己也是在天津出生的，小时候在天津待过。两人一下子就拉近了距离，像多年的好朋友一样有聊不完的话。她热情地邀请梅梅到大亚湾她朋友开的咖啡馆去喝咖啡。

一天，梅梅和天宇应邀来到了那家咖啡馆。史丽丽热情地把朋友叫出来与他们认识。梅梅原以为咖啡馆的老板是个中国人，没想到走出来的是一个年轻的外国人。他一脸络腮胡，胳膊上、手臂上布满了细细的绒毛。他用生硬的中文恭敬地对梅梅他们说："欢迎光临，我叫杰夫。"

梅梅吃惊地说："没想到你朋友是外国人，还是一个小伙子。"

"是啊，他是美国人，跟我同岁，比我还小两个月呢。"

杰夫亲自动手磨咖啡豆，煮了几杯浓香的咖啡请他们喝。他们看见有一位中国小伙子也在咖啡馆工作。史丽丽告诉他们，他是当地的客家人，是个高中生，因为杰夫这个咖啡馆是外国人聚会的地方，所以，他利用节假日来这里打工，提高自己的英语会话能力。天宇赞扬了这位小伙子，并告诉他，要不了一年，他的英语会话能力会完全过关。

不一会儿，来喝咖啡的外国人越来越多。史丽丽告诉他俩，外国人喜欢群体活动，喜欢社交。热情的史丽丽把梅梅和天宇介绍给她的外国朋友，她风趣地拍拍胸脯对他们说："以后你们要看牙病、洗牙什么的都来找我，我带你们去白天鹅口腔……"

一位30多岁的年轻人马上举起了手，他叫麦克。

"好的，麦克，我明天带你去。"

第二天，史丽丽果然带着麦克来了。

麦克来自美国。他对章梅梅说："在美国拔一颗牙所需要的费用，够我们到这里来拔完牙之后，再坐飞机到北京去旅游一圈，直至回国的费用。有的牙还需要在全麻下拔。"

他递了一张X光片给梅梅看，他说他的牙被骨头包着，而且位置比较深，美国的医生说不敢拔，太深了。章梅梅仔细看了他的X光片，告诉他这颗牙必须拔掉，否则可能会压迫神经，引起偏头痛。

麦克连连点头说:"我现在就有偏头痛。"

"我可以帮你拔掉这颗牙,而且不需要全麻。"接着,章梅梅幽默地对他说,"让你见识一下'中国功夫'。"

史丽丽对麦克声情并茂地翻译着,当讲到中国功夫时,麦克笑了,他同意章梅梅给他拔牙。

章梅梅重新给他拍了定位片,然后开始手术。她在进针部位涂了点表面麻药膏,然后轻轻地进针,慢慢地推麻药,让他没有疼痛的感觉。梅梅在心里一直告诫自己,一定要仔细拔这颗牙,要为国争光。她用牙挺轻轻地旋转,顺着阻力最小的方向慢慢挺出,她知道拔这个牙要用韧力,如果用力太大的话就会发生骨折。她凭着手上的感觉,用旋转的力量顺利地把麦克的埋藏牙拔掉了。

拔完牙后,麦克像个小孩子似的,兴奋地把刚拔出来的牙包好,说要拿回美国去给那些牙医看看,让他们见识一下"中国功夫"。

麦克自从拔了那颗牙后,他的偏头疼果然好了。这下,白天鹅口腔门诊部吸引了很多住在大亚湾的外国专家来看牙。他们说,没想到中国还有这么好的牙科医院,他们在自己国内的报纸上看到的都是负面宣传。

为了解决医务人员与前来就诊的外国人沟通不畅的问题,章梅梅找来好几本中国、日本、英国的医用临床对话手册,她把其中牙病方面的常用语以三国语言对照形式订成小册子,这样,外国人拿着这个小册子看病就不用愁了。

2

外国专家们喜欢亲近大自然,于是,在周末假期里,章梅梅和陈天宇就带着他们来到山里。他们登上了渡船,到了村庄,沿着山间小路行走时把路边的野花野草编成花环戴在头上。史丽丽告诉梅梅,这些外国人非常喜欢走这种泥巴路,不喜欢走水泥路。

这时,一辆"的士头"车停在他们面前,敞篷货厢上站满了外国人,他们正兴奋地用相机拍个不停。麦克对梅梅说:"你猜猜,这里谁是权力最大的?"

章梅梅指着坐在驾驶室里的那个人。麦克摇摇头:"NO!错了、错了!"他指着站在货厢上一个秃顶的白人老头说:"他才是权力最大的人。"

梅梅不解地问:"他怎么不坐在驾驶室里呢?"

史丽丽告诉她:"他要在上面看风景。这些外国专家浪漫又童真,他们工作时都很认真,有时候发起脾气来'嗷嗷'乱叫,但是过一会儿就好了,好像什么事都没有发生过一样,他们在工作以外很活泼,也没有等级观念,怎么开心怎么玩。"

外国专家们吃着山庄做的农家饭菜,喝着用山泉水煲的土鸡汤,然后用生硬的中文说:"中国菜,好吃。"

晚上,他们在游泳池边点着篝火,一边喝啤酒一边唱歌、跳舞。可在不远处的一个角落里,却静静地坐着几个日本人。梅梅问麦克:"他们怎么不过来跳舞呢?"麦克耸耸肩对她说:"我们不跟他们玩,那些人怪怪的。"

清晨,他们起来看日出。山里的日出别有一番景色:太阳快出来时,东方的云彩金黄透亮,照得山头的树林闪着金色的光,格外耀眼。瞬间,太阳就像半个火球一样跳了出来,不一会儿便升上了半空中,把整个梅花山庄照得通透明亮,无比美丽。

看完日出,山庄工作人员已为他们准备好了西式早餐。铺着白桌布的桌子上摆着牛奶、面包、咖啡、火腿肠、果酱、奶酪等。麦克和杰夫竟然反客为主,跑到厨房里给大家煎鸡蛋。

早餐后他们开始登山。此时正值冬天,可麦克和杰夫却穿着短裤、背心,后面跟着一大群外国人,有的还把自己的"洋娃娃"扛在肩上。

正在种植园里劳动的村民从来没有见过外国人,他们放下手里的活,盯着那些外国人浓密的胸毛和满胳膊、满腿的黄毛,他们觉得很新奇,个个都看傻、看呆了。

陈天宇告诉他们,西方人认为宽肩细腰,有着茂密的体毛,像运动员一样身材健美的男人,才性感,才是美的,是最具吸引力的,那才是男人样。

李强不解地问:"那不像猴子吗?"

"可他们认为自己是最性感的。他们认为长着像动物般的体毛,象征着他们男性荷尔蒙分泌旺盛,也显示出他们的野性。许多国外的女人也认为男人多毛才性感。她们喜欢发育成熟、健壮的男人,不信你看,许多国外电影里的男演员,都有着浓密的胸毛。"

李强低头看看自己光溜溜的胸脯说:"那我这样就不像男人啦?"

天宇笑着问大家:"你们愿意长成他们那样吗?"

他们个个捂着胸脯难为情地说:"哎呀,不要不要!"

"你们要是长成他们那样,那你们的老婆肯定会被吓跑!"陈天宇的话逗得大家一阵哄笑。

从此,山里经常有外国人来参观,而且越来越多。他们登山望远,还专找山里面容沧桑、皱纹纵横的老人照相。梅花山庄还为外国朋友们举行了画展,住在大亚湾的画家们纷纷把自己的画拿来展出。外国朋友们对女画家王玉霞老师的工笔花鸟画非常喜欢。当他们看到王老师画的中国古代四大美人像时,兴奋地把身材矮小的王老师抱起来,在她额头上亲了又亲。一向端庄严谨的王老师不好意思地对梅梅说:"哎呀,俺都快70岁的人了,还被他们抱来抱去亲,真不好意思。"

展会上,外国朋友们买了很多王老师的工笔画,有两位丰乳肥臀、体重足有200斤的外国妇女一定要拜王老师为师,学习中国画。王老师悄悄对梅梅说:"哎呀,我家还没有这么大屁股坐的凳子呀!"

章梅梅忍住笑说:"没关系,王老师,我帮您订做两个。"

外国朋友们品尝着用山泉水泡的新茶,赞不绝口。杰夫很有体会地说,喝茶比喝咖啡解渴。

他们听说陈天宇会武术,非要他表演一段。本来天宇还谦虚地推让,梅梅对他耳语道:"你就表演一段吧,让老外开开眼界,让他们见识一下什么叫中国功夫。"

不一会儿,电影少林寺里《牧羊曲》的音乐悠扬地响起,陈天宇穿着一身月白色宽松的中式练功服,手持长剑一个亮相。接下来,只见天宇的动作犹如行云流水又刚劲有力。他时而剑式如雨,骤如闪电;时而点剑而起,轻盈如燕;时而如青龙出水,在空中舞出朵朵剑花……

他们全都看呆了,陶醉在中国功夫里。天宇收剑了好一会儿,才响起一阵暴风雨般的掌声。他们拿着陈天宇的长剑传来传去地看着,发出"啧啧"的赞叹声。他们围着陈天宇,说要学习中国功夫。

以后,这些外国朋友经常来梅花山庄品茶、买茶、买国画。节假日里,天宇收的那几个外国徒弟也来山庄学中国功夫,他们还像模像样地穿着中式练功服。从此,山里越来越热闹,人也越来越多,茶叶和山泉水都打开了销路。没想到山村经济就这样被搞活了,而且还是被外国人搞活了。

3

这一年,章梅梅购买了一块地,准备建一座口腔医院大楼。同时,医院还建立了网站,开展了种植牙和微创拔牙,开设了颌面外科病房。

接着,白天鹅口腔门诊部被政府批准升格为白天鹅口腔医院,并被定为医保定点单位,完成了从口腔门诊部向口腔医院的跨越。同年,她获得了工商管理硕士学位,接着她又继续攻读博士学位,并被推荐为区政协委员。

这一年,章梅梅作为惠阳地区女企业家协会的代表,参加了在北京举行的"第20届全球妇女峰会"。会上有来自80个国家和地区超过1000名的妇女代表,其中包括瑞典副首相、越南国家副主席、坦桑尼亚第一夫人、40名政府部级官员以及全球商界、企业界的女性精英。

在这个国际会议上,章梅梅切身感受到我国的国民素质亟待提高:上面开大会,可许多中国企业家却在下面旁若无人地开小会,以致大会主持人多次停顿下来提醒。在会议中场休息时,许多人特别爱照相抢镜头,不管别人愿不愿意都抢着要与人合影。会议开始了,主持人多次提醒大家回到自己的座位上,但有些代表却依然我行我素,这让章梅梅感到非常没面子。

由于惠阳经济快速发展,民营企业受到了政府的重视和扶持。惠阳区政府认为,提高民营企业家的素质对促进本地经济发展有着非常重要的意义。

于是，区政府每年拨出专款，用于培训中小企业经营管理者。

在改革开放的初期，许多企业的经营者由于种种原因，文化程度普遍较低，在淡水这个小镇更是如此。据调查，惠阳的民营企业经营者中，接触过国际市场的不到1%，懂外语的不到3%，有高级职称的还不足5%，而系统学习过企业管理的还不到8%。

虽然很多民营企业的经营者比较重视经验，但大多数人对规范的市场运作经验非常有限，他们对互联网、国际贸易、金融资本运营和国际市场的规范化等都十分陌生，大多数还是靠感性的拍脑袋来盲目决策。由于缺少金融资本和对资本的运营能力，他们没办法实现资本的快速增长，同时因为缺少创新和跨国经营的意识，他们与国际上的大市场以及与国际合作的机会失之交臂。

更大的挑战还来自他们小富即安、不思进取的小农意识。他们往往把辛苦赚来的钱用于挥霍，而不是扩大再生产。他们对于个人礼仪和社会公德方面的认知更差，小到举手投足，大到遵守公共纪律，均缺乏培训。于是，作为政协委员的章梅梅写了一份《关于提高企业管理人素质的提案》。她在提案中提出：

> 部分民营企业经营者由于长期生活在小农经济社会里，难离故土，人际交往少、活动范围小，所以缺乏形成社会公德需要的环境。随着社会发展和进步，人与人、人与社会和人与自然这三方面的交往日益频繁，尤其是在国际上的交往，如果不注意礼仪和公德的话，不仅影响自己的形象，也影响到国家的形象。
>
> 而西方发达国家则不同。他们的企业家大多从小就接受良好的教育，职业经理人的教育和培训也早在50年前就已经完成了。他们不仅重视自身的修养，还参与了一次次创新的社会变革，推动了物质文明和社会的迅速发展。西方人对企业家的崇拜与追求远远胜于对一切的追求，一代代人为努力实现企业家的梦想而进行着革命性创新活动，企业家们正是在这种普遍的崇拜与追求的氛围中不断自我提升、自我成

长的。

自从与世界接轨，激烈的国际竞争已把中国企业的经营者们推上了要成为企业家的道路。他们的竞争对手已经不是自己区域内的或中国本土的对手，不再是站在自己生长的土壤上的"土大款"，而是来自世界各地的竞争强手！

无论中国的企业家是否走出去，都要以国际化的思维来面对挑战，因为狼来了。我们必须了解狼的习性和狼的思维，并思考如何掌握狼的特性并战胜它，只有这样，企业才能够生存下来，企业家的梦想才可以实现。我们每一个企业家都应该以一种面向现实、面向未来的开放姿态去面对企业发展的多种可能性，不断修正航向，才能到达成功的彼岸。

章梅梅还为区政府建言献策，希望为这些在特殊环境下成长起来的民营企业家提供一个学习和提高的平台，目的就是全方位提升他们的素质和能力，让他们在最短的时间内，成长为具有世界意识的企业家。

在改革开放的关键时刻，区政府也开始了大力加强对民营企业的扶持和对民营企业资产的保护。同时，区政府每年拨出专款，培训中小企业经营管理者，使许多企业成了学习型企业。同时，惠阳中小企业局与清华大学联合主办了"清华大学卓越领导力惠阳高级研修班"，由清华、北大的教授来惠阳讲学。中小企业对政府这一举措赞不绝口，于是大家踊跃报名，章梅梅也报名参加了第一期研修班。

自从有了研修班这个平台，大家就有了要学习、要进步的意识。他们开始从新的高度审视自己，认识到自己的优势和劣势，开始觉醒。

惠阳中小企业局的黄局长在研修班上语气铿锵、激情澎湃地对大家说："我相信你们会在最短的时间内补上这些课，成为真正的企业家，虽然这条路很艰苦，但是这条路会越走越宽，路上会有更多优秀企业家的身影，世界也会对我们中国企业家刮目相看的！"

4

第一期研修班正式开始了。研修班的学员都是企业经营管理者，有本地人也有外地人。平时，本地人常常排斥外地人，他们有着优越的"地主情结"，而外地人又瞧不起本地人，认为他们文化程度低，是土包子。班长是本地人，几个副班长则都是外地人。班长对同学们关心体贴，副班长们也积极支持班长的工作。在他们的带领下，大家很快就不分彼此了，以前的偏见和骄傲也都烟消云散，现在大家坐在一起都是同学了。

大家坐在教室里，认真聆听着清华教授们最新的管理理念："同学们，在高科技发展的时代中，企业本身在不断地国际化、资讯化、多角化的环境中变化着，所以无论是企业还是个人都要不断学习，跟上潮流。要跟上国际上的管理水平和科技水平，就要加快步伐，就必须跳跃性前进。我们努力学习，就是为了拥有更多对抗未知困境的砝码……"

课堂上，同学们根据老师讲课的内容纷纷上台踊跃发言：

"我不同意'什么自己干不好，就不去管别人；自己不完美，就不去教别人'这种观点。换句话说，教你的人、管你的人都应该是圣人，因为只有圣人才没有缺点，如果是这样的话，你的孩子就没人教了，因为所有的老师都不完美；员工也就没人管了，因为所有的领导都不是圣人。"

"是啊，我们每个人都不可能十全十美，都不可能不犯错误，甚至可能会有很多小辫子被人抓。虽然那些经常抓小辫子的人也可能是别有用心的，就是如果你管我，我就说你也不好，那么领导也不敢管了，因为怕别人抓住小辫子而不敢出面维护正义。可都做老好人，谁来维护正义呢？"

班长毕竟是班长，说起话来总像带点总结性的讲话："管理者不能因为自己不是圣人、不完美就放弃管理的责任，应该明白，管理就是我们的职责，如果不好好管理，就是失职，那我们就又一次犯错了。"

一位身材高大的湖南同学站起来发表高见。他是从部队转业到地方的，现在是一家大企业的高管。他说："人们常说没有规矩不成方圆，责任和纪律是执行制度的保障，企业的标准不是以哪一个人为标准，而是以规章制度为标准的。制度不应因人而异，在制度面前人人平等，人人都要遵守。"

他看了看大家接着说："如果我们以人为标准，那么张三杀人，我们要不要杀人？李四偷盗，我们要不要也偷盗？公职人员贪污，我们要不要也贪污？如果企业管理层违反纪律，难道我们也要效仿吗？"

章梅梅发言说："我们要心存这样的理念：哪怕今天是我最后一班岗，我也要认真地履行我的职责，不因别人对我的看法和态度而改变。我不怕别人抓我的小辫子，因为我知道每一个人都不是完美的，包括我也一样。但是，我不会因此而放弃自己的职责，我可能会遭到别人一次又一次的误解和打击，但是我绝不会放弃，直到完成自己的任务为止。因为我知道，坚守职责是衡量一个人是否成熟的标志。"

另一个同学接着说："我认为，一个办事不守规矩、不讲原则，心中没有准则、没有底线、态度模糊不清的人，是一个非常可怕的人。如果我们大家都不自觉去遵章守纪，何时才能实现文明，何时才能完善我们自己呢？当我们大家能将制度作为唯一的行为准则，任何人都不凌驾于制度之上时，我们的企业才算是真正阳光下的企业！"

台下的同学们听完后，都不约而同地为他们鼓掌。

在听了教授关于"人性的上限和下限"的理论课后，大家感触很深，对"人之初性本善还是性本恶"这一命题展开了热烈的讨论。

章梅梅从医学角度阐述了自己的观点："大家是否知道，人的几千种疾病与基因和遗传有关，人的性格、本性也与基因、遗传有关。当一个婴儿呱呱坠地后，他就已经不是一张白纸了，他的基因决定了他的性格、本性和疾病。当然环境能改变基因，但这种改变是很漫长的。'江山易改，本性难移'就是这个意思。所以我认为：人之初，有善也有恶。"

一位女同学说："我同意章院长的看法，我喜欢养狗，我在选小狗时往往会挑选跟人亲近的小狗，而不是见人就躲得远远的小狗。动物都是这样，何况人呢？"

当讨论关于人的两面性时，大家发言更是热烈：

"我认为每个人都有他的两面性。如果我们不把人性的善与恶看清楚,不扬善抑恶的话,那么,慢慢良民也会变成刁民。"

"我认为,我们制定政策时,都要考虑到人性恶的一面。如果只看好的一面,那我们就不要法律约束了,银行也不用抵押,生意也不要签合同了。这样的后果就是自欺欺人、自食苦果,难道这样的例子还不够多吗?"

在讨论"企业如何向卓越转变"这一专题时,同学们也是各抒己见。

班长说:"一个企业要向卓越跨越时,首先要有把公司利益放在第一位、肯无私奉献、勇于担当的职业经理人,他能够把企业文化与企业家精神、职业道德融合在一起,这样才能创造出卓越的成绩。"

一位同学说:"我特别认同老师的观点,做事先选对人,才能做对事。把合适的人放在合适的位置,这样才能事半功倍。"

另一位同学说:"我赞成老师说的,我们的成功20%来自新技术,80%来自企业文化。一个企业之所以落后,最重要的原因是管理不善,而不是技术落后。如果我们还认为只有技术才是成功的关键,那么我们就应该想想朝鲜战争、越南战争,或者更远一点想想红军时期、抗日战争、解放战争,那时我们的小米加步枪是怎么打败敌人的飞机大炮的?"

在学习中,学员们知道了许多国内外先进企业的经营案例,知道了怎样用三环理论来分析问题;对于互联网、国际贸易、金融资本的运营、新能源等都有了初步的了解;懂得了一个企业家应该具备哪些素质和能力。

研修班期间,惠阳中小企业局的黄局长还经常组织大家到优秀的企业去参观、学习。

一天,他们参观了伯恩光学(惠州)有限公司。这个公司拥有员工12万多人,主要生产水晶玻璃、蓝宝石玻璃、摄像头光学玻璃、电子触摸屏、高档蓝宝石手表玻璃、金属手机面板等产品,是广东省500强企业,在广东省制造行业百强中名列前茅。这些年来,伯恩光学有限公司凭借着优良的产品和服务,赢得了众多国内外高端智能产品企业和世界知名手表企业的赞誉和认可,荣获了"广东省最具核心竞争力企业"称号。参观后,同学们交口称赞,振奋不已。

他们还参观了一些港商投资的企业。有意思的是,这些港商很多是当年逃港,改革开放后又回来投资的。他们在这里开厂取得了很大的成绩。

　　第一期研修班结束了。在结业会上,班长动情地对大家说:"虽然我们现在即将毕业,但是我相信,我们这个集体将永存,我们的友谊可以说是才刚刚开始……"同学们也都恋恋不舍,是啊,研修班就像一个幸福、快乐的大家庭,让学员们沐浴在爱的阳光中,感受到爱和被爱的温暖。

　　毕业后,研修班的同学们还经常聚会,惠阳的民营企业空前的团结。后来,这个平台开办了一期又一期的各种学习班。几年下来,所有在这个平台上学习过的企业经营管理者形成了一个很大的同学网、学习网、信息网、生意网,全面提高了惠阳民营企业家的素质,惠阳出现了许多优秀企业。

　　他们当中很多人被推荐为政协委员或被选为人大代表。他们热爱祖国,关注社会,热心公益事业,对政府的号召一呼百应,积极地为社会发展和国家兴旺贡献力量。

第二十七章

一个医生，如果能当两个星期病人的话，一定会成为好的医生。

如果时光可以倒流的话，哪怕只有一天，我一定要用心体会恩师对我们的爱，但是……

1

随着经济的不断发展，惠阳从撤县设市，又到撤市设区，不断地变迁。通过一次次对黑恶势力的打击，治安形势有了明显好转，市政建设的步伐得到了加快。

白天鹅口腔医院也与时代同步，稳步地向着更高更远的目标迈进。章梅梅为医院的发展购买了建设用地；牙椅从30张增加到60张；医院大楼由一栋扩展至两栋；各科室的设备更加先进完善。除了医院的硬件建设，章梅梅还经常带着业务骨干参加全国各大口腔医学院举办的各种培训班，如口腔无痛注射培训班、急诊抢救训练班等。

章梅梅要求全院的医生都要进行无痛操作。她在培训会上告诫大家，无痛操作是手术的首要条件。她说："很多人在手术之前，总会不约而同地问医生'这个手术疼不疼啊？''拔牙疼不？''种牙疼不疼呀？''补牙疼不疼？''箍牙疼不疼？'等问题。患者不知道你的医术会有多么精湛，也不知道你的手术会做得多么成功，他们此时衡量你的第一个标准就是疼不疼。也就是说你会让他痛苦吗？在整个手术过程中你能做到无痛吗？这就是病人的第一要求和标准。可是我们的医生却往往想的是手术的时间和效果，而忽视了患者这第一位的心理需求，且不知无痛是衡量我们手术成功的第一步。如果你做不好这一步的话，病人就会认为你不是一个好医生，接下来你为他所做的一切，都很难得到他们的认可。如果一个医生能当两个星期病人的话，我想一定会成为一个更好的医生。"

"现在，我们玩一个转换角色的游戏，让我们换位思考进入病人的心里，来一次心灵的旅行吧。大家坐在椅子上，全身放松，闭上你们的双眼。从现在开始，你已经变成了一个病人，你的思维完全是病人的思维。"

章梅梅像讲述一部电影场景片，她催眠似地缓缓道来：

我忍受着疾病的痛苦，带着惶恐不安的心情来到了医院。一进门，一位满面春风的年轻漂亮的导医微笑着迎了上来，顿时让我感到如沐春风，我紧张的情绪和痛苦顿时减轻了许多。

她非常礼貌地引领着我办好相关手续，然后带我来到了一位医生面前。这位医生穿着干净整洁的白大褂，他的态度非常和蔼，耐心地听我讲述完病情，然后认真地给我做了全面的检查。他还叫了他的上级医生一块儿帮我会诊，让我感到我受到了重视。他们认真地给我制订了治疗方案，我知道这个方案是专门为我订制的，是最适合我的治疗计划。然后护士给我讲清楚了价格，还向我介绍了我的手术医生。当我知道给我做手术的医生是一位德高望重、医技精湛的专家时，我紧张的心开始安定下来了。

接下来，护士引领我坐在治疗椅上。虽然她给我的腰上、颈后都垫上了舒服的小垫子，但当我看到这个陌生的环境，还有那一张张陌生的面孔以及他们穿着的手术衣，戴着口罩和帽子后露出的一双双眼睛时，我心里又升起了一种紧张和恐惧感。

这时，一位医生坐到我面前，他摘下了口罩，面带微笑地向我介绍了他自己。噢，原来他就是我的手术医生。他给我介绍了整个手术的过程和感受，他告诉我，在打麻药针之前，会先给我涂点表面麻醉药，这样扎针的时候就不会感到疼痛，或者只会感到有一点点像被小蚂蚁咬了一下那样。如果感到有哪些不舒服可以告诉他，但千万不要动。在手术过程中可能会听到一些机器的响声，不要紧张，注意力不要老集中在手术部位。他说他们会在手术的过程中为我放一些舒缓的音乐，如果我还感觉到心情紧张的话，就调整呼吸，比如深深地吸一口气，再慢慢地吐出来，这样连续做几次就会缓解紧张的情绪了。

他幽默地对我说，总之，你想想蓝天、白云就好了。最后他安慰我说，放心，这个手术我们做得很多了，非常有经验，请相信我的技术。咱们相互配合好，这样手术的时间就会缩短。

我对他满意地点点头，他对我微笑了一下，然后就戴上了口罩。这时，我紧张的心平静了下来，因为我对他充满了信任。

手术开始了，医生给我消毒后铺上了手术单，我的双眼被盖住了什么也看不见。于是我又开始紧张起来。医生告诉我，他先在注射部位涂了表面麻醉药。过了一会儿他又对我说："现在开始打麻药了。"哇，奇怪的是，打麻药真的一点儿也不疼，他轻声地问我："没有感觉吧？"

因为没有疼痛，所以我整个神经立刻舒缓下来，人也不紧张了。这时手术室里响起了小提琴曲《梁祝》，我立刻被这美妙的音乐旋律所吸引。我感觉时间过得特别快，手术好像很快就结束了。

手术结束后，护士把我的手术单打开，为了防止光线刺激我的眼睛，她就把手术灯关掉了，她一边帮我按摩着后颈和背部，一边对我说："辛苦了。"

手术医生微笑着告诉我："你的手术非常成功。"护士给我仔细耐心地讲解了手术后的注意事项，如什么时候复诊、什么时候拆线等。接着，她把我送下楼，一直送到大门口，并向我招手致意。

离开了医院，我真正感受到了什么叫治病疗伤，什么叫作关怀，我感受到了一种爱的传递。

"好了,这个心灵旅行结束了,大家慢慢睁开自己的眼睛。现在有谁上来谈一谈自己的感受。"

章梅梅的话刚一完,一位医生走上来说:"我被这场换位思考的心灵旅行深深地震撼了。我们这些医生以前往往重视的是手术的效果,却很少关心病人的心理感受,只知道治好病就是好医生,却不知满足病人的心理需求同样是很重要的。"

一位护士走上来说:"刚才我就像在梦里云游了一番,让我深受启发。平时病人喊痛时,我总是让他忍一忍,而没有想到无痛治疗。我们在病人胳膊上抽血,为什么不在穿刺点打点麻药再扎呢?为什么不能让病人怀着平静的心情在无痛中进行治疗,没有恐惧、没有紧张呢?"

章梅梅对大家说:"我想,只要大家心中充满爱,就能做得好。如果我们做得不够好,就应该反躬自问一下:是否我们心中的爱还不够?因为我相信:心有爱,爱就在。只要我们私心少一点,爱心多一点,就能做好一切。我不知道我说的这些话,能否进入你们的心灵,也不知道是否能唤醒你们内心深处的爱,但我相信一定会震撼病人的心!"

她的话音一落,顿时响起暴风雨般的掌声。

从此,全院开始了无痛操作、无痛注射的训练,章梅梅要求全院每位医生的无痛注射技术都要过关。她还让医生在自己嘴里注射,抽查医生无痛注射的水平。

毕竟在院长嘴里操作,医生们难免有点小紧张,他们总会问:"院长,你感受如何?"

章梅梅总是鼓励他们说:"你放松,别紧张。你把我当成患者就行了。"

在章梅梅的带动下,各科主任也带领科室的医生相互练习无痛注射。

2

这年金秋十月，章梅梅带着口腔外科的几个业务骨干赴西安参加第四军医大学口腔医院主办的"微创拔牙学习班"，正好赶上四医大口腔医学院要为她的老主任周教授举办隆重的"祝贺周教授85岁华诞暨从医执教60周年"大会。

梅梅见到了吴雪聪，问起周主任的身体情况，才知道周老患胃癌，已经做了两次手术，现在还在医院里。

听到周老患病住院的消息，梅梅心里非常难过。她想起当年在四医大时周老手把手地教他们做手术的情景。周老带他们做了很多大手术、新手术，每次手术前，他都会主持术前讨论会，讨论术中可能出现的问题并制订出解决方案，每个细节他都想得很周到，甚至细到术中缝的每一针。周老把几十年的临床经验都毫无保留地传授给了学生，并慈父般地关爱着后辈学生。

她永远记得周老反复对他们说的那句话："不是每一次努力都会有收获，但是，每一次收获都必须努力。"能够师从周教授，是她一生的幸运。

梅梅当晚就去医院探望了周老。一进病房，她就看到面容消瘦，但精神还不错的周老半靠在床上，他的爱人高教授在旁边陪着他。

"主任，我来看您了。"

"哎呀梅梅，好多年没见了，你知道吗？医院的老人很多都去世了，唉！都老了，我都85岁了。你看，我原来160斤的体重，现在只剩下80斤了。"

章梅梅压抑着内心的悲伤，她不敢在主任面前流泪。

周老将他与疾病抗争的过程，像讲故事一样讲给梅梅听。他讲的时候面带笑容，表情轻松，他对生命乐观而豁达的态度，让梅梅由衷地敬佩。

看见自己多年不见的学生和部下，周老高兴极了。他一直询问梅梅离开后的经历。当他听到梅梅除了创办医院，梅花山庄也发展得很好时，非常感兴趣地询问起梅花山庄的情况来，梅梅一一做了回答。

"主任，等您好些了，我和爱人接您和高教授到梅花山庄去住一段时间。我们给您和高教授准备一个大套间，房间外面还有一个大阳台，到时候您二老站在阳台上，就可以看到连绵起伏的山脉，那里的环境美极了。"

"好啊，等我身体恢复一些，就去你那儿疗养。"周老高兴地答应了。

"主任，在那里您看着大山深处的美景，呼吸着新鲜的空气，喝着山泉水，吃着我们自己种的绿色蔬菜，连洗澡用的都是山泉水，我想，一定能给您补充能量，提高您身体的自愈能力。从养生的角度看，其实很多癌症是可以自愈的。"

周老高兴地对老伴说："看看，梅梅给我们准备了一个仙境。"

"主任，想当年您手把手地教我们做手术，能够有您这样的老师是我一生的幸运和荣耀。我章梅梅能有今天，跟您的悉心教诲和栽培是分不开的。一日为师，终身为父，谢谢老师，我盼望着您早日恢复健康，早日来梅花山庄。"

章梅梅怕谈话太久影响周老休息，便起身告辞。周老拦住了她："梅梅，你那么远来看我，再待一会儿。"周老又跟她谈了很久。章梅梅感到周老总是那么诙谐幽默，跟他交谈是一种享受，他那幽默的话语、理性的讲述、感性的抒发都恰如其分，让人如沐春风。

时间不早了，章梅梅再次起身告别。周老坚持一定要把她送到电梯口，梅梅怎么推辞都不行，她只好走进电梯再与周老挥手告别。

谁知章梅梅刚走出病房大楼，就听到有人叫她："梅梅、章梅梅！"她回头一看，只见周老还在窗口向她挥着手，他那满头的白发在灯光的照耀下显得格外醒目。

章梅梅眼眶一热，突然有一种说不出的悲伤。她赶紧冲周老喊道："主任，您回去吧！再见！"说完，她头也不回地转身走向夜的深处。此刻，她的眼泪早已止不住流了下来。她的心在哭泣，一种不祥之感油然而生：这次相见会不会是我们最后一次见面呢？

此时，她心里突然流淌出一首多年不唱的老歌《老黑奴》：

快乐童年如今一去不复返
亲爱朋友都已离开家园
离开尘世到那天上的乐园
我听到他们轻声把我呼唤

我来了我来了
我已年老背又弯
我听到他们轻声把我呼唤

为何哭泣？如今我不应忧伤
为何叹息？朋友不能重相聚
为何悲痛？亲人去世已多年
我听见他们轻声把我呼唤

我来了我来了
我已年老背又弯
我听见他们轻声把我呼唤

幸福伴侣如今各散东西
怀中爱儿早已离我远去
他们已到我所渴望的乐园
我听到他们轻声把我呼唤

我来了 我来了
我已年老背又弯
我听到他们轻声把我呼唤

为什么这首苍凉而又伤感的歌曲，此刻一遍又一遍地在她心里回响着？

难道这预示着什么……

多少次她梦回四医大，梦见主任正在主持术前讨论，还有赵毅民、魏家喜、赵会……她好高兴啊！可醒来后一切都是空的。

章梅梅不止一次地想过：如果时光可以倒流的话，哪怕只有一天，如果能回到当年的学校、回到口腔医院、回到当年的颌面外科，我一定要用心体会教授们对我的爱，感悟他们对科学的严谨和对病人的仁爱，虚心聆听他们的教诲。但如今这一切都一去不复返了，许多老前辈都相继去世，而同学们也各奔东西。

她暗自对自己说："今后，我一定要活在当下，我要珍惜与身边人的缘分，珍惜与他们相处的时光，将来我们也会分离，现在的一切都将成为美好的回忆。我不会再错过任何机会，如果能做到这一点，我相信：不但今天，而且明天、后天直到将来，我将不再后悔。"

3

"微创拔牙学习班"的学习结束后，章梅梅特意留下来，参加了四医大口腔医学院"祝贺周教授85华诞暨从医执教60周年"的庆祝大会。大会高度评价了周教授从医执教60周年的卓越成就，高度评价他是学生和后辈做人、从医、执教的楷模。大会还宣读了总后勤部首长、院校领导、中华口腔医学会、口腔颌面外科专业委员会及国内著名的院士、教授和学生的贺信、贺电。

在庆祝宴会上，章梅梅和魏家喜、吴雪聪忙前忙后，负责切蛋糕、倒香槟酒……在会上，温和儒雅的周老对着自己的老伴高教授深情地唱起了《红莓花儿开》：

  田野小河边红莓花儿开
  有一位少年真使我心爱
  可是我不能对他表白

满怀的心腹话儿没法讲出来

满怀的心腹话儿没法讲出来

他对这桩事情一点也不知道

少女为他思念天天在心焦

河边红莓花儿已经凋谢了

少女的思念一点儿没减少

……

周老和高教授是一对老鸳鸯,他们恩爱了一辈子。这首《红莓花儿开》他给老伴唱了一辈子,谁也没想到,这竟是他最后一次给老伴唱了。

接下来,周老做了三次手术,在做最后一次手术之前,他打电话给章梅梅,说这次手术恢复后,他就和老伴来梅花山庄疗养。但是,梅梅盼望着的奇迹并没有出现。

由于肿瘤破裂导致两次大出血,被抢救过来的周老,知道自己时日不多了,他对四医大口腔医院院长谈起了对医院的嘱托,留下了遗愿:

"我很高兴,能看见口腔医院今天的进步和变化,我一生的梦想成为现实,我可以安心地走了。你们要继续努力,埋头苦干,把四医大口腔医院创建成国际先进的口腔医院。"

说这话时,他虚弱地把院长的手握了又握,院长却分明感到了一股坚毅的力量。

在生命弥留之际,他仍然不失乐观和幽默地跟大家讲:"我不会寂寞的,在那边我有许多朋友……"

2007年7月11日10点47分,显示屏上的心电图在一阵颤波之后,变成了一条直线。周老走完了他85岁的人生历程。

在一片悲恸中,院长附在周老的耳边向他做最后的告别:"亲爱的老师,您的遗愿我们一定会完成,您放心去吧。"

在他生命的最后时刻,他还为家人留下遗嘱:感谢组织和同志们的关心和帮助，不要向组织提任何要求，不邀请外地友人参加告别，丧事从简，不设灵堂、不收花圈、不放哀乐，放自己喜欢的《红河谷》。骨灰一半安葬于故乡，另一半安葬于口腔医院颌面外科大楼前。他在遗嘱中还特别交代，将自己一生的积蓄20万元，全部捐献给医院，作为颌面外科青年人才培养基金。

当他的家人读完遗嘱后，面对如此高尚的灵魂、如此博大的胸怀、如此真挚的遗言，所有在场的人都流下了热泪。这就是我国颌面外科的一代宗师、国家一级教授、优秀共产党员周老；这就是作为大师、大医、仁医的周老！他以生命赴使命，用热血铸医魂，他生前引领着大家，身后依然以他那高尚的品格、伟大的精神指引着人们前行的道路。

在追悼会上，大家向周老做最后的告别。告别大厅的墙上挂着周老的大幅彩色照片，他目光深邃、坚毅慈祥。"追慕先生高义，缅怀恩师事迹"的挽联悬挂在灵堂两侧。大家流着泪缓缓地走到他的遗像前，献上一束束鲜花，表达对大师最真诚的悼念和最崇高的敬意。

简朴、肃穆、庄严的告别大厅里，深情的《红河谷》一遍遍响起：

  人们说你就要离开村庄
  我们将怀念你的微笑
  你的眼睛比太阳更明亮
  照耀在我的心上
  ……

按照周老遗愿，他的骨灰一半安葬于故乡，另一半安葬于第四军医大学口腔医院颌面外科大楼前的雪松下面。这棵雪松枝繁叶茂，人们看到它，就仿佛感到周老还活着，还在他们身边。

第二十八章

> 望着空中那些飞舞的彩带和气球,她的内心里也发出了一个快乐的声音:"在南粤大地这块热土上,我终于圆了自己的梦想。"

1

光阴荏苒,岁月如梭。转眼到了改革开放的第 40 年。惠州市由改革开放初期的一个农业地区,一跃成为粤港澳大湾区的重要城市。市区面积扩大了 22 倍,城市功能日趋完善,惠州人相继实现了"高铁梦""机场梦""城轨梦",民生幸福指数大大提升。

站在祖国改革开放 40 年的历史节点,回首奋斗历程,展望未来前景,章梅梅激动无比。整整 30 年了,她像所有的企业家一样,紧跟祖国腾飞和广东前行的脚步,从改革开放的初期跨入改革开放的新时代。她和大家一起,用勤劳、智慧和勇气,谱写了一曲曲属于这个伟大时代,同时也属于自己的华彩乐章。

她梦想成真,创建了一座现代化的口腔医院,并当选为区人大代表。

回想起 30 年前的她,告别军营,怀揣着梦想孤身一人来到了广东。那时的她睡在潮湿的小屋子里,却做着"白天鹅"的梦,渴望着成功。从十几平方米的口腔诊疗室,到如今几万平方米的口腔医院;由当初一个人单打独斗，发展到如今几百人的团队，她走过来了。在漫长崎岖的创业路上，她通过不断地学习，自我提升，从硕士变成了博士；她通过不断的自我修炼，调整心态、提升能力，终于走出了低谷、找回了信心，从此踏上了成功的坦途。

为了庆祝白天鹅口腔医院新大楼的落成，章梅梅邀请了第四军医大学口腔医院的好朋友吴雪聪和她的爱人胡政委，魏家喜和夫人王春艳以及赵会夫妻俩前来惠阳。章梅梅和陈天宇两家的父母亲也乘飞机赶来参加新医院的落成典礼。她还邀请了陆丰的程解老师和她的那些已经独立创业的徒弟们。如今，从陆丰到淡水乘高铁只需要46分钟，可当年章梅梅从碣石到淡水考察竟坐了30小时的车，回想起来有恍如隔世之感。

梅梅的儿子，当年的小继民，现在已经是白天鹅口腔医院的副院长兼颌面外科主任了。当吴雪聪、魏家喜看到他时都惊呆了，感觉就像当年的赵毅民又出现在他们眼前一样。

继民搀扶着外公外婆，带着大家一起参观医院新大楼。看见明亮宽敞的大厅、走廊，诊室里摆放着的崭新的牙椅，还有各种先进的设备以及数字化管理系统，程老师激动地说："白天鹅终于飞起来了！"

他对梅梅的父母亲说："阿梅真是不容易呀，在碣石的时候她就经常给我讲，她要建一个口腔医院，它的名字就叫'白天鹅'，现在终于实现了，我真为她高兴！"

章志豪和李香凝看到女儿取得了这么大的成绩自然非常高兴，他们对程老师充满了感激，章志豪握着程老师的手说："梅梅经常跟我们说起，在碣石多亏你们的帮助，她才有了今天的成绩，谢谢您和各位了。"李香凝也激动地对他说："程老师，我们邀请您一家人到南京来玩。"

第二天一大早，章梅梅和陈天宇就带着大家参观叶挺将军纪念园。纪念园是国家4A级旅游景区，也是全国爱国主义教育基地，包括叶挺故居、祖屋、纪念馆、牌坊、碑林等众多的景点，园中多条溪流缓缓经过，曲水流觞。鸟瞰整座纪念园，它的主体建筑就像一把枪，叶挺纪念馆是枪杆，叶挺故居和祖屋就像枪把。看到广场正中上刻有毛主席题写的"领军抗敌，卓著勋劳"的叶挺将军铜像时，大家肃然起敬，天宇的父亲和章志豪这两位南征北战、久经沙场的老兵，更是对着将军像深深地鞠了三个躬。

他们沿着纪念广场一路前行，来到了纪念馆。这里设有7个展厅，陈列展出的珍贵文物、照片、图表等达500件，展现了叶挺将军生平和成长背景，讲述了叶挺将军一生的重要时期和卓越贡献，再现了一代名将短暂而光辉的一生。不少展厅采用了国内最先进的展示手段，充分利用声光电、幻影成像、电子翻书等高科技展示手段，让观众有如身临其境。

中午，梅梅和天宇就在园区的农家乐宴请大家，品尝客家特色菜"九大碗"。热心的服务员给他们介绍说，客家"九大碗"是本地客家人自创的菜式，看似简单，其实每一道菜都有着严格的工艺制作要求，吃起来齿颊留香，色香味俱佳。

当一盘散发着浓浓香味的白切鸡端上桌时，服务员告诉大家，这就是"九大碗"的头菜"吉祥如意"，做这道菜一定要用半年以上的走地鸡，不然味道就不地道。而且这道菜不能放味精或其他佐料，只需要蘸着小碟里的酱料吃就行了。接着，她又先后向大家介绍了其他几道菜式的来由和风味特色，果然是各有特色、各具风味。

吃着吃着，吴雪聪就问："梅梅，怎么都是大鱼大肉啊，也没有见个小菜？"

梅梅告诉她，"九大碗"本来就是大鱼大肉，而且装菜的碗又大又深，就是要让大家吃好，吃足。

陈天宇告诉大家："这里每逢过年或办喜事，宴席上基本都是'九大碗'。现在，客家'九大碗'已经被列入惠州市第六批非物质文化遗产名录了。"

他们边吃边聊，不停地交口称赞。王春艳说："看来我们中国真是一个美食的国家，走到哪里都有好吃的，都有自己的特色……"

2

下午，梅梅带着他们来到了梅花山庄门口，陈麒任、陈麒美已经等在那儿了。他们现在已经是高三的学生了，正面临高考。这次，他们俩是特地从学校请假回来看望爷爷奶奶和外公外婆的。

陈麒任已长成一个英气逼人的青年，他身材修长挺拔，洁净的脸上两道浓浓的剑眉，清澈的黑眼睛透着光亮，鼻梁挺拔，像极了陈天宇。

陈麒美身材苗条，鹅蛋脸粉白细嫩，额头丰满光亮，眉毛如画，一双清澈明亮的眼睛扑闪着长长的睫毛，红红的嘴唇一笑就露出一口洁白整齐的牙齿，脸上还一边一个小酒窝。看到这俩孩子完全继承了父母的优良基因，两家的老人都高兴得合不拢嘴。

李香凝上下打量着外孙女，抚摸着她说："让我看看，哎呀几年没见，这麒美越长越像她妈妈了，真漂亮。"

陈天宇的母亲也拉着孙子说："麒任长得跟他爸爸小时候一样，这才几年不见，小麒麒就变成大小伙子了。"

他们有说有笑地来到了梅花山庄大楼。梅梅无限感慨地对吴雪聪说："雪聪，还记得我们当姑娘时说的那个梅花山庄吗？如今终于梦想成真了。"

吴雪聪也叹道："梅梅，我一直记得咱俩说的这句话，我当时就感到会有这么一天的。"

他们来到山庄大楼顶层的阳台，只见山间的云雾正沿着山峦慢慢地升起，并向四处弥漫，两行白鹭恰好飞过，大家感到仿佛置身仙境一般。

晚上，梅梅就用山泉水炖的土鸡汤和自种的农家菜招待他们，大家对原生态的饭菜赞叹不绝。

饭后，他们坐在多功能厅里品茶。梅梅告诉他们，这是今年山里茶园新采的明前茶。只见茶汤青绿明亮，茶香清香淡雅，喝上一口，大家就赞不绝口了：真是好茶，到时候，我们也带一点回去。

一会儿，大厅里响起《中国功夫》的音乐，赵继民用浑厚有力的男中音唱起来：

> 卧似一张弓，站似一棵松，
> 不动不摇坐如钟，走路一阵风。
> 南拳和北腿，少林武当功，
> 太极八卦连环掌，中华有神功。
> 棍扫一大片，枪挑一条线，
> 身轻好似云中燕，我们豪气冲云天。
> 外练筋骨皮，内练一口气，
> 刚柔并济不低头，我们心中有天地。
> ……
> 清风剑在手，双刀就看走，
> 行家功夫一出手，他就知道有没有。
> 手是两扇门，脚下是一条根，
> 四方水土养育了我们中华武术魂。
> 东方一条龙，儿女似英雄，
> 天高地远八面风，中华有神功，中华有神功！

这首歌被赵继民唱得高亢雄浑、大气奔放。魏家喜对吴雪聪和赵会说，这简直就像赵毅民重现。

接下来，伴随着电影《少林寺》的背景音乐，陈麒任穿着一身月白色宽松的中式练功服挥舞起长剑。他的动作如行云流水又刚劲有力，只见银光闪闪、风声飕飕，大家都陶醉在他舞剑的英姿里。

陈麒任的奶奶李文英更是自豪地对大家说："我就喜欢看男孩子舞剑，比看舞蹈还喜欢，它带有一种阳刚之美。"

"奶奶，我哥在学校可红啦，好多同学都崇拜他，还有很多女生请他吃饭呢。"

一听到陈麒美这话，四位老人立即开心起来，他们好奇得像孩子似地问:"那他去了吗?"

"没有,他说现在要集中精力高考,饭就不用吃了。"

"奶奶,还有好多男生也请她吃饭呢。"麒任赶紧告状。

于是,大家又把话头对准了小姑娘:"麒美,是吗?说来听听,你吃过他们的饭吗?"

麒美把嘴一噘:"哼,我对他们说,这食堂的饭有什么好请的,不用了。"

外婆李香凝急忙说:"就是呀,小宝贝,我们可不能早恋呀,我们还没有长全乎呢。"她的话引得大家都笑了。

天宇告诉大家,这哥哥性格温和,常让着妹妹。妹妹就调皮多了,有时候还欺负哥哥。

这时,响起了《一剪梅》的旋律,陈天宇上台对着梅梅深情地唱着:

真情像草原广阔,层层风雨不能阻隔
总有云开日出时候,万丈阳光照耀你我
真情像梅花开过,冷冷冰雪不能淹没
就在最冷枝头绽放,看见春天走向你我
雪花飘飘北风萧萧,天地一片苍茫
一剪寒梅傲立雪中,只为伊人飘香
爱我所爱无怨无悔,此情长留心间
……

第二天,周莉莉和她的妈妈,还有葛立军、宋建国等人也赶来梅花山庄。时隔半个世纪,当年一个大院生活过的老老小小又重新聚集在一起,真是不容易。他们个个都激动不已,一起回忆着那些陈年往事……

3

这一天,阳光灿烂,万里无云。"庆祝白天鹅口腔医院新大楼开业落成典礼"的巨幅横幅被两个巨大的氢气球带向空中,高高飘扬在医院大楼前的蓝天上。整个大楼披红挂彩,花团锦簇,系着五色彩带的各式花篮排列得整整齐齐,彰显了20多年来惠阳、大亚湾及深圳、香港等周边地区人民群众对白天鹅口腔医院的认可和祝福。

上午10点,在欢乐喜庆的乐曲声中,白天鹅口腔医院新大楼开业庆典仪式正式开始。

章梅梅院长首先致辞。她向出席典礼的各位领导和嘉宾表示热烈的欢迎,并对长期以来关心与支持医院工作的社会各界朋友致以诚挚的谢意。她介绍了医院的发展历程,并表示站在新的历史起点上,将不负广大人民群众的期望,继续励精图治,将白天鹅口腔医院打造成以"尊重生命,追求卓越"为宗旨的百年老院。

接着,有关领导发表了讲话,他们对白天鹅口腔医院给予了很高的评价:

白天鹅口腔医院从1993年以来,至今未出现过一例医疗事故;

白天鹅口腔医院从1999年至2015年,在全国口腔执业医生、护士资格考试中,通过率一直在100%,至今仍然保持着高通过率;

白天鹅口腔医院2018年荣获广东省民营牙科协会颁发的"口腔医疗机构感染预防与控制A级单位"的荣誉称号;

他们希望白天鹅口腔医院在今后的日子里再接再厉,为人民群众提供更加优质、高效、便捷的医疗服务。

最后,章梅梅激动地对大家说:

今天是个值得庆贺的好日子,在南国灿烂的阳光下,我们白天鹅口腔医院新大楼建成开业了。

我深深地感谢所有帮助过我的朋友;

感谢所有来我院指导工作的专家和教授；

感谢在我院工作的同仁，以及曾经在我院工作过的同仁；

谢谢你们，因为有了你们，"白天鹅"才美丽。

随着礼炮声响起，瞬间彩带漫天飞舞，气球冉冉升空，热烈的掌声与欢快的乐曲声汇成了一片欢乐的海洋……

望着空中那些飞舞的彩带和气球，此刻的章梅梅想起了安徒生童话里的那只丑小鸭。她的内心里发出了一个快乐的声音：

"当我还是一只丑小鸭的时候，我做梦也没想到，会有这么多的幸福。"

30年了，在南粤大地这块热土上，章梅梅终于圆了自己的梦想，创办了白天鹅口腔医院。

章梅梅，这位曾经的中国女兵、如今的企业家，用自己的行动告诉大家也告诉自己：

曾经枪林弹雨，共和国的旗帜上有我们血染的风采，

今朝坚忍不拔，大时代的风云中有我们不灭的军魂！

蓝图已绘就，鼓角正当时！章梅梅相信，明天更美好，"白天鹅"将向着更高更远的目标展翅飞翔！

后　记

《梦圆南粤》是《中国女兵》的姊妹篇，是一部向新中国成立 70 周年暨改革开放 40 余年的献礼之作。

自从 1984 年邓小平到广东考察后，广东就成了人们向往的地方，深圳成了改革开放的热土，来自全国各地的人们，怀揣着各自的梦想，到广东追梦，我也是其中的一个。广东，在我们的心中，是一片艳阳天。

1989 年，我怀揣着创业的梦想，告别了 20 年的军旅生涯，踏上了南粤这块改革开放的热土，由一名军人变成了一个创业者。

30 年来，在漫长、坎坷的创业路上，我经历了种种艰辛与困苦。面对挫折和失败，我曾怀疑过自己，也曾感到前途迷茫和暗淡，精神上的高度紧张和焦虑，影响着我的身体健康。

为了实现梦想，我决心改变自己，用积极的心态来对待一切，在人生的大舞台上，自己给自己伴奏，自己鼓励自己。

通过不断的学习，从硕士到博士。我还用一种积极向上的方式不断地给自己充电。最终找回了自信，开始实现一个个梦想。

如今，站在新中国成立 70 周年这样一个重要的历史节点，回首往事，我感慨万千。我认为，它依然是一个激情飞扬的岁月，它依然是我们最生动、最有血气的年代。能融入这个伟大时代，我感到很幸福，感谢这个伟大的时代，成就了许多人的梦想，也成就了我。

继《中国女兵》之后，我开始了《梦圆南粤》的写作，我要将它作为一份特殊的礼物，献给我们伟大的祖国、献给那些为了追求梦想而努力奋斗的人们，我要告诉他们：追求梦想，为理想而奋斗，人生才活得精彩。

《梦圆南粤》这部作品，描写了女主人公章梅梅，告别军营南下创业，在追梦的道路上砥砺前行，在南粤大地这块热土上圆梦的故事。

作品中的女主人公有着军人的鲜明色彩，她敢于拼搏、坚忍不拔，彰显出中国军人在改革开放的时代中不灭的军魂。

我在描述女主人公章梅梅个人命运的同时，串联起中国改革开放40多年波澜壮阔的历史画卷，描绘了南粤大地独特的民情风俗和地方风情。我觉得这些独特的乡土民情也是中国文化的一种传承，是值得时代和历史把它们记载下来的。

在写作的过程中，我的思绪像泉涌一般，整个人完全陶醉在小说的情节里，陶醉在那轰轰烈烈的时代变革中，陶醉在那些感人肺腑的亲情、友情以及动人心魄、充满温暖的爱情故事中……

在本书付梓前，我特意找出当年初到碣石时的一张相片，我很喜欢这张相片。

1989年，我满怀信心地来到陆丰碣石创业，当我第一次看到大海，心中充满了新奇和喜悦。为了能看到海上日出，头一天晚上，我就一直守在海边，等待着第二天的日出。

清晨，当一轮红日冉冉升起，天空出现一片彩霞，海面上金光灿灿，那叠叠海浪翻滚着、奔涌着。我赤脚踩在柔软的沙滩上，像置身于梦幻的海洋中，感到自己也在画中……

我面对着初升的太阳照了这张相片。当时，我给它起名为《面向未来》。我相信，明天会更美好。

30年过去了，这张相片一直伴随着我，见证着我走过的那一段旅程。所以我把它作为此书的封面。

感谢惠州市作家协会和惠州市小说家协会为我召开的长篇小说《梦圆南粤》改稿会，感谢他们给我提出了许多宝贵的修改意见，使作品的故事情节更加精彩。

感谢鞠英老师对本书给予的修改，使作品变得更加丰满、生动。

感谢白天鹅口腔医院院办的工作人员，在整个写作过程中，给了我极大的支持和帮助。为本书的顺利完成，他们查阅资料、打印核对书稿、联系出版社、设计封面、以及一次次的点评。

为此，我对所有帮助过我的人，表示深深地感谢！感谢你们为本书所做的一切。

最后，我要对你们说：谢谢了，谢谢你们了！

作者：宝月（张梅梅）
2019年8月1日于惠阳宝月山庄